Anja M. Bönsch wurde am 22.06.1969 geboren. Sie lebt in Duisburg.
Nach ihrem Realschulabschluss machte sie erfolgreich eine Ausbildung zur Bürokauffrau und arbeitet bis dato in diesem Beruf.

www.anjamboensch.de
Facebook: Anja M. Bönsch

Anja M. Bönsch

Ich sage dir, wann du stirbst!

2014 Anja M. Bönsch
Umschlaggestaltung, Illustration, Foto: Michael Ferlings
Verlag: tredition GmbH, Hamburg, www.tredition.de
ISBN: 978-3-7323-0983-2 (Paperback)
ISBN: 978-3-7323-0984-9 (Hardcover)
ISBN: 978-3-7323-0985-6 (e-Book)
Printed in Germany

Bibliografische Information der Deutschen Nationalbibliothek:
Die Deutsche Nationalbibliothek verzeichnet diese Publikation in der Deutschen Nationalbibliografie; detaillierte bibliografische Daten sind im Internet über http://dnb.d-nb.de abrufbar.

Maria kennt die Straße genau. Hier in diesem Viertel hatte sie für lange Zeit gewohnt. Ein klassisches Arbeiterviertel mit einem Park am Ende der Straße. Von den Anwohnern auch liebevoll „Blumenviertel" genannt. Die umliegenden Straßen sind alle nach Blumen benannt.

Hier, im Park, führen die Anwohner ihre Hunde spazieren und, wenn das Wetter es zulässt, treffen sich die von der Arbeit ausgebrannten Rentner mit den Arbeitslosen an der am Park ansässigen Trinkhalle, um über das Tagesgeschehen zu diskutieren.

Es geht bei diesen Gesprächen nicht immer friedlich zu. Die eine oder andere Flasche Schnaps wird hier schon am Vormittag geleert. Manchmal gehen dann doch die Meinungen sehr lautstark und grölend auseinander. Dietmar, der Pächter der Trinkhalle hat ´seine Bande`, wie er seine Stammkunden zärtlich nennt, gut im Griff. Wenn es mal wieder zu hart hergeht, scheut er sich nicht, den einen oder anderen zu ermahnen.

„Ey Leute, gut jetzt. Bevor dat Ordnungsamt wieder kommt. Dann gibbet Krach hier in ne Hütte. Bevor der olle Schnörke von gegenüber, sich wieder beschwert. Ihr wisst, dass ihr gar nicht so nah stehen dürft! Also etwas leiser meine Herrschaften!"

´Seine Bande` gehorcht immer sofort. Prompt wird es stiller.

Dietmar ist ein typischer Trinkhallen- oder Budenpächter, wie es im Ruhrgebiet genannt wird. Groß, etwas untersetzt, Halbglatze mit Zunge und Herz am rechten Fleck.

Die Bude hat sich in all den Jahren als nachbarschaftliches Nachrichtenmagazin herausgebracht. Hier wird so mancher Kummer und Sorge ausgetauscht und die Menschen, die dort einkaufen, sind immer informiert, wenn es wieder etwas Neues in der Umgebung gibt. Man kennt sich halt. Den einen besser, die andere nicht so gut. Es wird ein nahezu faires, nachbarschaftliches Verhältnis geführt. Es ist Alltag in der Rosenstraße, in einem Vorort von Duisburg.

Maria wartet abseits der Bude unter einer Straßenlaterne.
Das fahle Licht der Laterne gibt genau ihre Stimmung wieder. Undurchsichtig, trüb, niedergeschlagen, matt und ausgebrannt. Sie fühlt genau, wie die Laterne deren Schein sie noch blasser erscheinen lässt, als sie real aussieht. Nutzlos, einfach irgendwo abgestellt und sie muss strahlen, obwohl es jetzt mitten in der Nacht, keinen kümmert, da niemand auf der Straße ist, dem sie leuchten kann.
Eine fünfundvierzigjährige Frau, die, die letzte Hoffnung in ihr gleich stattfindendes Treffen steckt. Sie raucht nervös eine Zigarette, läuft immer wieder ein paar Schritte auf und ab in Erwartung, dass nun endlich ihre Verabredung erscheint. In der linken Hand hält sie einen Briefumschlag fest umklammert.

Es ist Frühherbst und sie hat sich eindeutig zu dünn angezogen. Ihre Strickjacke und die dünne Sommerhose wärmen nicht mehr. Sie hätte besser den Wintermantel und die Jeans anziehen sollen.
Die Nacht ist sehr feucht und kühl. Es hat fast den ganzen Tag geregnet und nun zieht Nebel über der Wie-

se im Park auf. Sie fröstelt und ärgert sich über ihre Kleiderwahl. Die ersten gefallenen Blätter der umliegenden Bäume liegen bereits auf dem Rasen und sind auf Dietmars halb geöffneter Markise an der Bude gefallen.

Hier in diesem Viertel hatte sie lange mit ihrem Mann gewohnt.

Auch sie war öfters an der Trinkhalle und hatte für das Frühstück Brötchen, Zigaretten und manchmal auch eine Zeitung gekauft.

Dietmar kannte sie als eine fröhliche und lebenslustige Frau, die immer zu ´seiner Bande` ein paar freche Worte auf der Zunge hatte. Dietmar und Maria mochten sich. Dietmar sagte immer, „Wenn du nicht verheiratet wärst, dann..."

Marias stetige Antwort war dann immer: „Das Lieber Dietmar musst du dir erst verdienen."

Immer wieder lachte ´die Bande` über die gleiche Antwort.

Hinterher strahlte Maria nicht mehr. Sie ging nur noch sehr mürrisch an die Bude. Grüßte kurz und knapp, nahm ihre Einkäufe und ging. Dietmar und ´seine Bande` machten sich Sorgen. Sie reagierte nicht mehr auf die kleinen Neckereien. Irgendwann gaben sie dann auf. Doch davon bekam Maria nichts mehr mit.

Sie befand sich zu diesem Zeitpunkt schon in ihrer eigenen Welt.

Jetzt sieht diese, ihre eigene Welt anders aus. Sie sieht anders. Sie fühlt anders. Ihre Welt ist düster, neblig, kalt, trist und grau geworden. Sie sieht alles nur noch durch einen Schleier. Ihre Wahrnehmung ist stark getrübt. Ihre Stimmung lähmt sie von Tag zu Tag mehr. Sie kann dem Takt des Lebens und der Umwelt nicht mehr folgen. Die Hoffnungslosigkeit und Antriebslosigkeit, die sie nicht mehr von der Stelle bewegenlassen.

Die Gelähmtheit, diese Gefühllosigkeit, die nichts außer einer gedrückten und gequälten Seele zurücklassen. Ihre Seele ist zerrissen und es scheint nichts zu geben, was, sie je wieder zusammenflicken könnte.

Ein Rhythmus, der sie umgibt und sie lauter anschreit als jeder Knall, den das Universum je gehört hat. Es ist der Lärm einer Depression.

Das Gefühl der Machtlosigkeit gegen alles anzukämpfen und das Gefühl immer wieder als Verlierer dazustehen. Als Verlierer des Lebens. Ihr Selbsthass ist stark und ihr Wille, sich der Herausforderung des Lebens zu stellen, ist verschwunden.

Nichts macht ihr mehr Freude. Sie sieht ihre Umgebung nur noch wolkenverhangen und durch einen stark verpixelten Tunnel. Es gibt kein rechts und links mehr für sie. Nur noch geradeaus, das Licht am Ende des dunklen Tunnels, die Hoffnung auf mehr Glück, ist für sie erloschen.

Der Bleianzug ihrer trüben Stimmung lässt sich nicht mehr ausziehen. Er klebt wie eine zweite Haut an ihr.

Sie kann die Ketten der absoluten Machtlosigkeit und keinerlei Wahrnehmung nicht mehr sprengen. Sie hat sich in einem Netz verfangen, aus dem sie sich nicht mehr heraus befreien kann. Es gibt kaum noch Momente, in denen sie noch Lachen kann, Glück und Zufriedenheit, etwas Lebensfreude verspürt. Eine Verzweiflung, die sie innerlich auffrisst.

Sie gab ihren geliebten Job als Sachbearbeiterin in einem großen Konzern aus Angst zu Versagen auf. Sie hatte Angst vor der großen Verantwortung, die die Arbeit mit sich brachte, und arbeitet nun schon seit Jahren in einem Call Center als Telefonbetreuerin. Sie ist zufällig an diese Arbeit gekommen. Der Job ist Stress pur.

Jeden Tag, egal was der Anrufer wünscht, immer Empathie zeigen.

Wenn sie mit ihrer freundlichen Stimme ihre Anrufer begrüßt, merken diese nicht wie zerfetzt und zerrissen ihre Seele ist.

Sie gilt im Unternehmen als vorbildlich, immer höflich, immer freundlich den Anrufern, Vorgesetzten und Kollegen gegenüber. Auf der Arbeit kann sie noch ihre künstliche Fassade aufrechterhalten. Noch! Sie weiß nicht, wie lange, daher hat sie sich entschlossen, diesen Schritt zu gehen. Ihren letzten Schritt.

Nun gibt es nichts mehr, was sie an ihrem Entschluss aufhalten kann. Nichts mehr - der Entschluss steht fest.

Wenn sie nur selbst den Mut erneut aufbringen könnte.

Sie brachte nur einmal den Mut in ihrem Leben auf.

Maria ist eine relativ hübsche Frau. Sie ist vom Leben gezeichnet. Sie hat Gesichtszüge, die nicht recht zueinander passen, die sie auch auf Anhieb nicht sympathisch erscheinen lassen. Jedoch wenn sie ihr schönes Lachen zeigt, dann sehen die Menschen makellose Zähne, Lachfalten um die Augen und kleine Grübchen rechts und links an der Wange. Sie hat lange, schwarze Haare, die sie meistens zu einem Dutt am Kopf hochgesteckt hat. Sie hat Naturlocken, die es ihr jeden Morgen im Bad nicht einfach machen. Es ist schwer für sie, diese Mähne zu zähmen.

Jetzt fällt es ihr besonders schwer mit diesem Bleianzug und es ist ihr auch egal, wie ihre Haare aussehen.

Ihre grünen Augen lassen sie wild-katzenähnlich aussehen.

Ihre Figur ist für eine Mittvierzigerin fast makellos. Ein kleines Bäuchlein zeigt sich und die Hüfte ist etwas rundlicher geworden. Die nächtlichen Fressattacken und ihr unbändiger Hype auf Süßes zeigen langsam ihre Spuren.

Sie passt allerdings immer noch Kleidergröße 38 hinein.

Jeden Morgen schminkt sie sich mit großer Sorgfalt die Augen. Sie hasst ihr Äußeres. Sie findet sich unattraktiv und ist der Meinung, dass ihr wegen ihres Äußeren berufliche Aufstiegschancen und weitere Lebensqualitäten wie Freundschaften verwehrt worden sind.

Sie bekam in den letzten Jahren immer größere scheu sich in die soziale Gesellschaft weiter hineinzubewegen.

Auf der Arbeit macht sie am liebsten allein Pause. Geht in den umliegenden Parks spazieren und raucht. Sie nimmt an keinen beruflichen oder gesellschaftlichen Ereignissen wie Afterworkparties mit den Kollegen teil. Es fällt ihr schwer immer neue Ausreden zu finden damit, sie nicht an den Teamabenden teilnehmen muss.

Sie vermisst sie auch nicht. Die Einsamkeit des Singlelebens hat so in sie hineingebohrt, dass sie gar nicht mehr anders kann. Sie kann keine Menschen, die sich Freunde nennen, mehr um sich haben. Nein, sie hat regelrecht Angst vor sozialen Kontakten.

Einmal hatte sie ihren Mut zusammengenommen und ist in die City in das große Einkaufszentrum gefahren, war etwas einkaufen gegangen und anschließend in ein Café. Sie saß dort einige Zeit und schaute sich die gehetzten Leute an, die aus den Büros in die U-Bahn gingen und die genervten Mütter mit ihren Kindern und Einkäufen an.

Plötzlich wurde sie von einem Mann angesprochen und er setzte sich zu ihr an den Tisch. Das Gespräch begann sehr freundlich und sie fand ihn auch auf Anhieb sympathisch.

Er hieß Jochen und er sagte, dass er ihr Lachen sehr schön fände.

Sie konnte es nicht verstehen. Hatte sie wirklich gelacht? Ja, hatte sie. Sie musste über einen Clown lachen, der etwas ungeschickt einen Ballon zu einem Tier verknotet hatte und dem Kind, das vor ihm staunend stand, geben wollte. Der Kleine hatte es sich jedoch anders überlegt und lehnte das Geschenk mit einem unfreundlichen Geschrei und wilden Armbewegungen ab. Die Mutter musste kommen und ihn beruhigen.

Sie hatte es gar nicht gemerkt. Sie hatte gelacht. Aus voller Seele und Herzen.

Die Augen strahlten immer noch und es lief ihr sogar eine Lachträne über das linke Auge.

Jochen gefiel diese lockere Art. Einfach auf einer Einkaufsstraße allein in einem Café lauthals loszulachen. Ihm fiel auch sofort die wilde Lockenmähne auf. An diesem Tag trug Maria die Haare offen.

Sie hatten ein nettes Gespräch. Jedoch zögerte sie, ihm ihre Telefonnummer oder E-Mail-Anschrift zu geben. Sie hatte angeblich auch keinen Account bei Facebook oder What´s App.

Irgendwann gab Jochen dann auf und die beiden verabschiedeten sich.

Sie hatte es nicht aus Sturheit getan. Ganz im Gegenteil. Gerne hätte sie diesen sympathischen und gutaussehenden Mann wieder gesehen. Sie konnte nicht. Sie musste sich sogar beherrschen und einen Anflug einer Panikattacke unterdrücken. Er sollte nicht merken, was mit ihr los ist. Das wollte sie vor ihrem netten, neuen Bekannten nicht zugeben.

Ihr ist noch kälter geworden. Sie versucht, die Kälte durch Klopfen auf dem Oberkörper und etwas Armbewegungen aus dem Körper zu vertreiben. Es gelingt ihr nicht.

`Wann kommt er denn endlich, der muss doch schon längst da sein`, denkt sie sich voller Ungeduld. Sie zündet sich erneut eine Zigarette an. Die nächtliche Warterei macht sie nervös. Immer wieder schaut sie in ihre Hand, ob der Umschlag noch da ist. Sie fühlt ein Nasses, ihre Hände sind schweißnass, durchtränktes braunes Papier, indem sich ein Bündel befindet.

Das fahle Licht der Straßenlaterne verhöhnt sie und gibt ihrer nächtlichen Warterei einen Schein der Sinnlosigkeit.

Sie lebt jetzt fast ein Jahr von ihrem Mann getrennt. Er will nicht die Scheidung und sie hat nicht die Kraft dazu, diese einzureichen. Es widert sie an, einen Termin bei ihrer Anwältin einzufordern und endlich ihre endgültige Trennung, einzureichen. Wozu auch? Für ihr Vorhaben braucht Sie keine Unterstützung mehr.

Es war eine so harmonische Partnerschaft und eine doch so kurze Ehe. Fast dreißig Jahre lebte sie mit ihm in einer Beziehung. Erst an ihrem fünfundzwanzigsten Jahrestag hatten sie geheiratet. Wieso konnte denn eine glückliche Beziehung und spätere, daraus resultierende Ehe nach so vielen Jahren zerstört werden? Sie fragt immer wieder nach dem Wieso und Warum.

Als sich bei ihr die Depression entwickelte, war ihr Mann, ihr damaliger Lebensgefährte Klaus, noch an ihrer Seite. Sie merkte es jedoch nicht mehr, dass er noch unterstützen und helfen wollte. Sie grenzte sich immer mehr von ihm ab. Sie konnte nicht mehr reden. Einige Zeit später war er restlos mit seiner Partnerin und ihren Stimmungsschwankungen überfordert. Wo waren alle Gespräche, die beide in der Partnerschaft begleitet hatten, hin?

Sie zeigte nur Desinteresse und um sie herum war alles nicht mehr existent. Eine Mauer, die selbst aus Beton und Granit gebaut hatte, umgab und umgibt sie immer noch. Sie spaltete sich ab und lehnte jegliche Hilfe von ihrer Familie und Freunden ab. Sie ließ niemanden mehr an sich heran. Alle gut gemeinten Ratschläge überforderten sie und sah es nicht als Rat an, sondern als Bedrohung oder Vorwurf.

Erst als sich medikamentös von einem Neurologen einstellen ließ, ging es ihr besser und sie nahm seinen Heiratsantrag an.

Im Januar 2010 gaben sie sich auf dem Standesamt in Duisburg das Jawort. Nur sie beide, der Fotograf und der Standesbeamte waren anwesend. Maria wollte keine Feier. Als Hochzeitsreise flogen beide direkt nach der Trauung auf die Malediven. Ein Traum ging für sie in Erfüllung. Sie schwebte auf Wolken und war seit langem wieder glücklich.

Klaus war bis dato ein lieber und zärtlicher Mann. Er war immer für sie da und sie hatte das Gefühl, nichts könnte ihre Beziehung gefährden.

Jedoch ein paar Wochen nach der Hochzeit wandelte er sich. Er wurde immer herrischer und Maria ging es immer schlechter. Es war zwischen den beiden keine Nähe mehr möglich.

Als es Klaus, ein Jahr später nach der Hochzeit, gesundheitlich immer schlechter ging, er hatte einen versteckten Schlaganfall erlitten, und er seinen Job als Vertriebsassistent verlor, ging er mit allen psychischen Terrorfreiheiten auf Maria los. Er redete kaum noch mit ihr. Und wenn er sprach, dann war sein Ton unverschämt und seine Worte beleidigend und verletzend für sie. Er stellte sie vor ihren Freunden, vor der Familie und vor den Nachbarn bloß. Immer mehr fühlte sie sich wertlos und minderwertig. Er gab ihr immer wieder zu verstehen, der letzte Dreck zu sein.

Er hatte anfangs, als er arbeitslos wurde, versprochen sich komplett um den Haushalt zu kümmern, soweit es ihm möglich war. Er tat nur das Nötigste und schob seine eigene Lethargie und Antriebslosigkeit auf die bei ihm ausgebrochene Krankheit und gab Maria die Schuld.

Maria putze und räumte nach ihrem harten, schweren Arbeitstag auf und musste sich dafür noch anschreien lassen. Er schlug sie auch mehrmals.

Maria versteckte sich immer mehr in ihre eigene, kleine Welt aus ihren Träumen. Ihre Träumereien gaben ihr Halt und sie glaubte weiter an ihre Ehe. Sie hoffte, dass er sich wieder ändert und sie beide wieder miteinander glücklich würden.

Immer, wenn sie müde von der Arbeit nach Hause kam, gab es jeden Tag Streit. Um etwas den Familienfrieden aufrechtzuerhalten, tat sie alles um seine Wünsche zu erfüllen. Sie kaufte einen neuen PC,

Digitalkamera, Handy und versuchte weiter die Forderungen ihres Mannes zu erfüllen. Klaus Gehalt fehlte einfach. Ihr Lebensstandard war auf zwei Gehälter ausgerichtet.

Maria ging weiter arbeiten und gab ihr Bestes, sich nichts anmerken zu lassen. Einige Zeit später brach Maria zusammen und war für längere Zeit krankgeschrieben.

„Burnout, Frau Groß", sagte ihr Arzt. `Die moderne Ausdrucksweise für eine schwere Depression`, dachte Maria.

Der Mediziner stellte sie auf noch stärkere Antidepressiva ein. Sie nahm jetzt zwei verschiedene Mittel am Tag ein. Ihr ging es immer schlechter. Sie hatte das Gefühl, die Tabletten verstärkten ihre Depression, ihre Niedergeschlagenheit, als das sie ihr halfen. So sehr sie sich mühte, sie kam einfach nicht mehr aus diesem Loch heraus.

Als Maria nach ihrem Krankenstand wieder gesundgeschrieben war, konnte sie eines Abends nicht mehr.

Sie hatte Spätschicht. Am Morgen, beim gemeinsamen Frühstück, hatten sich beide wieder heftig gestritten. Es ging, mal wieder, um Kleinigkeiten. Die besagte Fliege an der Wand. Sie wurde mit Vorwürfen ihres Daseins von ihrem Mann überschüttet.

Die Gemeinsamkeit, seine Nähe war für sie nur noch eine Qual. Ihre Gefühle und ihre Liebe für diesen Menschen waren in ihrem innersten verloren gegangen. Er hatte sie so zermürbt, dass sie sich wie eine gerauchte, ausgedrückte Zigarette fühlte.

Nach dem Streit und auf der Arbeit fühlte sie den

ganzen Tag in sich nur eine Leere, es war ein Vakuum. Ein luftleerer Raum. Gefüllt mit nichts.

Sie schaffte es, irgendwie ihren Arbeitstag zu überstehen Sie erledigte ihre Telefonate wie ein Roboter und funktionierte einfach nur.

Ihre Seele hatte ihren Körper bereits verlassen. Sie bestand nur noch aus einer Hülle. Sie fühlte nichts mehr. Sie war ein toter Körper. Wie kann ein Mensch ohne Seele noch Leben?

Am Abend, wieder zu Hause, als Klaus schon schlief, betäubte sich zuerst mit starken Schmerzmitteln und Alkohol. Schrieb einen kurzen, knappen Abschiedsbrief an ihren Mann.

Sie schrieb, dass es ihr leidtue und sie keinen anderen Ausweg mehr sehe. Die Krankheit und die gesamte, desolate Situation hatten sie aufgefressen und ausgezehrt.

Danach nahm sie die Blutdrucksenker ihres Mannes und zum Schluss nahm sie eine große Packung Schlaftabletten, die ihr am Tag zuvor noch vom Arzt verschrieben wurden. Sie konnte und wollte nicht mehr Leben.

Was soll ein Mensch, der nur noch aus einer Hülle besteht, noch weiter Leben? Sie hoffte, durch die Tablettenmischung in der herannahenden Bewusstlosigkeit, zu erbrechen Sie wollte an ihrem erbrochenen, an ihrem bisherigen Leben, ersticken.

Sie legte sich ins Bett und war glücklich über den Gedanken am nächsten Tag nicht mehr da zu sein.`Heute ist dein letzter Tag in deinem Leben`, dachte sie noch. Zufrieden schlief sie ein.

Am nächsten Nachmittag wachte Maria benommen wieder auf. Klaus hatte sie einfach wie ein Stück Dreck liegengelassen. Unbeachtet. Als ob sie gar nicht existierte und es sie nicht mehr gab.

Er hatte keinen ärztlichen Notdienst oder Rettungswagen gerufen. Nichts.

Sie stand auf und ging sehr unsicher in den Flur ihrer gemeinsamen Wohnung. Maria bekam, halb bewusstlos, noch mit, als Klaus sie in den Arm nahm und sagte: „Ich geh mal zum Dietmar an die Bude, ein wenig quatschen". Er nahm seine Jacke und verließ die Wohnung.

Mit letzter Kraft und drei Versuchen schaffte es Maria, sich Hilfe über das Telefon zu holen. Sie rief den Notruf an.

Immer wieder fiel sie in die Bewusstlosigkeit. Der Rettungswagen traf schnell ein. Die Sanitäter fragten nach einem Partner.

Undeutlich antwortete sie, dass er die Wohnung verlassen hatte. Die Sanitäter packten Maria in einen Bademantel, der immer an der Badezimmertüre hing, nahmen ihre Handtasche aus dem Flurregal und fuhren sie mit Blaulicht und Martinshorn ins Krankenhaus.

Im Krankenhaus gaben sich die Ärzte viel Mühe Maria wieder zu stabilisieren. Immer wieder fiel sie in die Bewusstlosigkeit.

Als sie einmal kurz wach wurde, sah sie ihre weinende Mutter und ihren Bruder an ihrem Bett.

Sie wusste in diesem Moment, dass ihre Ehe mit Klaus gescheitert war und sie nie wieder nach Hause gehen konnte. Sie musste ihren Mann verlassen. Sie wollte nicht mehr.

Die Ärzte brachten sie auf die Intensivstation. In der Nacht stand Maria, als sie wieder ein wenig klarer war, aus ihrem Bett auf. Sie befreite sich von den Zugängen aus denen Kreislaufmittel und andere Medikamente, die in ihre Adern flossen und dem EKG. Den Blasenkatheter konnte sie nicht entfernen. Sie nahm den Urinbeutel, der an ihrem Bett hing, in die Hand und ging aus dem Zimmer auf den Flur und fand eine Türe, die ins Treppenhaus führte.

Sie wollte nach oben und vom Dach springen. Orientierungslos stand sie da.

Die Nachtschwester fing sie ab. Maria zitterte am ganzen Körper, sie hatte ihre ganze Kraft verloren. Sie bat die Schwester noch, sie gehen zu lassen. Sofort war auch ein Arzt zur Stelle und redete auf Maria ein. Maria bekam wieder nichts mit. Eine erneute Bewusstlosigkeit setzte ein und sie klappte im Flur zusammen.

Am nächsten Morgen, als sie von einer Schwester geweckt wurde, lag sie mit Gurten fixiert im Bett.

Kurze Zeit später kam der Arzt zu ihr ins Zimmer und meinte: „Sie haben uns aber heute Nacht gut auf Trab gehalten Frau Groß."

Maria schämte sich.

„Wie geht es Ihnen?" Der Arzt klang fröhlich.

In Marias Kopf hämmerte ein Presslufthammer mit einer Betonsäge um die Wette.

„Durst" war das erste Wort ihres neuen Lebens.

Die Schwester füllte etwas Wasser in ein Glas und wollte es Maria geben. Marias Hände waren fixiert und sie konnte nicht nach dem Glas greifen.

„Schwester, bitte lösen sie die Fixierung. Ich glaube nicht, dass unser Sorgenkind noch Blödsinn machen wird", sagte der Arzt.

Die Schwester löste die Gurte. Gierig griff Maria nach dem Glas, das die Schwester auf dem Nachttisch neben sie gestellt hatte und trank sehr hastig. Sofort stieg Übelkeit in ihr hoch.

Der Arzt leuchtete ihr in die Augen und las die Werte an den Überwachungsgeräten ab. „Na, da sind wir ja wieder. Frau Groß, was ist passiert?" Er überprüfte den Sitz ihrer Sauerstoffmaske im Gesicht.

„Ich weiß nicht", flüsterte sie.

„Gleich kommt ein Psychiater und wird sich das Ganze hier einmal ansehen", gibt ihr der Doktor fröhlich vor.

Unter ihrer Laterne versucht sich Maria an den Arzt zu erinnern, der sie am Morgen nach ihrem Suizidversuch untersucht hatte. Sie kann es nicht. Krampfhaft versucht sie sich die Erinnerung wie einen Blutegel aus der Haut, aus ihrer Erinnerung, aus ihrem Kopf zu ziehen. Es gelingt ihr nicht.

Sie ist gesichtsblind. Für sie sehen alle Menschen gleich aus. Sie kann die Menschen nur an ihren festen Plätzen einordnen. Wenn sie einen Menschen, den sie nicht so gut kennt und den sie schon länger nicht mehr gesehen hat, an einem anderen Ort trifft, kann sie ihn meistens nicht zuordnen. Meistens fragt sie dann nach Namen. Die kann sie sich gut merken, jedoch das dazugehörige Gesicht will sich nicht einordnen lassen.

Sie ist nicht mehr böse auf ihren Mann, der sie am nächsten Morgen im Krankenhaus auf der Intensivstation noch kurz besucht hatte und meinte: „Die Schwester hat mir auch gesagt, dass alles hier vollkommen unnötig ist. Ich habe übrigens deine Mutter angerufen", sagte er noch mit Stolz in der Stimme – Nein sie hasst ihn abgrundtief dafür.

Aber was war unnötig? Das sie noch lebte. Das ihr versuchter Selbstmord ihr misslungen war. Das sie hier lag. War sie noch unnötig auf Welt? War ihr ganzes Leben unnötig?

Sie verfluchte sich selbst, und geboren worden zu sein.

Er stellte die Tasche, die er zu Hause gepackt hatte, mit den nötigsten Utensilien für das Krankenhaus ab. Maria bat ihn, zu gehen. Er ging.

In einem späteren Gespräch mit ihrem Mann erfuhr sie dann, was er gemeint hatte. Es war unnötig, dass sie auf der Intensivstation lag. Er meinte, soviel Aufmerksamkeit war unnötig. Einfach kurz ein kleines Mittelchen und wieder ab nach Hause. Er beließ es bei seiner Meinung und fertig.

Sie war, mal wieder, die Täterin.

Zwei Uhr siebenunddreißig zeigt ihre Armbanduhr an. Sie überlegt zu gehen. Sie starrt zu Dietmars Tresen. Die Leere und das heruntergelassene Rollo an der Verkaufstheke geben genau ihr innerstes wieder. Verlassen und nutzlos.

Sie weiß, dass sich Dietmars ´Bande` hier am Vormittag wieder einfinden wird und der Alkohol wieder durch trockene Kehlen fließt. Sie selbst verabscheut Alkohol.

Vom Kiesweg im Park hört sie es rascheln und schnelle Schritte. Ist das endlich ihre Verabredung? Ein sehr ungepflegter Mann tritt in Erscheinung.

Die Kapuze seiner schmuddeligen Baseballjacke hat er sehr Tief ins Gesicht gezogen. Die Jeans ist schmutzig, zerrissen und ausgebeult. Die Turnschuhe sind ausgetreten und es sieht aus, als wären diese schon durchlöchert und gar nicht mehr brauchbar. Trotz der nebligen, dunklen, mondlosen Nacht trägt er eine Spiegelsonnenbrille.„Bist du Maria?" fragt er, als er noch ca. drei Meter von ihr entfernt ist.

„Sie kommen zu spät", faucht ihn Maria leise an.

Er tritt nahe an sie heran. Maria kann seinen Schweiß und seinen modrigen nach Alkohol und Zigaretten stinkenden Atem riechen.

„Stell dich nicht so an! Ich bin auch beschäftigt. Termine, Termine. Termine. Mach jetzt ja keinen Stress Alte!" Er steht nun neben ihr.

Maria sieht ungepflegte, angefaulte Zahnstumpen. Ihr ekelt es. „Ausgemacht war zwei Uhr – jetzt haben wir fast schon Viertel vor drei." Maria hasst, zu spät kommen.

„Haste alles dabei?", fragt er genervt.

„Ja, wie besprochen." Maria versucht, ihre Fassung zu bewahren.

Sie zögert, ihm den Umschlag zu übergeben. Immerhin beinhaltet dieser ihr ganzes, gesamtes Erspartes. Dreißigtausend Euro. Ein Sparvertrag, den sie erst vor ein paar Wochen ausgezahlt bekommen hat. Ihr Mann wusste nichts darüber. Sie sagte auch all die ganzen Jahre kein Wort. Sie wollte ihn damit überraschen. Er hatte die ganzen Jahre nichts bemerkt.

„Ja, komm gib schon her, Alte. Ich hab´nicht ewig Zeit. Ist alles da drin? Wie abgemacht? ´Der Boss` hasst es, wenn die Hälfte fehlt", gibt ihre Verabredung fordernd zurück.

„Ja, alles! Prepaidhandynummer, Zettel mit meiner Anschrift und die Adresse, wo ich arbeite, mein Schichtplan und ein aktuelles Foto. Gestern noch schnell gemacht. Wann wird er es tun?" fragt Maria vorsichtig nach.

„Mein Gott Alte, ich weiß es nicht. Der hat auch seine Termine, und wenn du dran bist, bist du dran. Alles der Reihe nach", gibt er noch genervter als Antwort zurück.

Maria gibt ihm zögerlich den Umschlag. `Teddy` greift gierig, nach dem mit Schweiß durchtränkten Papier. Er reißt ihn auf, schaut sich das Geldbündel an und steckt beides unter seine Jacke.

„So ich bin dann weg. Du wirst es schon merken, wenn es so weit ist", gibt er nüchtern an seine Verabredung weiter.

Er geht wieder den gleichen Weg durch den Park, den er auch gekommen ist. Maria kann noch eine kurze Zeit den Kies unter seinen Füßen knirschen hören.

Maria dreht sich um und geht auf die andere Straßenseite zu ihrem Auto. Steckt zittrig den Schlüssel ins Zündschloss, macht das Licht an und startet den Motor ihres babyblauen Micras und fährt los. Sie merkt nicht, dass ihre Verabredung sich noch die Autonummer schnell notiert. Für ihr jetziges Vorhaben braucht man keinen Hass und keine Zweifel mehr. Sie ist nur froh, wenn alles vorbei ist. Die Tage für immer beendet sind.

Zu Hause angekommen, sie wohnt seit der Trennung im Nachbarstadtteil in einer Dachgeschosswohnung, steckt sie schnell den Schlüssel in ihre Eingangstüre.

Auf dem Weg ins Bad zieht sie sich ihre Sachen aus und lässt diese einfach im Flur fallen. Sie ist durchgefroren und möchte nur noch unter die heiße Dusche und dann ins Bett.

Sie hat Spätschicht am nächsten Mittag von dreizehn

Uhr bis zweiundzwanzig Uhr und möchte gerne vor der Arbeit noch ein wenig schlafen.

Das warme Wasser tut ihr gut. Die Glieder entspannen und sie fühlt, wie die Wärme sich in ihrem Körper ausbreitet. Sie lässt es sehr lange laufen und duscht ausgiebig. Sie benutzt ihr Lieblingsduschgel. Lavendel. Sie mag den Duft.

Sie mag Lavendel und Efeu. Besonders mag sie Efeu. Diese Pflanze, die nie aufgibt und sich immer wieder, egal was man ihr angetan hat, hochkämpft. Sie hatte Efeu extra in ihren Brautstrauß einarbeiten lassen. Als Symbol für ihre „Auferstehung". Gebracht hat es leider nichts. Die Ehe scheiterte kurz vor ihrem vierten Hochzeitstag, nachdem ihr Mann ihr den Beweis seiner Liebe und Verantwortung verweigert hat.

Sie ist sich sicher, dass dieses Treffen, gerade vor einigen Minuten, der richtige Schritt ist. Sie hat einen Auftragskiller angeheuert, der sie umbringt.

Durch Zufall, beim Surfen im Internet, hat sie eine Art Anzeige gesehen. Irgendwie ging einmal ein Popup mit Hinweis auf eine Pornoseite auf. Maria war neugierig und klickte sich durch die Seiten, als sie auf einen Link stieß, der sie dort zu diesen Zeilen hinführte: Übernehme jeden Auftrag und eine Handynummer. Mehr war in dieser Anzeige nicht zu sehen. Maria notierte sich die Handynummer. Eine innere Stimme sagte ihr, dass dies die richtige Nummer ist und sie ihr Vorhaben in die Tat umsetzen konnte.

Ein paar Tage später rief sie die Nummer an. Eine sehr freundliche, gut gelaunte, männliche Stimme ging ran und meinte einfach schlicht „Hallo!"

Maria wollte schon auflegen, durch jahrelange Telefonerfahrung im Call Center wusste sie, wann sie richtig war und wann nicht. So konnte unmöglich jemand klingen den sie um ihr Vorhaben bitten könnte. Sie nahm ihren Mut zusammen und fragte: „Was heißt, übernehme jeden Auftrag?"

Die Stimme am Ende anderen Ende blieb erst einmal ruhig und sagte dann: „Was immer du willst, Süße." Ich mache alles", gibt der Angerufene freundlich zurück.

Maria fühlte sich im ersten Moment nach der Aussage sehr angewidert und wollte schon auflegen, als die Stimme ihr ins Ohr flüsterte. „Ich mache wirklich alles! Hier bist du beim Profi!", gab er schnell zurück.

Die Stimme klang auf einmal noch sympathischer und sehr reizvoll. Die konkrete Aussage gefiel ihr.

Auf sexuelle Handlungen hatte Maria jedoch keine Lust und der Gedanke irgendwo sich mit einem Fremden zu treffen und etwas zu tun, was ihr eventuell nicht gefiel, behagte ihr nicht.

Plötzlich wurde die Stimme ernst. „Du hast meine Nummer gefunden, also was willst du bitte?" Er klang schon etwas energischer und direkter.

Mit so viel Höflichkeit hatte Maria nicht gerechnet. Das Wort Bitte kennt sie weitgehend nur aus ihrem eigenen Sprachgebrauch.

„Bringst du auch Leute um?", Maria zögerte mit der Frage.

Die Stimme am anderen Ende wurde still und sie konnte ein leises pfeifen und raunen hören.

„Ist die Nummer nicht ein wenig zu groß für dich, Süße?", ist seine ironische Antwort.

Maria ließ sich nicht aus der Fassung bringen. Sie hatte schon schwierige Gespräche mit Fremden, Unbekannten, geführt. Viele erlaubten sich noch größere Frechheiten am Telefon. Hiermit würde sie doch locker fertig.

„Ja, ich meine es ernst. Würdest du jemanden für mich umbringen?", sie klang sehr direkt und entschlossen.

„Also Süße, ich finde deine Stimme sehr sympathisch. Was meinst du Maus, du kannst doch hier nicht einfach anrufen. Wenn du Krach mit deinem Alten hast, dann bist du hier falsch!" Du hast eine viel zu geile Stimme, als das ich dir glauben würde, dass du deinen Mann loswerden willst. Für eine schnelle Nummer bin ich gerne bereit, du klingst echt sexy, weißt du das?", gab er belustigt zurück.

„Ich will nicht meinen Mann umbringen. Du sollst mich erledigen!", war ihre Antwort.

Jetzt war es raus. Sie hatte ihren innigsten Wunsch, Sterben zu wollen, geäußert.

2

`Teddy´ hasst es, mit öffentlichen Verkehrsmitteln zum ´Boss` zu fahren. Er musste dreimal, bis er auf dem Campingplatz an der Holländischen Grenze war, umsteigen.

Warum wohnt ´der Boss` denn nur auf einem Campingplatz?

Die Hütte, die er bewohnt, ist Bungalow ähnlich errichtet. Es gibt dort jeglichen Komfort. ´der Boss` bewohnt ein Chalet, das in die oberste Luxuskategorie gehört.

´Der Boss` will nicht, dass er mit dem Auto dort hinkommt. `Teddy´ besitzt auch kein Auto mehr, seitdem er seinen letzten Alfa Romeo zu Schrott gefahren hatte.

Als er sich ein Auto leisten konnte, liefen „seine Geschäfte" noch recht passabel. Er hatte einige Mädels, die für ihn anschafften. Jedoch machte er sich in der Zuhälterszene keinen guten Namen und er hatte auch viel Geld beim Glücksspiel verloren. Er konnte sich gerade noch bei ´Null` aus seiner Misere ziehen.

Er bekommt Hartz4 und mit den wenigen, kleinen Aufträgen für ´den Boss` schafft er es, sich einigermaßen über Wasser zu halten. Zumindest nagt er nicht am Hungertuch.

Er versorgt noch seine 14-jährige Tochter aus einer früheren Freundschaft. Für seine 14-jährige Tochter macht `Teddy´ alles. Er versucht, ihr jeden Wunsch zu erfüllen.

Meistens sind es teure Designerklamotten, Handys und TabletPCs. `Teddy´ gibt immer sein Bestes um seine heiß geliebte Tochter zufrieden zu stellen.

Wenn er ihr das neueste Wunschhandy gibt, dann leuchten ihre Augen und ein Strahlen geht über ihr ganzes Gesicht. Vera, seine Tochter ist ein liebes Mädchen.

Es hätte auch so schön werden können. Wenn, seine damalige Freundin und er, nicht so jung gewesen wären.

`Teddy´ hatte gerade seine Ausbildung zum Einzelhandelskaufmann abgeschlossen und er wurde von seinem Ausbildungsbetrieb, einer großen Discounterkette, übernommen.

Er arbeitete hart und viel. Keine Überstunde war ihm zu schade. Er wollte in dem Unternehmen Karriere machen. Er tat alles dafür.

Eines Tages stand sie dann im Geschäft und wollte eine Flasche Mineralwasser aus dem oberen Regal. `Teddy´, auf dessen Namensschild Georg Friesik stand, half ihr. Sie zeigte ihm ihr schönstes Lächeln.

`Teddy´ raffte all seinen Mut zusammen und es ergab sich ein nettes Gespräch. Sie verabredeten sich noch am selben Abend in einer Eisdiele in der Nähe. Aus der Verabredung entwickelte sich eine Partnerschaft und daraus entstand dann Vera.

Seine Partnerin und er zogen zusammen. An Heirat wurde nicht gedacht.

Das Geld war sehr knapp in dieser Zeit.

`Teddy´ schaffte es nicht, die kleine Familie von seinem Gehalt durchzubringen und eines Tages griff er bei der Abendabrechnung in die Kasse. Er nahm sich zuerst nur Vierhundert Euro.

Er konnte die Belege so manipulieren, dass es auch nicht auffiel. Meinte er.

Der finanzielle Druck wuchs. Die Wohnung, die Ausstattung für das Kind. `Teddy´ bediente sich immer wieder. Zuletzt nahm er größere Beträge. Bis es bei einer Revision auffiel.

`Teddy´ geriet sofort in Verdacht. Als sein Vorgesetzter ihm die Diebstähle nachweisen konnte, gestand er sofort. Natürlich wurde er sofort entlassen und sein Arbeitgeber erstattete Anzeige.

Bei der späteren Verhandlung kam heraus, dass er seinen Arbeitgeber um mehr als fünfzehntausend Euro erleichtert hatte. Er wurde zu einer Bewährungsstrafe verurteilt und gilt seit seinem zwanzigsten Lebensjahr als Vorbestraft. Drei Jahre auf Bewährung.

Dank dieser Vorstrafe konnte er nie wieder in seinem geliebten Beruf arbeiten. Kein Arbeitgeber gab ihm eine neue Chance. Sein Polizeiliches Führungszeugnis gibt über sein Vergehen Auskunft. Die Beziehung zu seiner Freundin ging in die Brüche.

Seitdem kämpft er sich mit Gelegenheitsjobs durch und hat auf dem Arbeitsmarkt keinen Fuß mehr fassen können.

Endlich kommt `Teddy´ am Chalet an. ´der Boss` hat die Parzelle im hinteren Teil des Campingplatzes. In der Nobelgegend, wie es die Mitcamper immer zu sagen pflegten. Er hat seine Hütte direkt am See gebaut und die Aussicht von der Terrasse über den See ist einfach nur wunderschön.

Im Sommer wird die Terrasse offen gehalten. Wenn es kalt ist, kann ´der Boss` durch schließbare Schiebetüren den Raum als Wintergarten nutzen. Er hat die Terrasse noch offen. Der Tag verspricht warm und schön im Frühherbst, zu werden.

Pünktlich, wie verabredet um neun Uhr, klopft `Teddy´ an die Eingangstüre. Gut gelaunt macht ´der Boss` ihm die Türe auf.

„Pünktlich ‚`Teddy´, gut.

„Guten Morgen ´Boss`“, sagt `Teddy´ schüchtern.

„Ja, auch guten Morgen, hast du alles dabei?“

„Ich denke, ja. Hier ist der Umschlag.“ `Teddy´ greift unter seine Jacke und gibt ihm ein zerknittertes, braunes Papier.

„Mensch ‚`Teddy´ geh mal ausgiebig Duschen! Die heutigen Hygienestandards erfüllst du nie und nimmer. Du stinkst vielleicht! Und wie sehen deine Sachen aus? Mann, wasch dich und zieh mal was sauberes an! Ein Mann muss nicht riechen, wie ein Mann riechen muss! Geh mal unter meine Gartendusche! Das Wasser ist zwar kalt. Wird dir aber guttun. Ich gebe dir ein paar Sachen, die ich nicht mehr anziehen mag. So kommst du nicht hier rein.“

`Der Boss` verzieht angeekelt das Gesicht.

`Teddy´ gehorcht sofort und geht den Weg um das Chalet herum in den Garten zu einer blickdichten Ecke, in der´der Boss` die Gartendusche hat. Als er sich entkleidet gibt ´der Boss` ihm die sauberen Sachen sowie Duschgel, Shampoo und ein Handtuch. Ihm fröstelt es.

Zuerst ist das Wasser sehr kalt und unangenehm für ihn, jedoch je länger er unter der Dusche verweilt, desto besser wird sein Gefühl. Er wäscht sich ausgiebig, trocknet sich ab und zieht die ausrangierten Sachen vom ´Boss` an. Sie passen. Seine getragenen Sachen wirft er in die Mülltonne und macht sich auf den Weg zur Terrasse.

Mehr kennt `Teddy´ nicht vom Chalet. ´Der Boss` hat ihm noch nie etwas Weiteres gezeigt.

„Du siehst schon viel besser aus! Du kannst die Sachen behalten! So, wie abgemacht, hier sind die fünfhundert Euro. Hat die Alte irgendwelche Zicken gemacht?", fragt er gut gelaunt nach.

„Nein, war alles gut!" `Teddy´ räuspert sich.

„OK. Ich brauche dich erst einmal nicht mehr. Du kannst dann wieder gehen!" ´Der Boss` will sich abwenden.

„Ähm, ´Boss` ich habe noch etwas für sie", hakt `Teddy´ unsicher nach.

„Ja, was denn noch?", ´der Boss` klingt genervt.

„Für hundert Euro extra können sie die Autonummer, Modell und Farbe ihres Autos bekommen", gibt `Teddy´ nun etwas sicherer an.

Normalerweise würde dem ´Boss` diese Forderung sofort zur Weißglut bringen. Jedoch ist er heute Morgen so gut gelaunt, dass er es einfach so hinnimmt. Welch eine Beleidigung. Als ob er nicht selbst in der Lage ist, ihr Auto herauszufinden. Er ist bereit ihm zu verzeihen und täuscht reges Interesse vor. Für diese Frechheit seines Handlangers opfert er gerne Hundert Euro.

Er hatte in der Früh, im nahen Wald so ausgiebig gejoggt und seit langem wieder fünfzehn Kilometer geschafft. Seine Laune ist entsprechend bestens.

„OK, ich bin gern bereit dafür. Immer her damit!" ´Der Boss` zeigt gespieltes Interesse.

„Erst die hundert Euro, ´Boss.` `Teddy´ zeigt vorsichtige Hartnäckigkeit.

Langsam, ein wenig gereizt nimmt `der Boss` seine Brieftasche aus der Hosentasche, öffnet seine Geldbörse und wirft ihm den Hunderter hin.

„OK. Habe ich auf dem Zettel hier notiert." `Teddy´ gibt ihm das Geschriebene.

„Gut, du bist dann raus, wenn ich dich wieder brauche, melde ich mich." gibt ´der Boss`, froh das Gespräch hinter sich zu haben, vor.

`Teddy´ geht um das Chalet herum und macht sich auf den Weg nach Hause. Es hat sich für ihn gelohnt. Sechshundert Euro und was Neues zum Anziehen mal eben kurz verdient. Das einzig Unangenehme war die kalte Dusche, jedoch wollte er ´den Boss` nicht verärgern. `Der Boss` ist heute Morgen extrem gut gelaunt.

Wieder allein öffnet ´der Boss` den Umschlag. Neugierig holt er das Geld, einen Zettel mit Notizen und ein Foto heraus. Zuerst zählt er das Geld. Dreißigtausend Euro liegen vor ihm auf dem Glasdesignergartentisch. `Teddy´ hat ihn nicht beklaut.

Er nimmt es und schließt es im Wohnzimmer in einen Safe.

Bevor er wieder auf die Terrasse geht, brüht er sich noch einen Cappuccino in seiner Kapselmaschine auf, nimmt die Tasse, als dieser fertig ist und setzt sich wieder zurück auf die Terrasse.

Ihn interessiert das Foto. Welche Frau hat einen solchen Gedanken und möchte sich umbringen lassen? Soll sie doch einfach ein paar Tabletten nehmen oder sich die Pulsadern aufschneiden, von einer Brücke springen, und weg ist sie. Für ´den Boss` einfach unverständlich.

Er sieht ein Ganzkörperfoto einer Mittvierzigerin. Schlank. Schwarze lange Haare und lockig.

Die Frau hat ein schwarz/weißes Kleid an. Das Kleid steht ihr gut und sieht sehr edel aus. War mit Sicherheit nicht ganz billig. Die Arme hat sie in die Hüften gelegt und macht einen entschlossenen Eindruck. Sie hat hohe Schuhe an. Ein wirklich sehr gelungenes Selfie. Sie steht im Schlafzimmer vor ihrem Bett und lächelt sogar ein wenig.

Ihm fallen sofort die katzengrünen Augen und die langen schwarzen, lockigen Haare auf.

Diese Frau ist nicht besonders hübsch aber auch nicht hässlich.

Sie hat eine wohlgeformte Figur und lange Beine. Guter Durchschnitt.

Er sieht sich lange und ausgiebig das Bild der Unbekannten an.

Er nimmt das Foto und den Rest aus dem Umschlag, ihre Notizen und geht in sein Arbeitszimmer, macht den PC und Scanner an. Er will das Foto scannen und ihre Augen etwas näher sehen. Die Augen und die Haare kommen ihm bekannt vor. Eine Katze. Woher kennt er diese Frau?

Er hat sie schon einmal gesehen. Vor vielen Jahren ist er sich sicher.

Er legt das Foto unter den Scanner und gibt den Eingabebefehl. Sofort transferiert sich das Bild auf den Bildschirm. Er nimmt die Augen in den Fokus und vergrößert diese. Mit der Maus scrollt er so lange, bis er nur noch die Augen auf dem Bildschirm hat. Er schärft das Ausgeschnittene und sieht nun diese Augen klar und deutlich vor sich. Sie sind sehr sorgfältig geschminkt und drücken eine Traurigkeit und gleichzeitige Entschlossenheit aus. Der Blick ist leer, dennoch kampfbereit.

Er weiß, dass er diese Augen schon einmal gesehen hat. Er kann sie für den Moment noch nicht zuordnen.

Er speichert, das Foto und den Ausschnitt des Bildes, ihre Augen in ihren Ordner, er legt sich für jeden Auftrag einen neuen Ordner an, ab.

Dann sieht er den Zettel mit der Handynummer und

ihren Schichtplan. Alles schön säuberlich auf Papier geschrieben. Sie hat den Schichtplan extra in einer Tabelle aufgelistet. Bis Ende Oktober ist alles so weit dargestellt. Ab dem Zeitpunkt, wo sie ihre Arbeitszeit nicht genau weiß, hat sie den Trend notiert.

Sie arbeitet lange, auch an den Wochenenden und Feiertagen. Immer wieder gibt es Wechsel zwischen Früh-, einer Mittel- und Mittagsschichtwoche. Die nächsten acht Tage hat sie Mittagsschicht von zwölf Uhr bis einundzwanzig Uhr oder von dreizehn Uhr bis zweiundzwanzig Uhr und dann ein freies Wochenende.

Er bekommt vor dieser, langen, harten Woche, hohen Respekt. Er hatte auch einmal viel gearbeitet, als er sein Unternehmen gegründet und aufgebaut hatte. Siebzig Stunden in der Woche waren für ihn keine Seltenheit.

Er leitet ein erfolgreiches Computerunternehmen für die IT-Sicherheit. Seine Firma erarbeitet, mit seinen Auftraggebern weltweit die Server sicherer vor Hackerangriffen zu machen. Er machte sein Hobby, das noch aus den Anfängen des Internets kommt, zum Beruf.

Er hackt sich in verschiedene Rechner und Server ein, hinterlässt eine kleine Visitenkarte, damit die Firmen ihn beauftragen. Danach dämmen er und seine angestellten Programmierer dann die Sicherheitslücken ein.

Er scheut sich nicht davor, in die großen Banken, Kreditkartenunternehmen und Onlinebezahldienste einzuhacken. Jede Weltfirma hat schon seine Visitenkarte gesehen. Seine programmierten Firewalls sind weltweit eine führende Marke.

Er hatte sich sogar schon ins Bundeskanzleramt eingehackt. Die Mails der Kanzlerin und deren Berater gelesen. Es war verdammt schwer dort hineinzukommen, doch sein Ehrgeiz war groß und er hatte Tage- und Nächtelang vor dem Computer programmiert. Erst als er eine Datei, so winzig klein, im Nano-Bereich kreierte, klappte es. Die Datenmenge, die winzig klein war, schlüpfte einfach durch die Firewall hindurch. Die Datei ernährte sich von weiteren Daten und breitete sich in die Gebiete, die er ihnen befahl, aus.

Er hinterließ seine virtuelle Visitenkarte. Kurze Zeit später klingelte auch schon das Telefon und die Sicherheitsberater der Bundesregierung wollten ihn sprechen.

Er flog nach Berlin. Alles unter strengster Geheimhaltung.

Froh, dass er keinen Schaden angerichtet hatte, gab ihm die Regierung den Auftrag. Alles andere blieb geheim. Er erledigte diese Arbeit selbst. Keiner seiner Angestellten oder Freunde wussten davon. Er verdiente daran einen sechsstelligen Betrag.

Sie hat die Adresse ihres Arbeitgebers unter die Tabelle geschrieben. Sie hat sogar die Etage und die Abteilung notiert, für die sie arbeitet. Telefonischer Support für einen Mobilfunkanbieter. Sie arbeitet in Krefeld in einem Call Center.

Als Erstes nimmt er sich die genannte Mobilfunkrufnummer vor. Er hackt sich in die Bundesnetzagentur für Telekommunikation ein. Er hatte hier auch eine Firewall kreiert, jedoch hatte er sich ein kleines Fenster offen gelassen, durch das er jederzeit hindurch schlüpfen kann. Für spätere Recherche und zur weiteren Absicherung. Niemand hat bisher diese winzig kleine Lücke bemerkt. Er sucht nach der Handynummer und kontrolliert, ob sie sich an die Abmachung gehalten hatte. Hatte sie. Diese Mobilnummer gilt als anonym registriert.

Danach sucht er sich ihre Festnetznummer, ihre IP-Adresse und Handynummer. Er weiß jetzt, den Anbieter bei dem sie ihre Telekommunikationsdienste in Anspruch nimmt.

Er hackt sich in das Einwohnermeldeamt/Ordnungsamt ihrer Heimatstadt in Duisburg ein. Lediglich mehrere Parkverstöße sind dort zu sehen. Ihre Heirat fand im Januar 2010 statt.

Mit der von `Teddy´ genannten Autonummer geht er in das Bundesregister für Verkehrsvergehen in Flensburg. Dort sieht er, dass sie einen Punkt wegen zu schnellen Fahrens hat und ihr Bußgeld sofort entrichtet hatte. Ihren Führerschein hat sie 1990 gemacht und ist noch auf ihren Mädchennamen registriert. Strawinsky. Maria Strawinsky.

Auch hackt er sich in die Schufa-Datenbank ein. Es liegt nichts gegen sie vor. Keine Schufa-Eintragungen – Nichts.

Ein einwandfreier Leumund. Warum will diese Frau sterben?

Er will noch mehr über sie erfahren.

Er hackt sich in das EDV-Netzwerk ihrer Firma ein. Es ist leicht. Die Firma hat eine sehr veraltete Firewall und die Systeme sind auch nicht mehr auf dem neuesten Stand. Hier kann er sich so richtig austoben. Niemand wird etwas merken. Er überlegt, eine Visitenkarte einzubringen. Lässt es aber. Wichtig sind erst einmal ihre Daten. Schnell ist er dort, wo er hinwill. In ihrer virtuellen Personalakte.

Sie hat vor über acht Jahren dort angefangen. Ein Vermerk in ihrer Akte zeigt, dass sie wohl das eine oder andere Mal ihre Meinung kundgetan hat. Die Vorgesetzten ließen eine Aktennotiz anfertigen. Ununterschrieben, mit keinerlei Kenntnis von ihr. Er sieht ihr Gehalt und ihre Bankverbindung.

Er notiert sich ihre Bankverbindung.

Er schaut in ihr Konto bei der Bank nach. Auch seine Hausbank. Die Firewall ist ihm sehr bekannt. Wieder ein Schlupfloch, das er offen gehalten hat.

Sie hat ein gedecktes Konto und erst vor kurzem einen Sparvertrag ausgezahlt bekommen. Er ahnt, woher das für ihn bestimmte Geld stammt.

Finanziell steht sie für „normale" Verhältnisse gut da. Sie hat keine Kredite oder Abzahlungen. Sogar ihr Auto wurde direkt auf einen Schlag bezahlt. Das kann er an einer Überweisung an das Autohaus sehen. Sie zahlt ihre Miete, ihre Nebenkosten, Strom, Gas Wasser, Telefon und alles Weitere sofort. Ein sehr korrekter Mensch. Sie holt zweimal im Monat Bargeld ab, den Rest zahlt sie mit der EC-Karte. Mehr braucht er erst einmal nicht zu wissen.

Er speichert seine gesammelten Daten in ihren Ordner ab.

Es ist schon früher Mittag. Er sieht sich noch einmal ihr Foto an. Die Augen. Woher kennt er diese Augen? Dann fällt es ihm ein. Sie sind ihm schon einmal vor sehr langer Zeit begegnet und er war der Böse.

*

Maria ist froh, den Wecker gestellt zu haben. Er klingelt sie morgens um halb zehn aus dem Bett. Sie hat heute Spätschicht von dreizehn Uhr bis zweiundzwanzig Uhr.

In der Nacht hatte sie, trotz, ihres abgegebenen Auftrages, sehr gut geschlafen.

Sie fühlte eine große Erleichterung, bevor sie einschlief.

Heute Morgen geht es ihr gut. Sie öffnet das Rollo ihres Schlafzimmerfensters und die Sonne strahlt sie gleißend an. Der Baum vor ihrem Fenster bewegt sich mit dem Wind, als ob er die letzten Sonnenstrahlen des Sommers noch einmal aufnehmen und für den Winter aufbewahren möchte.

Es verspricht ein schöner, warmer Frühherbsttag zu werden.

Sie geht durch den Flur und rafft die hingeworfenen Sachen zusammen. Sie hatte heute Nacht keine Lust mehr diese aufzuräumen.

Sie geht mit ihren Sachen ins Bad und steckt sie in die Waschmaschine, geht auf die Toilette, entkleidet sich und danach stellt sich unter die Dusche. Sie duscht sehr lange und ausgiebig. Wie auch schon heute Nacht genießt sie das warme Wasser, welches wohlwollend über ihren Körper läuft.

Fertig geduscht und nur mit einem Handtuch umwickelt macht sie in der Küche die Kaffeemaschine an und toastet sich ein paar Scheiben Brot, genießt ihre erste Zigarette und ihr ausgiebiges Frühstück.

Sie fühlt sich beschwingt und lebensfroh, ein Gefühl, das sie schon sehr lange nicht mehr kennt. Sie summt sogar einige Lieder, die gerade im Radio gespielt werden, mit. Sie lacht. Sie lacht in sich hinein und sie merkt eine schöne Frau, die eine positive Ausstrahlung auf ihre Umwelt ausstrahlt. Nichts ist mehr von der Lethargie und von der Antriebslosigkeit ihrer Depression zu spüren. Sie kann an diesem Morgen buchstäblich Bäume ausreißen.

Sie geht ins Bad, putzt ihre makellosen Zähne und frisiert sich sehr sorgfältig ihre Haare. Sie kämmt und föhnt sie, bis sie fast glatt sind. Danach flechtet sie einen Bauernzopf, den sie ganz locker mit einer Haarspange am Hinterkopf noch betont und festigt. Den langen Pony hat sie zur Seite gekämmt und fällt ihr locker, halb in das Gesicht. Sie findet ihre Haare perfekt.

Sie liebt diesen Look, den sie nur allzu selten anwendet. Sie findet sich attraktiv und schön.

Sie nimmt ihre Kosmetiktasche und schminkt sich sorgfältig. Auf ihre Augen legt sie, wie immer, besonders großen Wert. Heute betont sie diese mit noch größerer Sorgfalt.

Sie geht wieder zurück in ihr Schlafzimmer, macht ordentlich ihr Bett, öffnet ihren Schrank und zieht ihre Lieblingssachen an. Eine schwarze Hose mit einer weißen Bluse und einer schwarzen, gehäkelten Jacke. Als Betonung legt sie sich noch ein weißes Halstuch um. Sie zieht ihre Lieblingsschuhe, schwarze Stiefelletten mit einem sehr hohen Absatz, passend zur schwarzen Hose, an. Sie findet heute ihren Look nicht einfach nur gelungen, sondern perfekt.

Sie räumt noch ihre Küche auf, spült ihr Frühstücksgeschirr weg und räumt alles sorgfältig an seinen Platz in ihre penibel aufgeräumten Schränke.

Sie hat sogar noch Zeit um Staub zu saugen und eine Zigarette zu rauchen.

Kurz vor zwölf Uhr verlässt sie ihre Wohnung, geht zu ihrem, an der Straße abgestellten Auto, steigt ein, startet den Motor und fährt über die Autobahnen zur Arbeit nach Krefeld. Sie hört im Radio aufmerksam zu, singt und summt die Lieder mit und hat Freude an der fünfzig Kilometer langen Fahrt. Sie gibt ihrem Micra die Sporen. Sie fährt sehr rasant und schnell mit einhundertsechzig km/h über die linke Spur.

Sie spürt seit langem wieder eine positive Energie, eine Lebensfreude und gute Laune. Eine Unbeschwertheit, die sie so lange vermisst hat. Ein Hochgefühl. Sie freut sich auf die Arbeit und die hereinkommenden Telefonate. Sie lacht und strahlt mit der Sonne um die Wette. Ein Gefühl, das sie lange nicht mehr kennt.

Auf der Arbeit angekommen bemerken es die Kollegen sofort. „Dir geht es heute richtig gut", sagt ein Kollege. „Du strahlst vielleicht. Siehst richtig gut aus. Schick hast du dich gemacht."

Maria zündet sich eine Zigarette an und unterhält sich mit ihren Kollegen die gerade Pause machen oder wie sie, erst mit der Arbeit anfangen.

Als Maria in die Abteilung kommt, weiß sie, dass die Gespräche heute gut werden. Fast alle Schreibtische sind mit Agenten, wie sie, belegt. Es wird diskutiert, gelacht und Maria sieht auch viele entnervte und müde Gesichter ihrer Kollegen.

Ihrer Vorgesetzten fällt sofort ihr Strahlen auf und begrüßt fast überschwänglich, als Maria ihren Platz erreicht. Sie loggt sich in die Systeme ein.

Den ersten Anruf, eine Sperrung der Karte wegen Nichtzahlung der Rechnung, meistert sie mit Bravour. Obwohl der Anrufer sehr ungehalten, nervös und genervt ist.

Die Warteschleife ist, wie immer, voll. Einhundertsiebenundfünfzig Anrufer warten auf einen Agenten, der sich ihrer annimmt, sieht sie auf ihrem Bildschirm. Diesmal macht es Maria nichts aus. Sie telefoniert und bearbeitet ein Anliegen nach dem anderen.

Sie klingt heute nicht nur fröhlich gespielt, sondern seit langem echt. Ihre gute Laune und Fröhlichkeit überträgt sich auch auf die Anrufer. Die Arbeit macht Maria heute besonders viel Spaß und das merken die Anrufer. Viele gehen auf ihre heute fröhliche, unkomplizierte Art ein und manche Hilfesuchenden lassen sich anstecken. Aus Unfreundlichkeit wird Freundlichkeit. Meistens.

*

Sie war Nummer drei. Seine Nummer drei. Jetzt weiß er es ganz genau. Kein Zweifel.

Sie hat immer noch lockige, schwarze Haare und diese Katzenaugen. Monatelang hatte ihn dieser Blick noch verfolgt.

´Der Boss` ist sich sicher. Er glaubt kaum, was er gerade vor sich hat.

Damals als er sie zum ersten Mal sah, beschloss er sich sie zu nehmen. Er sah sie als junges Mädchen mit ihren Freunden am Kanal in Duisburg schwimmen. Sie sprang von den Brücken und aalte mit den Jugendlichen in der Sonne. Lachte und alberte den ganzen Tag.

Durch Zufall hatte er dieses Mädchen entdeckt. Beim Joggen. Er joggte mal hier mal da. Eine feste Route gab und gibt es für ihn nicht.

Er studierte in Duisburg Maschinenbau an der Universität und hatte sich mit einem Kommilitonen zum Joggen verabredet. Am Nachmittag sind beide dann zum Laufen an den Kanal gefahren.

Da sah er sie. Sein nächstes Opfer. Er wusste es sofort.

Jeden Tag, nach den Vorlesungen, fuhr er in den

Stadtteil Meiderich und suchte den Kanal ab. Jeden Tag fand er sie an der gleichen Stelle an der Brücke.

Er versteckte sich und beobachtete sie einige Tage. Er wollte ihren Rhythmus herausfinden. Meistens, kurz vor sechs Uhr abends, nahm sie ihr Rad und fuhr los. Nach Hause.

Einen Tag sprang sie nicht von den Brücken und schwamm auch nur sehr wenig. Sie hatte einen sehr knappen Bikini an. Das Oberteil und die Hose waren nur mit Bändchen verknotet. Perfekt für sein Vorhaben. Leichter konnte sie es ihm nicht machen.

Es war wieder kurz vor sechs Uhr abends. „Sein" Mädchen machte sich für den Aufbruch fertig. Sie zog sich für den Nachhauseweg an und packte ihre Sachen zusammen.

Den ganzen Tag hatte sie mit einem Jungen geflirtet. Dieser Junge warf sie, kurz bevor sie ging, mit ihrem knappen Jeansshort und dem Bikinioberteil noch einmal ins Wasser. Sie lachte lauthals und kam ans Ufer.

Sie schüttelte ihr, lockiges, schwarzes Haar aus. Kämmte es kurz mit den Fingern durch, lächelte den Jungen an und zog dann den Short aus und ihr T-Shirt, das sie im Fahrradkorb liegen hatte, ein Indianershirt mit Fransen am Unterteil und Armen, an. Das Bikinioberteil behielt sie an.

Sie ging, diesmal, entgegen ihrer Gewohnheit, mit ihren beiden Freundinnen nach Hause.

Er wusste, dass sie die Fußgängerbrücke über eine Autobahn überqueren musste. Er fuhr mit dem Auto vor. Wartete auf dem Parkplatz vor einem anliegenden Schrebergartenverein. Seine Laufsachen hatte er an. So fiel er gar nicht auf.

Endlich kam sie. Plapperte munter mit ihren Freundinnen und schob ihr Fahrrad.

Als sie schon etwas weiter weg waren, stieg er aus seinem Auto und joggte in ihre Richtung. Das Timing war perfekt.

Er konnte sie genau an der Stelle kurz vor der Autobahn von hinten packen und in die Büsche ziehen. Niemand würde sie hören. Sie wehrte sich heftig.

Ihre Freundinnen lachten und feuerten ihn sogar noch an. Sie schlug, trat nach ihm und kratzte ihn an der linken Wange blutig. Es half nichts, er war stärker. Sie schrie. Er versuchte, ihr den Mund zuzuhalten. Dann schlug er sie. Sehr fest mit der Faust ins Gesicht. Er machte schnell an den Bändern ihre Hose auf, hielt mit den Händen ihre Arme fest, mit den Knien drückte er ihre Beine auseinander und drang in sie ein. Sie war noch Jungfrau. Eng und trocken, wie er es gern hat.

Ihre Augen, diese Katzenaugen, sahen ihn lange ängstlich und vorwurfsvoll an. Sie wehrte sich immer noch.

Er hatte sie gut im Griff und plötzlich blieb sie wie erstarrt liegen. Er befriedigte seine Gefühle und entleerte sich in ihr. Nun war er zufrieden. Mit den Worten: „Sorry, war nicht so gemeint", lies er von ihr ab.

Die Freundinnen waren nicht mehr zu sehen. Befriedigt ging er aus dem Gebüsch.

Er ließ sie im Sommer 1983, wie alle anderen Mädchen, einfach liegen, und joggte zurück zu seinem Auto. Außer den Freundinnen schien niemand etwas bemerkt zu haben. Er startete sein Auto und fuhr schnell davon. In diesem Jahr war er Einundzwanzig Jahre alt.

Es war sehr riskant. Die Freundinnen hatten ihr gar nicht geholfen. Früher gab es auch noch keine Handys. Vielleicht konnten sie so schnell kein Telefon finden, um Hilfe zu holen? Auf jeden Fall war, als er von ihr abließ und zum Auto ging, niemand zu sehen.

Das war seine Nummer drei. Er musste sich manchmal ein junges Mädchen mit Gewalt nehmen. Das war und ist sein Trieb. Seine Befriedigung.

Mittlerweile ist er bei Neununddreißig jungen Mädchen. Jeden Sommer mindestens eine. Manchmal auch zwei. Er ist nie in Verdacht geraten. Da er sie sich im ganzen Bundesland NRW, manchmal auch bundesweit aussucht. Mal hier mal da.

Die Polizei tappt weiter im Dunkeln. Sie hatte auch, wie einige andere nach ihr, keine Anzeige erstattet.

Seine Nummer drei ist schon einunddreißig Jahre her. Sie war also damals gerade vierzehn Jahre alt.

Er hatte einst, durch den Kratzer ein entzündetes Gesicht bekommen. Eiter hatte sich in der Wunde gesammelt. Mehrere Wochen hatte es gedauert, bis die Wunde wieder verheilt war. Er kann immer noch ein wenig die Narbe sehen.

Jetzt liegt ihr Foto vor ihm und sie wünscht, dass er sie umbringt. Was für eine verrückte Welt!

Oh ja, er wird es tun. Schließlich hat sie dafür bezahlt. ´Der Boss` erledigt immer seine Aufträge. Aber vorher wird er noch mit ihr spielen. Nach seinen Regeln. Normalerweise erledigt er seine Aufträge schnell. Doch bei ihr wird er sich Zeit lassen. Viel Zeit. Möge das Spiel beginnen.

3

Sie hört den Klingelton ihres Handys weit weg, als ob er aus einer anderen Sphäre sie auffordert, endlich an das verdammte Telefon zu gehen. Die geballte Kraft der Melodie hämmert in ihren Kopf und schreit sie an, endlich das ankommende Gespräch anzunehmen.

Benommen richtet sich Anna-Lena auf, nimmt das Handy und hält es ans Ohr.

„Winter", sie klingt müde. Sie sortiert sich gerade und muss erst einmal verstehen, dass sie die Schrille des Handyklingelns aus dem Tiefschlaf gerissen hat.

„Anna-Lena" wo bleibst du denn? Die Besprechung fängt in einer halben Stunde an. Du wolltest doch schon längst hier sein." Die Stimme ihres langjährigen Kollegen, Erwin Skryschak, Oberkommissar der Krefelder Mordkommission KK 1.1 hämmert wie ein Donnerschlag in ihren Kopf.

„Wie spät ist es denn?" Sie beginnt, sich für den neuen Tag zu sammeln. „Guten Morgen Erwin." „Ja, auch guten Morgen." Erwin klingt belustigt.

Langsam wacht ihr Körper auf.

„Es ist kurz vor halb zehn", gibt der Kollege vor.

Sofort ist Anna-Lena hellwach. Sie hat verschlafen. Es wurde sehr spät, oder sehr früh für sie vergangene Nacht, als sie sich zum Schlafen ins Bett gelegt hatte. Um vier Uhr fünfzehn sah sie das letzte Mal auf ihren Wecker.

Sie hatte Bereitschaftsdienst und war bei einem Prostituiertenmord in Krefeld auf der Mevissenstrasse, der roten Meile, wie die Krefelder zu sagen pflegten.

Ein Vergnügungsviertel für Herren, die deutlich mehr

als nur unter Druck stehen. Hier kann alles ausgelebt werden.

Die Frau wurde abseits der Straße in einem Gebüsch von einer Rentnerin gefunden, die gerade ihren Hund ausführte. Die Schutzpolizei hatte schon die Daten der Zeugin aufgenommen und musste die Dame vom Tatort abschirmen. Anna-Lena ging auf die Seniorin zu, stellte sich vor und einige Fragen.

Mehr als das ihr Hund aufgeregt laut bellte, nicht mehr zurück kam und sie dann doch nachschaute und die Tote gefunden hatte, konnte die aufgebrachte Frau ihr nicht mitteilen. Sie hatte nichts gesehen oder gehört. Angefasst hatte sie nichts. Schließlich schaute sie doch Krimis.

Genervt gab Anna-Lena ihre Visitenkarte ab und bat sie, sich in den nächsten Tagen auf der Wache zu melden.

Als Anna-Lena an die Stelle des Leichenfundes ankam, und den Körper berührte fühlte sie noch ein wenig Wärme. Lange konnte sie dort nicht gelegen haben.

Die Frau war übelst zugerichtet worden und lag in einer großen Blutlache.

Wie Anna-Lena als langjährige Polizeikommissarin erkennen konnte, brutal zusammengeschlagen und durch mehrere Messerstiche schwer verletzt worden.

Die Hämatome wiesen harte Schläge und wohl auch Tritte auf. Das Gesicht nahezu bis zur Unkenntlichkeit verschwollen und der rechte Arm lag in einer Haltung, unmöglich ohne das die Knochen gebrochen wurden, hinter ihrem Kopf verschränkt.

Anna-Lena konnte etwa 20 Messerstiche erkennen, allein im oberen Brustbereich. Die knappe Kleidung der Toten, ein Lederminirock und ein sehr weit ausgeschnittenes Shirt waren dreckig, blutverschmiert und in Fetzen. Die Schuhe waren nicht mehr vorhanden und ihre Handtasche oder was ihre Identität ausweist, fehlte auch.

Es musste ein harter Kampf mit ihrem Peiniger gewesen sein. Anna-Lena unterdrückte ein Würgegefühl. Die arme Frau. Was hatte sie in den letzten Minuten ihres Lebens gelitten?

Sie konnte sich nur sehr schwer zusammenreißen. Wut, Trauer und Verzweiflung krochen sich wie ein dickflüssiger, zäher Brei durch ihre Speiseröhre. Sie musste mehrmals schlucken, um dieses unangenehme Gefühl loszuwerden, um nicht in den Tatort zu erbrechen.

Die Frau verstarb wohl an den Blutungen und Blutverlust. Soviel konnte Anna-Lena auf den ersten Blick erkennen.

Mehr kann der Gerichtsmediziner sagen.

Die Kollegen von der Spurensicherung waren auch schon emsig dabei, alles, was auf die Tat oder den Täter hinweist, zu sichern. Sie hatten ihre weißen Sterilanzüge an und bauten gerade eine weitere Lampe zur noch helleren Beleuchtung des Tatortes auf. Es wurde fotografiert und Zeichnungen angefertigt. Fußabdrücke durch Gipsgüsse gesichert. Die Nummerierung eingeteilt.

Einen Kollegen kannte sie und grüßte durch Kopfnicken. Der andere war ihr unbekannt. Scheint neu zu sein. Jetzt konnte sie vorerst nichts mehr für die Tote machen. Die Kollegen wünschten und wollten keine weitere Verunreinigung des Tatortes mehr.

Anna-Lena war schwindelig. Sie verspürte großes Unbehagen, noch ins Büro zu fahren und einen Bericht zu schreiben. Sie merkte, dass die lange Nacht ihren Tribut zollte und ihr fielen fast die Augen zu.

Sie schrieb ihrem Kollegen eine SMS, dass sie am nächsten morgen früh auf der Wache sein wird um, ihren Bericht zu verfassen. Sie konnte nicht mehr.

Doch dieses Gefühl, nicht mehr zu können, nichts mehr zu schaffen, hatte sie nicht nur gestern. Seit Wochen begleitet sie schon ein Gefühl der Angespanntheit, einer Lethargie, einer Schweremütigkeit, Stress, Nervosität und nichtssagende Ruhe zusammen.

Sie ging zu ihrem MX5, klappte das Verdeck trotz der Kälte und Feuchte herunter, stieg ein, startete den kraftvollen 1.8 Liter-Motor und fuhr nach Hause. Sie brauchte dringend frische Luft. Die Kälte und die Luft, die das fehlende Dach ins Auto hineinließ, taten ihr gut. Sie fuhr sehr rasant. Sie liebt es, ihren Sportwagen durch die Straßen zu jagen und hielt sich nicht an das vorgegebene Tempolimit. Es war und ist ihre Entspannung die Grenzen ihres Autos auszuloten und zu erfahren. Ein Ventil für sie.

„Oh Gott, ich wollte schon längst im Büro sein", meint Anna-Lena. „Ich beeile mich, ich bin in zwanzig Minuten da."

„OK. Ich sage dann den anderen Bescheid." muntert Erwin sie auf. „Bis gleich."

Sie fliegt förmlich aus ihrem Bett.

Sprintet ins Bad auf die Toilette und schnell unter die Dusche. Sie braust sich kurz ab, wäscht sich und ihre Haare.

Nass, vor dem Spiegel bändigt sie schnell ihre kurze, wasserstoffblonde Frisur. Sie nimmt etwas Haargel und formt ihre Haare an die gewünschten Stellen. Zum Föh-

47

nen bleibt keine Zeit.

Schnell schminkt sie sich noch ihre Augen. Ein Lidstrich vergrößert diese und lässt Anna-Lena auf Anhieb wacher aussehen. Die Augen sind ihr wichtig. Schwarze Augenringe drücken noch ihre Müdigkeit aus. Sie hat allerdings keine Zeit, diese wegzuschminken. `Heute muss es so gehen`, denkt sie sich noch schnell.

Anna-Lena ist eine Achtundvierzigjährige, gertenschlanke Frau, die mitten im Leben steht. Ihr Aussehen zeigt Flippigkeit, und wenn man sie sieht, bestimmt nicht als Kriminalbeamtin. Von Biederkeit keine Spur. Das sie bald fünfzig wird, sieht man ihr nicht an. Sie geht locker als Mittdreißigerin durch.

Sie hat einen perfekt durchtrainierten Körper. Jeder Muskel und Knochen ist im Dekolleté zu sehen. Ihre Arme drücken durch die angezeigten Muskelgruppen eine Kraft und hartes Training aus. Am ultraflachen Bauch zeigt sich ein hart antrainiertes Sixpack. Die Beine sind wohlgeformt und gertenschlank. Der tägliche Sport im Fitnessstudio und ihre disziplinierte Ernährung zeigen sich auf wohlwollende Weise.

Ihr brennen vom gestrigen Training noch ein wenig die Beine. Sie machte Ausdauer. Neunzig Minuten Crosstrainer und wie jeden Tag ihr spezielles Bauchtraining mit Hundert Crunches.

Ihr Gesicht ist hübsch mit vielen Sommersprossen, Lachfalten an den Augen und sie hat blaue Augen. Lediglich ihre Nase ist groß. Sie wurde viel von ihren Mitschülern deswegen gehänselt.

Die verbalen Bosheiten nagen noch immer in ihr. Heute macht es ihr jedoch nichts mehr aus. Wenn sie manchmal darauf angesprochen wird, sagt sie immer.

„Ja und dafür kann ich morgens schon den Kaffee riechen – in Ecuador. Es ist halt eine Spürnase."

Sie nimmt das um den Körper gewickelte Handtuch und trocknet sich schnell ab. Das Handtuch lässt sie einfach auf den Boden fallen.

Sie hastet ins Schlafzimmer, zieht Unterwäsche, Socken an, nimmt ihre schwarze Lieblingsjeans, ein beigefarbendes, bedrucktes Langarmshirt und eine offene bis zur Taille reichende kurze beige Sweatjacke. Ein beigefarbener Seidenschal und schwarze, flache Schuhe runden ihr Outfit ab. Sie liebt diese Kombination. Ihr schlanker Körper kommt so bestens zur Geltung. Sie legt großen Wert auf ihre Figur und zeigt diese auch gerne.

Im Flur schnappt sie sich noch schnell ihre Handtasche, Wohnungs- und Autoschlüssel und schwarze Lederjacke. Sie hastet von der ersten Etage zu ihrem Auto unten an der Straße. Sie überrennt fast noch ihre Nachbarin im Hausflur, die ihre Einkäufe trägt. „Frau Winter jetzt aber.....", gibt sich ihre Nachbarin erbost. „Sorry, Frau Fringe, ich hab´s eilig." Anna-Lena rennt einfach weiter.

Schon sitzt sie im Auto und rast zum Revier.

Ihr ist schlecht und sie fühlt Benommenheit. Sie schiebt es auf ihren leeren Magen. Gleich würde sie sich als Erstes einen Muffin gönnen. Normalerweise nicht ihre Ernährungsgewohnheit, jedoch hat Erwin nichts anderes in seinem Schreibtisch. Er liebt seine Muffins und hat immer einen Vorrat in der Schublade.

Als Anna-Lena im Büro ankommt, sammeln sich gerade die Kollegen und der Leiter der Mordkommission für die Besprechung auf dem Flur und sind auf dem

Weg ins Diskussionszimmer. Schnell geht sie noch ins gemeinsame Büro, das sie sich mit Erwin teilt, und nimmt einen Muffin aus seinem Schreibtisch. Sie verschlingt ihn gierig. Sofort steigt Übelkeit in ihr hoch. Sie nimmt schnell noch einen Kaffee und eilt ins Besprechungszimmer.

Als Anna-Lena hineinkommt, setzen sich gerade die Beamten an den Tisch. Anna-Lena ist schwindelig, ihre Hände zittern und sie hat das Gefühl als, ob sie sich auf einem schwankenden Boot befindet. Es ist, als ob sich gleich die Erde nur für sie auftun würde. Alles dreht sich. Vor ihren Augen tanzen Blitze, um sie herum wird alles schwarz und weiß und sie glaubt gleich fallen zu müssen. Schnell nimmt sie einen freien Stuhl und setzt sich.

„Du siehst sehr blass aus", bemerkt Erwin.

„War eine lange Nacht." gibt Anna-Lena zurück.

„Frau Winter ist alles in Ordnung mit Ihnen?", fragt der Leiter, Harald Kleine besorgt nach.

„Ja alles OK." Sie will nicht vor ihrem Chef oder den Kollegen zugeben, dass es ihr miserabel geht.

Sobald sitzen alle Kollegen an ihren Platz und der Chef beginnt die Besprechung.

Es hat in letzter Zeit mehrere Prostituiertenmorde in Krefeld, Düsseldorf, Duisburg und Mönchengladbach gegeben. Alle auf die gleiche bestialische Weise. Die Frauen wurden geschlagen, erstochen und einfach in die Gebüsche der Rotlichtbezirke geworfen. Insgesamt wurde heute Morgen das achte Opfer gefunden. Immer dasselbe Schema wie vergangene Nacht.

Anna-Lena fällt es schwer, den Erklärungen und Mitteilungen zu folgen.

"Wir arbeiten auch mit dem Mordkommissariat

KKM 1.5 in Duisburg zusammen", hört sie noch ihren Chef, Harald Kleine, sagen. „Die Kollegen treten genauso auf der Stelle wie wir. Man geht von......."

Mehr bekommt Anna-Lena nicht mehr mit. Sie ist apathisch geworden. Sie starrt auf die Pflanze, die am Fenster steht. Immer auf das gleiche Blatt. Sie kann den Blick nicht mehr abwenden. Ihre Gedanken sind leer. Ihre Augen bewegen sich nicht mehr. Kein Zwinkern ist zu sehen. Starr mit weit aufgerissenen Augen sieht sie das eine Blatt an. Sie hört auch nichts mehr. Sie ist weit weg in einer Sphäre, die, sie bis dato nicht kennt. Die Gedanken, Gefühle und das Gehörte werden von einem schwarzen Loch erfasst, welches bereit ist, nichts mehr herzugeben. Der Sog, die starke Materie zieht alles von ihr hinein. Sie nimmt nichts mehr wahr, außer das eine Blatt.

„Frau Winter ist wirklich alles OK mit Ihnen? Frau Winter, Hallo!", ruft sie Kleine.

Sie hört ihre Ansprache weit weg und dann immer näher. Die Schallwelle, die auf sie zukommt, dringt endlich in ihr Bewusstsein.

„Ja, ja alles bestens." Sie kommt durch den Tunnel des Schwarzen Loches zurück, indem sich gerade befand.

„Entschuldigung, ich bin wohl heute etwas übermüdet." Anna-Lena schämt sich.

„Dann fahren wir fort!" Der Chef sieht sie besorgt an. So kennt er sie, eine seiner besten Mitarbeiterinnen, nicht. Abwesend. Sie ist immer voll konzentriert in den Besprechungen und bei der Arbeit. Vielleicht wirklich übermüdet. Er wird ihr sofort, auch wenn es momentan nicht möglich ist, den Rest des heutigen Tages und Morgen freigeben. Er kann nicht auf sie verzichten. Die ein-einhalb freien Tage würden ihr sicherlich guttun. Sie hat auch viele Überstunden angesammelt. Ein Kollege bereitet den großen Flachbildfernseher vor, damit die Tatortfotos der vergangenen Nacht besser und größer für das ganze Team zu sehen sind. Er verbindet das Notebook damit und fährt es hoch.

Anna-Lena ist noch nicht klar. Sie sieht alles wie durch einen Nebel. Es ist, als würde ihr Gehirn einmal von links nach rechts gedreht werden. Alles beginnt zu schwanken und doch sitzt sie aufrecht und gerade. Sie spürt nichts als Watte im Kopf.

Der Leiter des Mordkommissariats teilt mit, dass eine SOKO gegründet wurde. „Ich schlage Frau Winter und Herrn Skryschak für die SOKO Krefeld vor. Aus den umliegenden Städten werden noch weitere Kollegen hinzustoßen. Alles Weitere besprechen wir dann mit den Kollegen gemeinsam. Die SOKO nennt sich „Cassandra" soviel haben wir, die anderen Leiter schon besprochen."

Anna-Lena würde sich am liebsten ins nächste Erdloch verkriechen und erst wieder herauskommen, wenn der ganze Wahnsinn vorbei ist. Sie hat das Gefühl, als müsste sie gleich erbrechen.

Die Atmung geht etwas schneller als normal und sie meint, jeden Augenblick zu ersticken. Sie versucht, indem sie weiter aufrecht und gerade dasitzt, sich nichts anmerken zu lassen. Sie versucht, sich ein müdes Lächeln abzugewinnen.

Sofort wird es still im Raum. Die Tatortfotos erscheinen auf dem großen Fernseher. Das Foto der Leiche der letzten Nacht erscheint.

Anna-Lena ist schlecht. Sie sieht gerade das, was sie seit letzter Nacht nicht hätte nochmals sehen wollen. Sie spürt förmlich noch die Körperwärme der jungen Frau und ihre Nackenhaare richten sich auf, eine Gänsehaut durchzieht ihren kompletten Körper und sie zittert am ganzen Leib.

Sie steht in Zeitlupe von ihrem Platz auf und rennt heraus. Tränen laufen über ihre Wangen. Sie sprintet zur nächsten Toilette, öffnet die Kabine und erbricht jede Menge Galle und ein wenig des zuvor gegessenen Muffins.

Sie weint sehr laut und stark. Das Zittern ihres Körpers will nicht aufhören.

Sie sitzt zwischen der Toilettenschüssel und Kabinenwand als Harald Kleine an die Türe klopft. „Frau Winter, ich komme jetzt rein. Keine Angst! Frau Winter hören sie mich?" ruft er besorgt. Wieder klopft er an die Türe.

Anna-Lena schließt auf. Ihr Vorgesetzter öffnet die Türe und sieht Anna-Lena tränenüberströmt auf dem Boden sitzen. Sie schluchzt bitterlich und ein Meer von Tränen läuft ihr über das ganze Gesicht.

„Frau Winter kommen sie, wir gehen in mein Büro und reden mal miteinander. Können sie aufstehen? Mein Gott, was ist denn los mit Ihnen? So mit den Nerven runter habe ich sie ja noch nie gesehen. Kommen sie! Ich helfe ihnen auf." Ihr Chef ist sehr besorgt. Anna-Lena stützt sich an der Toilettenschüssel ab und ergreift die hingereichte Hand ihres Chefs.

Ihr ist schwindelig und die Tränen wollen nicht aufhören, zu fließen.

Auf dem Weg ins Chefzimmer knicken ihr auch die Beine weg, sodass ihr Vorgesetzter beschließt, sie in den

Sanitätsraum zu legen. Ihr Blutdruck scheint in die niedrigen Werte zu kommen.

Er stützt sie unter den Armen. Sie hört noch, wie ihr Vorgesetzter einen Ersthelfer herbeiruft.

Im Sanitätsraum hat sich Anna-Lena wieder ein wenig beruhigt. Sie liegt auf der Liege und der Helfer hat ihre Beine auf ein Kissen gelegt.

Er misst gerade ihren Blutdruck. „Hundertzwanzig zu achtzig. Der Blutdruck ist also normal. Ich denke, wir sollten zur Sicherheit die Rettung rufen. Vielleicht ist es, ja was Ernstes?", gibt der Helfer seine Sorge zu bedenken.

Anna-Lena bekommt von dem nichts wirklich mit. Ihr ist, als wäre ihr Kopf eine Mischung aus Brei und durchlöcherter Käse. Sie hört und sieht alles wie durch eine Nebelwand. Sie strengt sich an, nicht die Kontrolle über ihr Bewusstsein zu verlieren. Die Kontrolle über ihren Körper und Gedanken. Ihr ganzer Körper ist verkrampft. Die Arme hat sie vor der Brust verschränkt, die Hände zu Fäusten geballt. Sie zittert sehr stark. Sie kann ihre Augen nicht öffnen. Sie atmet schnell und stark.

„Nein, nein noch nicht. Der Blutdruck ist ja normal. Sie beruhigt sich gleich wieder", erwidert Kleine. „Bitte lassen sie uns allein! Wenn irgendetwas ist, werde ich sofort die Rettung verständigen. Sie können ja zur Sicherheit in der Nähe bleiben."

Der Ersthelfer verlässt den Raum.

„So Anna-Lena, jetzt atmen sie ganz ruhig. Ganz ruhig. Ich bin bei ihnen und ich tue ihnen nichts. Ganz ruhig weiteratmen!", er spricht sehr feinfühlig und ruhig mit ihr.

Anna-Lenas Atmung beruhigt sich etwas und sie kann auch schon wieder für kurze Augenblicke die Augen öffnen.

„So ist es gut, sie machen das ganz prima! Weiter so! Tun sie es für mich. Klasse!" Der Chef hält ihre Hand.

Unter der beruhigenden Stimme ihres Chefs normalisiert sich ihre Atmung und sie kann schon wieder die Augen offen halten. Sie erwacht aus ihrer Panikattacke. Das Zittern hört auf.

„Hallo Frau Winter, schön, dass sie wieder bei mir sind", gibt sich der Leiter erfreut.

Anna-Lena schämt sich. Sie schämt sich für ihr Versagen und ihren Zusammenbruch, sie schämt sich für ihre Schwäche. Sie konnte es nicht mehr kontrollieren. Plötzlich war es einfach da. Sie versteht momentan nicht, was in ihr vorgegangen ist. Sie schämt sich, dass sie jetzt im Sanitätsraum liegt und hilflos ist. Sie fühlt Hilflosigkeit und Machtlosigkeit. Ihr Körper hat trotz ihres Kampfes, ihres Entgegenstemmens, gesiegt.

„Frau Winter, jetzt bleiben sie erst einmal noch ein wenig liegen und weiter ruhig atmen! Ich bin ja bei ihnen", beruhigt sie Kleine weiter.

„Ich gehe sofort wieder an die Arbeit", keucht Anna-Lena zurück.

„Das lassen sie erst einmal schön bleiben. Ich freue mich, dass es ihnen wieder besser geht. Ich brauche sie noch und daher gebe ich ihnen den Rest der Woche frei. Ich weiß, dass sie zur Zeit eine schwere Krise durchleben." Ihr Vorgesetzter schaut sie direkt und voller Sorge an.

„Wie ist es ihnen aufgefallen?", unterbricht Anna-Lena ihren Chef. „Sie müssen doch zurück in die Besprechung, bitte lassen sie mir noch einen Moment, dann bin ich wieder an Bord." Anna-Lena setzt sich etwas auf, sie ist bereit weiterzuarbeiten.

Der Chef gibt ihr mit einer Handbewegung zu verstehen, dass sie noch etwas weiter liegen bleiben soll. „Ist nicht weiter schlimm, ich denke, der Kollege Skryschak kann die Beratung ebenso führen. Sie gehen jetzt erst einmal für den Rest der Woche nach Hause, verwöhnen sich und erholen sich. Ich brauche sie hier noch", ist seine Antwort.

„Aber......!" Anna-Lenas Einwand bleibt im Raum hängen.

„Nichts aber, das ist eine dienstliche Anweisung. Soll ich jemanden bitten, sie nach Hause zu fahren? Ein Taxi rufen?" fragt er zurück.

„Nein, das ist nicht nötig. Mir geht es schon wieder deutlich besser." gibt Anna-Lena direkt und bestimmt zurück. Anna-Lena steht von der Liege auf. Ihr ist noch etwas schwindelig und sie fühlt sich leicht benommen.

Sie verlässt mit ihrem Chef den Sanitätsraum und schlägt sofort die Richtung ihres Büros ein. Ihr Chef begleitet sie.

Schweigend gehen sie gemeinsam den Weg.

Ihm ist aufgefallen, dass Anna-Lena nicht mehr so konzentriert auf der Arbeit ist. Sie hatte sich den einen oder anderen leichten Fehler erlaubt. Zwar nur Kleinigkeiten aber nicht so gründlich wie immer. In ihren Berichten waren Rechtschreibfehler zu sehen und es wurde auch schon einmal das eine oder andere Wort vergessen. Dann hatte sie Fakten zur Aufklärung eines Mordes durcheinandergebracht. Er merkte es nur zufällig und korrigierte und heftete alles richtig ab. Es ist nicht ihre Art Chaos anzurichten. Sie ist immer korrekt und fehlerfrei. Er hatte sie nie darauf hingewiesen. Auch bekam er einmal mit, als Erwin und sie diskutierten und sie recht aggressiv ihrem Kollegen gegenübertrat. Ein Verhalten, das ihm vollkommen fremd an ihr war. Sie legt immer großen Wert auf respektvollen und höflichen Umgang.

Sie macht gerade eine deutliche Krise durch. Ist ja kein Wunder, sie wurde traumatisiert und jetzt zeigt dieses Ereignis seine Spuren. Er hatte durch Zufall, als er im Archiv war, eine Polizeianzeige ihrerseits gesehen und sich die Akte genauer angeschaut.

Das Ereignis liegt schon vierunddreißig Jahre zurück. Es scheint jetzt wieder in ihr aufzubrechen. Er hatte sie nie darauf angesprochen. Er sagte, als er von diesem Ereignis erfuhr, nichts zu ihr. Er wollte kein Öl in das Feuer gießen. Manchmal ist es besser zu schweigen.

Beide kommen im Büro an.

„Wenn sie wünschen, Frau Winter dann mache ich für sie einen Termin bei unserem Polizeipsychologen. Er wird sich ihrer annehmen." gibt er freundlich vor.

„Ich brauche keinen Psychologen", ist ihre etwas schroffe Antwort zurück. „Es wird ohne gehen. Ich bin schnell wieder auf den Beinen, sie werden sehen." Anna-Lena klingt selbstbewusst.

„So, sie fahren jetzt aber zügig nach Hause. Ich will sie erst wieder am Montag hier im Büro sehen." Er lächelt sie aufmunternd an.

Sie nimmt ihre Jacke und Handtasche. Gibt ihrem Chef noch die Hand und bedankt sich für sein Verständnis und Hilfe.

Ihr Pflichtgefühl für die Arbeit meldet sich. „Ich kann nicht. Ich muss mich doch um den Fall kümmern und die neu gegründete SOKO", gibt Anna-Lena vor.

„Sie bleiben jetzt erst einmal zu Hause, haben wir uns verstanden. Sie nützen mir in diesem Zustand nichts. Hören sie!", gibt er in einem Befehlston zurück.- Die anderen fangen schon einmal an. Erwin hat alles gut im Griff, und wenn es ihnen wieder besser geht, dann stoßen sie dazu. Ich nehme ihnen ja nicht die SOKO weg. Es ist erst einmal notwendig, dass sie sich ein wenig erholen". Sein Ton ist wieder freundlicher geworden.

Sie nimmt ihre Sachen und geht. Es hat keinen Sinn noch weiter zu diskutieren.

Der Chef schaut ihr noch hinterher. Er kann nicht für längere Zeit auf eine seiner besten Mitarbeiterinnen verzichten. Sie ist eine sehr gewissenhafte und korrekte Person und auch sich für keine Arbeit zu schade. Eine Tugend, die er sehr an ihr schätzt. Wo andere schon längst aufgegeben haben, beißt sie sich erst richtig rein. Seine Entscheidung, auch wenn es momentan nicht personell gut aussieht, ist richtig. Besser ein paar Tage frei für sie, als das sie längere Zeit ausfällt.

Er kennt diesen Zustand. Damals, auf einer anderen Wache, in einer anderen Stadt, war es einem Fall, den er bearbeitete. Die Presse machte ungeheuren Druck endlich Licht in das Dunkel der Kindermorde zu bringen. Er arbeitete bis zum Umfallen und brach eines Tages, als Er mit seiner Enkelin spazieren, ging genauso aus heiterem Himmel zusammen. Er kennt diesen Zustand. Der Hilflosigkeit und Erschöpfung. Deshalb hatte er auch so verständnisvoll reagiert. Sein damaliger Vorgesetzter hatte es nicht und so kam, wie es kommen musste. Er fiel für viele Monate aus. Er konnte nicht mehr. Eine Klinik, die sich auf Burnout, damals nannte es sich noch schwere Depression und Überarbeitung, spezialisiert hatte, brachte ihn wieder auf die Beine.

Nur konnte er nicht mehr sein altes Revier in Kleve betreten und seine Arbeit ausführen. Er bat damals den Dienststellenleiter um Versetzung. Ein paar Monate später konnte er seinen Dienst in Krefeld fortsetzen. Er will nicht, dass es ihr auch so ergeht.

Man darf auch einmal Schwäche zeigen. Das hatte ihm seine anschließende Therapie gelehrt.

Er wurde von einem Pfarrer in der Gemeinde missbraucht. Er dachte, es sei aus seinen Gedanken, aus seinem Leben verschwunden, bis es aus heiterem Himmel wieder in seinen Kopf hineinbrach, stärker denn je und das mitten in diesem Fall.

„Das Unterbewusstsein macht nie Pause." Ein Satz, den sein Psychologe mehrfach in der monatelangen Therapie zu ihm sagte.

Er geht wieder zurück ins Besprechungszimmer, die Beamten diskutieren heftig und zeigen mögliche Fallstudien auf.

„Ich gehe davon aus, dass es sich um einen Täter handelt", hört er Erwin noch sagen.

Er informiert kurz die Kollegen über Anna-Lenas Zustand und ihre freien Tage und setzt sich wieder dazu.

Jedoch will das Ereignis nicht aus seinem Kopf verschwinden. Er sieht sich wieder als Kommunionkind und späteren Messdiener. Er kann sogar den Weihrauch in der Kirche riechen.

*

´Der Boss` möchte mehr wissen.

Es ist früher Mittag und er will sich einmal vor Ort umschauen. Dieser Auftrag ist etwas Besonderes. Er ist auch sehr neugierig und gespannt.

Er beschließt, nach Duisburg zu fahren.

Er will diese Frau spüren und entdecken.

Dies kann er nur in ihrer Wohnung. Die Umgebung, in der ein Mensch lebt, sagt viel über ihn aus. So kann er besser planen.

Er kann sie so erleben, spüren, einschätzen und kennen lernen.

Er setzt sich in seinen Porsche 911 Cabrio und fährt zügig los. Das Verdeck hat er offen. Er liebt es offen zu fahren. Das gibt ihm ein Gefühl von Freiheit und Erlebnis, wenn ihm der Fahrtwind durch die Haare weht und die Sonne das Gesicht bräunt. Das Wetter lässt es zu.

Das Radio spielt *Queen*. Passenderweise läuft gerade *The Show musst go on*. Er lächelt in sich hinein. Zufälle gibt es.

Er schätzt, dass er ungefähr vierzig Minuten zu ihrer Wohnung braucht.

Er fährt sehr schnell und gibt ordentlich Gas, zweihundert km/h über die Autobahn. Im Kreuz Oberhausen hat er bedingt durch Bauarbeiten Stau. Jedoch kommt er zügig durch. Das Navi zeigt ihm die Richtung an.

Als er an seinem Ziel, Marias Wohnung, ankommt, sieht er, wie sie gerade zu ihrem Micra geht und einsteigt.

Sie strahlt regelrechte Lebensfreude und gute Laune aus. Ihm gefällt sie auf Anhieb.

Sie hat sich sehr schick angezogen, die Sachen sehen nicht billig aus und sie hat nichts von ihrem stolzen, aufrechten Gang verloren. Immer noch der gleiche Gazellengang wie vor einunddreißig Jahren, der ihm einst schon so gut gefiel. Sie ist noch etwas gewachsen und die Körpergröße stimmt perfekt mit ihrer Figur. Sie ist noch fraulicher geworden, ihr Gesicht zeigt schon die ersten Spuren des gelebten Lebens und so zierlich wie früher wirkt sie auch nicht mehr Ihre Haare, die ihm einst zuerst auffielen, hat sie zu einer wilden Bauernfrisur geflochten. Sie sieht wirklich gut aus. Ihre Katzenaugen sind perfekt geschminkt.

Sie startet den Motor und fährt zügig an. Kurz darauf sieht er nur noch die Rücklichter ihres Wagens.

´Der Boss` schaut sich die Eingangstüre im Wohnhaus an. Er zählt die Schellen. Sieben Parteien wohnen hier. Das Haus wirkt gepflegt, sehr still und sauber. Er überlegt mit einem kleinen Dietrich die Türe zu öffnen. Das Schloss, er erkennt es auf Anhieb, stellt für ihn kein Problem dar. Er lässt es sein. Er will das Haus auf legalem Wege betreten.

Er schellt irgendwo an. Der Türdrücker summt. Er betritt den Flur und ruft „Reklame". Er hört, wie sich die Wohnungstüre wieder schließt.

Maria wohnt in der Dachgeschosswohnung allein auf der Etage.

Schnell hat er ihre Wohnungstüre mit dem kleinen Dietrich geöffnet.

Er betritt ihr Allerheiligstes. Ihre Privatsphäre. Ihr Leben.

Alle Türen der Zimmer sind geöffnet. Sofort fällt ihm die Ordentlichkeit und Sauberkeit auf. Die Wohnung ist sehr hell, penibel aufgeräumt und wirkt steril.

Die Einrichtung ist sehr schlicht gehalten, jedoch elegant. Sie hat alles Ton in Ton eingerichtet. Die Deko ist sehr spartanisch aber dennoch geschmackvoll und passt zu den Möbeln. Die Dekokissen passen zu den Vorhängen. Es sieht wie die Einrichtungsfotos eines Möbelkataloges aus. Soweit sein erster Eindruck.

Im Bad ist es blitzsauber. Er sieht, dass sie heute Morgen geduscht hat. Die Fliesen und der Vorhang sind noch etwas nass. Die Armatur ist trocken gerieben damit keine Kalkflecken auf ihr zurückbleiben. Der Duschvorleger ist auch noch feucht.

In einem kleinen Korb hinter der Badezimmertüre sieht er ihre getragene Unterwäsche gelegt.

Auf einem Wandregal hat sie ihre Pflegeprodukte: Bodylotion, Haarspray, Gel, Glättungsmittel für die Haare, feuchte Abschminktücher, Gesichtswasser, Handcreme, Gesichtscremes eine für den Tag, die andere für die Nacht, Deos und ihr Schminktäschchen. Keine teuren Sachen. Normaler Durchschnitt.

Er nimmt sich einen ihrer getragenen Slips aus dem Korb, riecht und leckt sehr lange und innig daran. Immer wieder hält er sich den Slip vor das Gesicht. Es ist so, als ob er noch immer die Körperwärme von ihr spüren kann. Er nimmt ihren Geruch und Geschmack auf. Er kann ihren Schweiß und Vaginalsekret riechen und schmecken. Salzig und fischig. Jedoch nicht zu stark.

Er spürt, wie sich sein Penis erregt. Er öffnet seine Hose, holt sein halbsteifes Glied heraus und reibt daran. Vor seinem geistigen Auge sieht er noch einmal das Vierzehnjährige junge Mädchen, indem er sich einst schon einmal ergoss. Er spürt noch einmal die Kraft, die er aufbringen musste, um sie zu bändigen. Er spürt auch noch einmal den Kratzer, den sie ihm zufügte.

Er reibt seinen Penis schneller und immer schneller, bis er den Höhepunkt erreicht, ein Feuerwerk aus Zittern, Schaudern, Glück, Entspannung und er ergießt sich in ihre Unterhose. Sein Orgasmus trifft ihn so stark, dass er laut stöhnt und er das Gefühl hat, für immer leer zu sein.

Seine Samenflüssigkeit schießt nur so aus ihm heraus in ihren Slip.

Sein Muskel erschlafft. Er schwitzt und er hat für einen Moment das Gefühl sich nicht mehr bewegen zu können.

Er hatte einen Höhepunkt, wie schon lange nicht mehr, von einer Intensität die er schon lange nicht mehr gespürt hat. So hat er bei der Selbstbefriedigung schon lange nicht mehr erlebt.

Entspannt nimmt er den Slip und steckt ihn in seine Jackentasche und macht seine Hose wieder zu. Er will seine Trophäe behalten.

Er kann ihn auch nicht mehr in den Korb zurücklegen. Sie würde es bestimmt merken.

Sorgfältig betrachtet er den Badboden. Ist etwas von ihm auf die Bodenfliesen getropft? Hat er ein oder mehrere Schamhaare verloren? Er schaut genau hin.

Rutscht auf die Knie. Sie darf nichts merken, dass jemand hier war. Er sieht ein Schamhaar und etwas von seinem Saft. Sorgfältig putzt er es auf mit einem Kosmetiktuch auf.

Sicherheitshalber öffnet er noch das Fenster. Nichts soll von ihm zurückbleiben. Auch kein Geruch. Er geht in ihr Schlafzimmer. Sie hat für sich allein ein großes Futonbett und einen großen Kleiderschrank. An der anderen Wand steht eine Kommode.

Beim Blick in ihren Kleiderschrank erwartet ihn eine perfekte Ordnung. Alles korrekt aufgehangen und nach Farben sortiert. Sie trägt Mode einer bekannten französischen Boutiquekette. Er hatte richtig geschaut. Die Sachen sind nicht billig.

Auf dem Bett hat sie eine einfache und sehr schlichte Decke und ein Zierkissen gelegt. Es ist so sauber gemacht, als ob nie ein Mensch dort geschlafen hat. Sie ist sehr penibel und korrekt.

Er spürt, das Bedürfnis sich in das Bett zu legen. Er lässt es sein.

Im Wohnzimmer schweift sein Blick über ihre Couch, Schrank und ihren Computerschreibtisch. All ihre Dinge gehören an seinen Platz und niemand soll sie jemals verrücken. Sie muss ihre Deko mit einem Zollstock auf die Schränke gestellt haben. Ihre Kerzenleuchter stehen wie Soldaten platziert da. Keinen Zentimeter zu wenig von der Kante der Kommode entfernt. Er sieht es sofort. Sein Studium hat ihn gelehrt, die Abstände zu erkennen und zu sehen.

Ein Bücherregal steht an einer Wand. Sie liest gerne Thriller. Es sind auch Biografien vieler bekannter Politiker und Persönlichkeiten darunter. Liebesromane sucht er vergeblich. Sie hat anscheinend keinen Sinn für Romantik und Schmerz.

Auch ein paar CDs sind im Regal zu finden. Klassische Musik, Soul und Trance. Wobei die moderne Discomusik den Großteil ihrer Sammlung ausmacht. Bei der Musik scheint ihr Geschmack weit auseinanderzugehen. Da hat sie sich nicht festgelegt.

Nicht ein Staubkorn findet sich auf ihren Möbeln. Es riecht nach Lavendel.

Kein Fleck ist auf dem Teppich zu sehen. Nicht ein Flusen, nichts! Der Teppich sieht aus, als ob er gerade erst gelegt wurde. Dabei wohnt sie schön ein paar Monate in der Wohnung. Das hatte er heute Morgen noch bei seiner Hackingattacke auf dem Server ihrer Heimatstadt herausgefunden.

In der Küche fällt ihm sofort der kalte Rauch auf. Das Fenster ist kipp geöffnet.

Auch hier ist der Einrichtungsstil sehr modern und schlicht.

Auf dem Esstisch steht noch der Aschenbecher. Verdeckelt. Nicht ein Ascherest ist auf dem Tisch zu sehen.

Lediglich sieht er noch, dass sie sich wohl kurz vor ihrem Weggang die Hände eingecremt hat. Einige Spuren sind noch, wenn auch sehr schwach, als Abdruck, auf dem Tisch zu erkennen.

Sie hat keine Stühle. Zwei Bänke längs des Tisches dienen als Sitzfläche.

Ihm gefällt ihr schlichter, doch eleganter Geschmack.

Beim Blick in ihre Schränke ist er nicht überrascht, dass diese sauber und ordentlich verräumt sind.

Alles steht sorgfältig an seinem Platz. Jeder Fremde könnte ohne Weiteres sich hier zurechtfinden und würde sofort die Gewürze und Zutaten zum Kochen parat haben. Eine sehr logische Anordnung.

So lebt also sein nächstes Opfer. Das hat er nicht erwartet. Er ist der Meinung, sie führt einen chaotischen Haushalt. Das die Wohnung, der eines Messis gleicht. Nicht eine solche Sauberkeit. Nicht eine solche Ordnung.

Er verlässt wieder ihre Wohnung, geht runter zu seinem Auto und fährt los. Er weiß nun, wie er spielen wird. Er weiß, was er zu tun hat. Er hat diese Frau gespürt und kennen gelernt. Er weiß, was zu tun ist. Sehr bald wird er wiederkommen.

*

Anna-Lena geht zu ihrem Auto. Ein paar Straßen weiter wohnt sie in ihrer Wohnung im ersten Stock. Sie hat jedoch keine Lust nach Hause zu fahren. Sie schämt sich so sehr für ihren Zusammenbruch, für ihr Versagen. So etwas ist ihr noch nie passiert.

Immer Haltung bewahren und aufrecht gehen. Alles weglächeln und so tun, als ob einen nichts im Leben umhauen kann.

Heute ging ihre Taktik nicht auf. Sie muss es erst einmal verstehen, was gerade vor einer Stunde passiert ist.

Sie steigt in ihr Auto, schnallt sich an. Sie fährt zur A57, Richtung Holland. Sie gibt Gas. Sie fährt einhundertachtzig km/h über die linke Spur und gibt ihrem MX5 die Sporen. Lässt viele, andere Fahrzeuge hinter sich.

Auf dem Rastplatz, kurz vor dem Autobahnkreuz Kamp-Lintfort macht sie ihr Verdeck herunter. Sie will offen fahren und den Fahrtwind, die geballte Kraft ihres Autos spüren.

Das Wetter ist auch bestens dazu geeignet.

Ihr geht es wieder deutlich besser. Sie fühlt sich fit für die Fahrt.

Sie beschließt auf der A42 über den Rhein und dann im Kreuz Oberhausen-West kurz auf die A3, später A2 und dann im Bottroper Kreuz auf die A31 zu wechseln.

Sie möchte Richtung Emden fahren und aus ihrem Sportcoupé alles erdenkliche Herausholen. Sie will den Frust über ihren Zusammenbruch und ihre gezeigte Schwäche, an ihrem Auto auslassen. Die Autobahn 31 gilt als Rennstrecke. Zweihundert Kilometer freie Fahrt ohne eine einzige Geschwindigkeitsbegrenzung.

Die Autobahnen sind für NRW-Verhältnisse sehr leer. Kein Stau. Nur auf der A3 ist es im Kreuz Oberhausen etwas voller und so muss sich der von dem Verkehr vorgegebenen Geschwindigkeit, beugen.

Auf der A31 gibt sie Gas. Sie bringt ihren MX5 an seine Belastungsgrenzen. Immer wieder schaltet sie vom fünften in den vierten Gang, um aus ihrem Auto alles Erdenkliche herauszuholen.

Sie bekommt langsam ihren Kopf wieder frei. Die Fahrt tut ihr mehr als gut. Aus ihren Boxen dröhnt Trance Musik. Mit schneller Geschwindigkeit geben die Beats den Takt vor, um dann wieder langsam und geschmeidig die Ohren zu streicheln und dann den musikalischen Höhepunkt des Liedes auszuleben. Es hämmert ihr ins Ohr.

Plötzlich hat sie ein anderes Bedürfnis. Wie in Trance nimmt sie ihre Hand und führt sie an ihre Hose. Sie fährt über einhundertneunzig km/h.

Sie öffnet ihren Hosenknopf und den Reißverschluss. Sie führt ihre Hand in den Slip und sucht nach dem Punkt, der ihr Wohlbefinden und Glücksgefühle beschert. Sie drückt und reibt ihn. Einen Finger führt sie in ihre Vagina ein. Schaudern, Zucken und Wohlgefallen durchströmen ihren Körper. Sie masturbiert bei fast zweihundert km/h auf der Autobahn. Eine Hand hält sie am Lenkrad und sie schaut auf den Verkehr. Sie kann sich kaum konzentrieren. Es ist nichts los auf der Bahn. Ein Gefühl der Erleichterung und des Wohlwollens durchströmt, durchzuckt sie. Beim Höhepunkt stöhnt sie laut auf. Ein Beben durchzuckt ihre Vagina. Es ist, als will sich die ganze Welt öffnen und alles in sie hereinlassen. Sie krampft sich in den Sitz um erschöpft und erleichtert wieder zu entspannen.

Sie beschließt auf den nächsten Rastplatz zu fahren, um ihr Glücksgefühl und Entspannung zu genießen.

An einem Hinweisschild erkennt sie, dass der nächste Parkplatz tausend Meter entfernt ist. Sie setzt den Blinker und fährt langsam auf den Parkplatz.

Sie hält an, steigt aus und schließt ihr Verdeck. Sie möchte den Augenblick ihres gerade eben gelebten Orgasmus allein und in aller Stille genießen. Abgeschieden. Einsam.

Schon lange hatte sie nicht mehr einen solchen Höhepunkt und noch nie bei fast zweihundert km/h auf der Autobahn, erlebt.

Sie muss an ihre langjährige Freundin und Lebensgefährtin denken. Was hatte sie diese Frau geliebt.

Nur ein kleiner Kreis weiß über ihre Homosexualität.

Sie hatten viele Nächte der Zweisamkeit verbracht und manch ein Höhepunkt jagte den nächsten. Sie vermisst ihre langjährige bessere Hälfte. Die Trennung ist jetzt über ein Jahr her. Silvia und sie hatten sich auseinandergelebt und sie wurde wegen einer anderen verlassen. Es ist halt passiert. Ihre Partnerin verliebte sich neu. Es wurde eine sehr offene Partnerschaft gepflegt. Jeder hatte seine persönlichen Freiheiten und das war gut so. Sie fuhren ein paar Mal gemeinsam in den Urlaub, ansonsten klebten sie nicht aneinander. Jeder hatte seine Wohnung und seinen persönlichen Freiraum.

Auf der Arbeit ist es nicht bekannt. Sie wurde in all den Jahren auch nie gefragt. In den Augen der Kollegen und Vorgesetzten ist sie Single.

Sie kuschelt sich in ihren Sitz und stellt so weit wie möglich, die Rückenlehne nach hinten. Sie schaut auf weite Wiesen und Felder. Die Augen fallen ihr zu. Sie schläft ein.

Durch lautes Klopfen an die Scheibe der Fahrerseite wird sie geweckt. „Hallo junge Frau. Ist alles in Ordnung?" Der Mann spricht einen osteuropäischen Akzent.
Im Auto ist es heiß und stickig. Anna-Lena kurbelt das Fenster herunter. „Ja mir geht es bestens. Ich bin eingeschlafen. Danke, dass sie nachfragen" Sie verspürt Durst. „Haben sie ein Glas Wasser für mich?" sie klingt noch immer etwas benommen.
„Ja, Moment ich muss Flasche in meine LKW holen. Moment." Der Mann zeigt sich sehr bemüht. Anna-Lena braucht einen Moment um sich zu fangen. ´Wo bin ich, was ist passiert?`, sie sammelt sich.
Sie befindet sich auf der A31, irgendwo in Niedersachsen, auf einem Parkplatz. Soviel hat sie schon begriffen. Es ist später Nachmittag und die Sonne steht schon herbstlich tief.
Sie steigt aus und beschließt eine Zigarette zu rauchen. Sie müsste doch noch welche im Handschuhfach haben? Nachdem sie sich vor mehr als zwei Jahren das Rauchen abgewöhnt hat, legte sie sich noch eine Schachtel ins Handschuhfach. Für den Notfall. Jetzt ist der Zeitpunkt gekommen.
Sie zündet sich eine Zigarette an und bekommt sofort einen Hustenanfall. Der dritte Zug wird besser.
Der LKW-Fahrer bringt ihr das versprochene Wasser in einem Becher.
Sie hatte sich heute Mittag noch selbst befriedigt bei fast zweihundert km/h.
Langsam kommen die Erinnerungen des Tages wieder. Der Zusammenbruch und ihre Schwäche. Sie

schämt sich.

Der Brummifahrer lächelt sie aufmunternd an. „Alles OK?", fragt er nach.

„Alles OK", erwidert Anna-Lena. Gierig trinkt sie den Becher aus. Ihre Fassade funktioniert wieder.

4

Ein paar Tage später

Das Wetter hat noch nichts von seiner Hochsommer-
lichkeit verloren und Maria hat beschlossen nach einer
Kurzschicht, einen Spaziergang zu unternehmen. Sie
will sich den Wind durch das Gesicht und die Haare we-
hen lassen.

Sie war schon lange nicht mehr in Alsum, am Rhein.
Sie fährt auf einen Parkplatz und spürt eine Leichtigkeit
wie schon lange nicht mehr.

Sie möchte das Wetter und die Sonne genießen.
Noch hat der Wettergott einsehen, die Sonne strahlt und
nichts weist auf herbstliche graue, trübe Wolken hin.

Maria geht über die Rheinwiesen. Sie hat ihre Schuhe ausgezogen und läuft barfuß durch das Gras. Sie hat
ein leichtes geblümtes Sommerkleid an und ihr Kopf be-
deckt ein Strohhut. Sie fühlt sich gut und ihr Kopf ist
seit langem wieder frei.

Der heutige Arbeitstag fiel ihr leicht und sie hatte die
Telefonate wie von selbst erledigen können.Sie fühlt
sich leicht, beschwingt, beinahe beschwipst und die
Sonne wärmt ihre Haut. Sie fühlt sich schwerelos.Sie
tanzt beinahe über die Wiesen und die in der Nähe gra-
senden Schafe blicken sie wiederkäuend, lächelnd an.
Der Schäfer grüßt höflich und wirft ihr bewundernde
Blicke zu, ehe er in seinem Caravan verschwindet.

Nichts erinnert in dieser Idylle an die Montanstadt
Duisburg. Beschwingt tanzt sie weiter durch die Wiesen.
Sie fühlt sich heute besonders gut. Ein schönes Flair
umgibt ihre Aura, ein perfekter Tag.

Ein Modellflugzeug, das in der Nähe auf dem kleinen Modellflugzeugplatz gesteuert wird, scheint genauso neben ihr zu tanzen, wie sie selbst. Sie hört das Summen des kleinen, jedoch kraftvollen Motors.

Plötzlich ist dieses Geräusch anders, sie spürt, etwas Bedrohliches liegt in der Luft. Das kleine Flugzeug steuert genau in Kopfhöhe auf sie zu. Maria bückt sich. Mit Sicherheit war das Ganze nur ein Scherz des jeweiligen an der Fernsteuerung befindlichen Lenkers.

Das Flugzeug dreht und fliegt sie diesmal von vorn an. Es fliegt genau auf ihren Kopf zu. Maria bückt sich erneut. Wieder zieht es eine Schleife und fliegt wieder auf ihren Körper zu. Diesmal noch tiefer. Maria wirft sich ins Gras auf den Bauch, die Hände über Kopf verschränkt. Das Brummen des Motors klingt auf einmal anders, bedrohlich und tödlich. Immer wieder fliegt die kleine Waffe über ihren Körper, immer tiefer.

Maria liegt im Gras und möchte schreien, doch ihre Kehle ist zugeschnürt. Sie hat Angst. Ihr ganzer Körper zittert und die Vibrationstöne des kleinen Motors hören nicht auf.

Das kleine Modellteil will sie zersägen. Die Propeller sehen aus wie Messer. Maria kann nicht mehr. Ihre Kehle gibt keinen Laut von sich.

Als das Flugzeug eine größere Schleife zieht, springt sie auf und rennt über die Wiese. Sie hat Angst, sie hat Angst um ihr Leben. Der Propeller kommt so nah an ihr Gesicht, das sie die Umdrehungen auf der Haut fühlen kann. Sie schneiden in ihr Fleisch Sie rennt weiter, das Flugzeug hinter ihr her. Sie schlägt einen Zickzackkurs ein. Das Flugzeug ist schneller, es kommt mal vorn, von der Seite oder auch von hinten. Sie fühlt sich hilflos. Ihr

Atmen rast und sie bekommt keine Luft mehr. Ihre Beine wollen der von ihr gewünschten Schnelligkeit nicht mithalten. Sie rennt weiter.

Das Flugzeug kann ihre Gedanken lesen und ist immer genau dort, wo Maria hinlaufen möchte. Schweiß rinnt über ihren ganzen Körper. Sie rennt weiter, immer weiter durch die nicht enden wollenden Wiesen.

Die Schafe hinter ihrem Zaun blöken sie an. Es ist, als wollen sie sie auslachen und anfeuern zugleich.

Maria rennt weiter, sie spürt ein Stechen in der Lunge, ihr Atem will nicht mehr die vom Körper geforderte Sauerstoffmenge aufnehmen. Ihr Herz rast. Sie rennt weiter. Die Beine geben nach. Sie fällt hin, ihr Oberkörper ist halb aufgerichtet.

Sie spürt Verzweiflung und nackte Angst. Ihre Glieder sind starr vor Schreck. Sie kann die Gelähmtheit aus ihren Armen und Beinen abschütteln und sie will mit den Händen das kleine Monster fangen. Sie kann es nicht greifen.

Sie sieht, dass aus der Vorderseite des Buges ein langes Messer herausschaut, welches sie wie ein Dolch aufspießen möchte. Sie will nach der Bedrohung treten, sich gleichzeitig wieder aufrichten und weiter rennen.

Sie ist zu einer Marionette geworden und die Fäden am Ende der Puppe haben sich verknotet und niemand kann ihre Bewegung mehr steuern. Sie ist nicht mehr Herr über ihren Körper. Sie zittert am ganzen Leib, der Schweiß rinnt ihr in Strömen herunter und sie möchte schreien, jedoch ist ihre Kehle immer noch zugeschnürt. Sie bekommt keine Luft mehr.

Das Flugzeug ist jetzt dicht über ihrem Körper, es fliegt kerzengerade auf sie zu und will sich in ihr Herz bohren. Es kommt immer näher, es fliegt immer schneller der Motorenlärm halt in ihrem Kopf wie ein Donnerschlag. Es sagt ihr voller Hohn, dass ihre letzte Sekunde geschlagen hat.

Es dreht wieder kurz vor ihrem Körper ab. Maria richtet sich auf und rennt weiter. Immer weiter durch die unendliche Weite der Wiesen. Sie bekommt keine Luft mehr, sie fällt auf den Bauch, das Flugzeug will sich in ihren Rücken bohren und ist so nah, dass ihr Kleid durch die kleinen Propellermesser zerfetzt wird. Das kleine Monster klopft erst an, bevor ihr das wichtigste, ihr höchstes Gut, ihr Leben genommen wird. Es schneidet in ihren Rücken. Ihr rechter Arm hat sich kurz aus der Schockstarre gelöst und sie nutzt den Moment, um sich aus der Situation zu befreien. Maria hat die Kraft es kurz wegzuhauen, das Flugzeug driftet und droht durch den Schlag abzustürzen. Jedoch fängt es sich wieder. Maria läuft wieder weiter.

Es holt sie ein, fliegt ein paar Zentimeter an ihrem Kopf vorbei. Ein paar Haare verfangen sich in der Mechanik. Sie will nur noch lebend aus dieser Situation herauskommen. Sie rennt weiter. Ihre Lunge brennt und ihr Herz klopft wie wild.

Sie fällt erneut hin, da sie über einen Stein gestolpert ist. Das Flugzeug setzt zum allerletzten Angriff an und will sich in Herz bohren. Maria spürt es. Es sagt ihr Bescheid.

Ihr Herz rast und sie kann das Blut fühlen, wie es langsam in ihren Adern gefriert. Der nicht enden wollende Schweißstrom rinnt über ihren Körper und durchtränkt ihr mittlerweile zerfetztes Kleid. Ihre Augen sind weit aufgerissen und es will immer noch kein Laut aus ihrer Kehle weichen.

Mit weit aufgerissenem Mund sieht sie ihr Ende nahen. Sie blickt sich kurz noch einmal um. Nun sieht sie, wer das Flugzeug steuert. Es ist der Tod persönlich. Mit Mönchskutte und Sense steht er da. Sein sonst maskenhaftes Gesicht grinst sie höhnisch an. Er, obwohl sein Gesicht keine Augen hat, schaut sie vorwurfsvoll und gleichzeitig höhnisch an. Er freut sich über seine nächste Mahlzeit. Denn der Tod frisst alle Seelen und befördert und organisiert diese dann ins Jenseits.

Maria blickt das letzte Mal in sein höhnisches Grinsen und hört seine Worte, die blechern klingen: „Du hast es so gewollt!" Das aus dem Propeller ragende Messer bohrt sich in ihr Herz.

Maria kann schreien, ein Schrei, schmerzerfüllt und voller Angst dringt in ihr Ohr. Sie richtet ihren Oberkörper auf und will mit den Händen nach dem Flugzeug schlagen. Ihre Hände fühlen Leere.

Sie merkt, dass sich ihre Unterlage warm und weich anfühlt. Sie ist schweißnass und ihr Herz schlägt den Takt eines Technobeats. Es ist, als wollte es jeden Augenblick aus ihrer Brust herausklopfen.

Maria erkennt, dass sie in ihrem Bett liegt und einen Albtraum hatte. Ihr Atem geht schnell und sie versucht ihre Gedanken zu sammeln. ´Wo bin ich? Was ist passiert?`, sind ihre ersten Gedanken.

Sie sitzt in ihrem Bett aufrecht und hört draußen, von der Straße einen Rasenmäher. Ein Gärtner mäht den Rasen vor dem gegenüberliegenden Mehrfamilienhaus.

Sie schaut auf ihren Wecker. Es ist kurz nach halb neun Uhr morgens und durch das etwas leicht geöffnete Dachfenster kann sie einen Sonnenstrahl sehen, der sich durch die kleine Lücke im Rollo hindurchzwängt.

Sie sammelt sich. Ihr Herz schlägt immer noch den

Takt eines Sechszylinders.

Ihre Gedanken kreisen.

„Was habe ich nur getan?", sagt sie laut vor sich hin, sie lässt sich wieder ins Kissen fallen. Sie mag nicht aufstehen. Am liebsten würde sie den Rest ihres Lebens hier im Bett verbringen. Nie wieder aufstehen, die Decke wie einen Schutzmantel über ihren Körper. Sie rollt sich auf die Seite und weint, sie schluchzt so laut, lässt den Schmerz und ihren Hass aus ihrem Körper.

Ihr warmes Kissen spendet ihr Trost.Sie heult ihr Kissen nass.

In ihr fühlt es, als wolle ihr Herz davonlaufen und nie wieder etwas mit ihr zu tun haben. So wie es auch ihre wenigen Freunde mit ihr gemacht haben.

Sie schämt sich für ihre Krankheit.Sie kann kaum noch einem Menschen in die Augen sehen, und wenn sie es manchmal macht, dann wird ihr Blick leer und ausdruckslos. Sie möchte niemanden durch Augenkontakt provozieren.

Sie schämt sich so sehr, dass sie noch lebt und ihr trostloses Dasein hier auf Erden weiter fristet.

Sie vermisst ihren Nochehemann. Sie kann und will ihm nicht verzeihen, dass er sie wie ein Stück Dreck, nach ihrem gescheiterten Suizidversuch liegengelassen hatte. Trotzdem vermisst sie ihn.

Sie vermisst, auch wenn nicht mehr viel Wärme in ihrer Liebe bestand, seine, genau diese Wärme. Wenn sie Spätschicht hatte und er früher als sie aufgestanden war, dann hatte sie sich auf seine Bettseite gedreht, um noch ein Stück seiner Körperwärme zu spüren und seinen Geruch einzuatmen. So konnte sie noch wenig von ihm, und nicht nur seine charakterliche Kälte, spüren. Dann stand sie nach einer Weile aus seinem Bett auf.

Sie stellt sich die Frage, ob seine Entscheidung, sie einfach unbeachtet liegen zu lassen, richtig war. Ob sie keine weitere Lebensberechtigung mehr hat? War sein Handeln doch richtig? Er hatte ihrem Wunsch entsprochen, Sterben zu wollen. Jedoch hatte sie nie von ihm erwartet, dass er so handelt. So respektlos einem Menschenleben gegenüber, seiner doch, wie er immer wieder beteuerte, geliebten Frau, gegenüber. Sie hätte ihre Hände ins Feuer gelegt, dass er doch Hilfe, spätestens am Vormittag herbeiholen würde.

Sie erinnert sich wieder an den Tag auf der Intensivstation am nächsten Morgen.

Nachdem der Arzt das Krankenzimmer verlassen hatte und ihr sagte, dass in Kürze ein Psychiater kommt, erschien ihr Mann. Sie bat ihn nach dem kurzen, knappen Gespräch zu gehen. Sie konnte und wollte ihn nicht bei sich haben.

Am Vormittag besuchte sie ihre übernächtigte Mutter. Ihre Mutter sah sehr verweint aus und hielt die Hand ihrer Tochter. Eine ganze Weile schwiegen die beiden und dann sagte Maria: „Ich gehe auf gar keinen Fall zu ihm zurück. Es ist aus und ich werde einen Schlussstrich unter diese Ehe ziehen!" Ihre Mutter erwiderte nichts, nur ein Kopfnicken zeigte ihrer Tochter, dass sie die richtige Entscheidung getroffen hatte.

Kurz darauf erschien auch schon der Psychiater. Sie erlaubte ihrer Mutter beim Gespräch, dabei sein zu dürfen.

Auf seine Fragen hin erzählte Maria, was sich am Tag zuvor und auch Wochen davor zugetragen hatte. Sie erzählte es ihm so nüchtern und klar, als lese sie ihm gerade aus einem Buch vor. Ja, doch es stimmte, es war ein Buch! Ein Kapitel ihres Lebensromans.

Der Psychiater war der Meinung, dass Maria sich in eine psychologische Fachklinik begeben sollte. Davor hatte Maria großen Respekt und auch Angst. Ihr missfiel der Gedanke, mit vielen Fremden und nervlich kranken Menschen eingesperrt zu sein.

Ihre Mutter mischte sich in das Gespräch ein und sagte: „Ich nehme meine Tochter zu mir. Sie kann für einige Zeit, bis sie sich neu orientiert hat, wieder in ihrem alten Kinderzimmer wohnen. Ich habe Platz genug."

Der Facharzt bat Marias Mutter um ein Vier-Augen-Gespräch. Der Mediziner ging mit Marias Mutter auf den Flur und die beiden unterhielten sich eine Weile.

Dann kamen beide wieder zurück in das Intensivzimmer. „Ich sehe keine weitere Veranlassung Frau Groß, sie in eine Fachklinik zu überbringen. Ich denke, sie sind bei ihrer Mutter bestens aufgehoben. Nichts pflegt einen Menschen besser gesund, als mütterliche Fürsorge. Ich werde dem behandelnden Arzt Bescheid sagen, dass er sie, vorausgesetzt ihr Körper ist, soweit stabil, wieder entlassen kann".

Er wünschte Maria noch alles Gute für ihren weiteren Lebensweg und verschwand wieder aus dem Krankenzimmer.

Ihre Mutter sagte ihr später, als sie sich über ihre Tat und Krise nochmals unterhalten hatten, dass sie darauf achten sollte, dass Maria keinesfalls wieder zurück zu ihrem Mann gehe. Sie würde nie wieder aus ihrer Depression herausfinden, wenn sie noch weiter bei ihm bliebe.

Maria fühlt sich nicht gut. Ihre Hände zittern unkontrolliert, sie hat das Gefühl zu verdursten und seit vorgestern hat sie schlimme Kopfschmerzen. Immer wieder stellt sich Schwindel ein, begleitend von ständiger Übelkeit und erhöhter Temperatur.

Auf der Arbeit hatte sie gestern eine schwere Angstattacke bekommen. Ein neuer Kollege, starrte sie sehr lange an, daraufhin bekam sie keine Luft und hatte das Gefühl zu ersticken.

Seit ein paar Tagen bekommt sie sofort Angst und der Schweiß läuft an ihrem Körper herunter, wenn ein Fremder sie anschaut oder anspricht.

Sie ging daraufhin zur Toilette und konnte sich wieder beruhigen.

Zurück an ihrem Arbeitsplatz, sah sie etwas sehr Merkwürdiges auf ihrem Bildschirm. Während eines Gespräches tanzten die Buchstaben und plötzlich formten sie sich zu einem Totenkopf, der sie höhnisch angrinste. Maria wollte schreien doch, als sie erneut hinsah, war alles wieder normal und sie konnte weitermachen.

Den ganzen Tag begleiteten sie merkwürdige Dinge. Auf der Heimfahrt bewegte sich die Autobahn, der Asphalt tanzte vor ihren Augen. Es waren kurze Momente, jedoch hat sie bisher noch nicht solche Fantasien.

Sie kann sich es nicht erklären.

Maria rafft sich aus ihrem Schutzkokon, ihrem Bett hoch und beschließt, nachdem sie in der Küche erst einmal zwei Zigaretten geraucht hat, ein Bad zu nehmen. Sie ist immer noch schweißnass und ihr ganzer Körper ist durch den Albtraum, den sie gerade erlebt hatte, und auch durch den Albtraum ihres bisherigen Daseins stocksteif und ihre Glieder fühlen sich bleischwer an.

„Wird denn dieser Albtraum, dieses Leben für mich

nie enden?", sagt sie leise zu sich selbst.

Maria lässt im Bad das warme Wasser in die Wanne laufen und geht in die Küche, um zu frühstücken. Sie macht sich ein Wurstbrot, merkt jedoch nach zwei Bissen, dass sie wohl heute nichts mehr herunter bekommt.

Sie läuft zur Toilette und würgt die beiden zuvor mühsam hereingebrachten Bissen wieder vor und spuckt auch jede Menge Magensaft mit aus.

Maria geht es deutlich schlechter. Das Stimmungshoch, welches sie nach ihrer Auftragsabgabe gefühlt hatte, ist wie weggeblasen und sie befindet sich wieder in ihrer hoffnungslosen, traurigen, lethargischen Welt.

Sie wartet auf den Zeitpunkt, der ihr endlich die Erlösung beschert.

Ihr Auftragnehmer sich bisher noch in keinster Weise gemeldet. Weder auf dem Prepaidhandy, dass sie sich extra gekauft hatte, noch sonst irgendwie.

Sie ist nervös. Die Warterei macht sie nervös. „Er soll es endlich tun", bemerkt sie laut.

Sie hat die nächsten drei Tage frei und sie merkt die acht Tage, die sie durchgearbeitet hat. Sie fühlt sich ausgelaugt und müde.

Sie sitzt in ihrer Badewanne und überlegt, was sie heute mit ihrer Freizeit anfangen soll. Das Wetter hat sich prächtig gehalten. Immer noch gibt der Frühherbst sein Bestes und zeigt sich von der schönsten Seite. Die Sonne strahlt vom blauen Himmel und die Temperaturen beweisen Hochsommer.

Das Wasser ist ihr zu kalt geworden. Maria steht aus der Wanne auf. Sie fühlt sich schon etwas besser.

Sie hat beschlossen, in die City zu fahren und ein wenig bummeln zu gehen.

Obwohl einzukaufen lohnt ja nicht mehr. Trotzdem

bekommt sie Lust, sich das eine oder andere Schnäppchen zu sichern. Die Sommersachen sind gut im Preis reduziert.

Trotz ihres zermürbten Zustandes macht sie sich schick für den Einkaufsbummel zurecht. Räumt ihre Wohnung auf, geht zu ihrem Auto und fährt in die City.

In Stadtmitte angekommen ärgert sie sich über das volle Parkhaus. Sie muss sehr weit nach oben fahren, um eine freie Lücke zu finden. Auch die in den unteren Parkdecks angelegten Frauenparkplätze sind alle belegt. Auf dem neunten Deck wird sie fündig.

´Mein Gott so hoch war ich ja noch nie`, denkt sie sich noch, als sie zu den Fahrstühlen geht.

Auf ihrem Weg hört sie noch einen Porsche 911 heranrauschen. Sie erkennt diesen Wagen an dem Klang, und bevor sie den Fahrstuhl betritt, der sie nach unten bringt, sieht sie noch durch den Spalt der Zugangstüre zum Parkdeck, dass sie Recht hat und es ein Cabrio ist.

Sie muss kurz an ihren Mann denken. Er hatte auch einen Wagen dieser Bauart gefahren. Einen Firmenwagen. Nach seiner Kündigung gab er diesen mit Tränen in den Augen zurück.

„´Sein` Auto hatte er beweint, um seine Frau kümmerte er sich einen Dreck", gibt Maria laut zu denken.

Schwermut kriecht in ihr auf. Sie möchte am liebsten wieder nach Hause fahren und sich in ihren schützenden Kokon legen.

*

´Der Boss` hat für seine Verhältnisse lange gewartet. Jeden Tag beobachtete er sie, um ein Gefühl für ihren

81

Rhythmus zu bekommen. In den letzten Tagen hatte er nicht mehr die strahlende Frau gesehen, die er noch vor ein paar Tagen, seit langer Zeit, wiedergesehen hat. Sie wirkte mürrisch, traurig und abwesend. Es schien ihm, als bekam sie von ihrem Umfeld nichts mit. Ihr Lächeln ist aus ihrem Gesicht herausgebrochen und auch ihr aufrechter, stolzer Gang ist nicht mehr zu sehen. Sie scheint in ihrer eigenen Welt zu leben. Er konnte ihren Zerfall jeden Tag Stück für Stück miterleben.

Sie hat auch abgenommen. Die Hose sitzt nicht mehr so knapp, wie sie noch vor ein paar Tagen saß. Sein Opfer scheint in letzter Zeit gewaltig zu hungern oder ihr ist gehörig der Appetit vergangen. Schade. Dabei sah sie doch so toll einen Tag nach der Auftragsabgabe aus.

Er steigt aus seinem Porsche und geht zu einem babyblauen Micra und macht sich an der Zentralverriegelung zu schaffen.

Maria hat keine Lust mehr sich durch das Einkaufszentrum der Stadt und durch die Basarstraßen von den Menschen treiben zu lassen. Viele nutzen das schöne Wetter, um sich noch in den Cafés der Straßen von der Sonne verwöhnen zu lassen. Ihr ist es zu warm und auch zu stickig. Sie verträgt die mit Menschen vollen Geschäfte und Ladenpassagen nicht mehr.

Sie steht am Parkautomaten und will ihr Parkticket bezahlen als plötzlich das Prepaidhandy, welches sie für den Auftrag angeschafft hat, klingelt.

Sie hat gerade die erste Münze in den Schlitz geworfen und gierig nimmt der Automat diese an.

Sie begreift erst gar nicht, dass das Klingeln ihr gilt. Zögernd nimmt sie es aus ihrer Handtasche und drückt den Annahmeknopf.

„Hallo", sagt sie zögerlich.

Sie hört eine Mundharmonika. Eine Melodie, die ihr sofort bekannt vorkommt. Die weltbekannte Melodie aus dem Film *Spiel mir das Lied vom Tod* einer der erfolgreichsten Western der bisherigen Filmgeschichte.

Stocksteif steht sie da. Das Handy am Ohr und spielend die Melodie, die ihren Wunsch erfüllt, Sterben zu wollen.

Ihr Atem geht schneller. Es ist, als überschlage sich jeder Atemzug in ihrer Lunge. Sie holt Luft und dennoch hat sie das Gefühl zu ersticken. Sie zittert am ganzen Körper.

Ein Mann hinter ihr wartend drückt seine Ungeduld aus: „Junge Frau, gleich können sie weiter telefonieren. Wenn es möglich ist, möchte ich noch heute mein Ticket bezahlen."

Maria nimmt das Handy sofort von ihrem Ohr weg und wirft es auf die angrenzende Straße.

Mit zittrigen Händen wirft sie die nächste Münze ein und das Ticket wird gewertet und kommt eine halbe gefühlte Ewigkeit wieder als Freifahrtschein für die Schranke heraus.

Stocksteif steht sie da. Sie sieht sich um.

Der Mann hinter ihr gibt ihr mit einer Armbewegung zu verstehen, zügig den Parkscheinautomat zu räumen. Er schiebt sie beiseite.

Die leichte Berührung des Mannes gibt ihr das Zeichen. Sie sprintet in den Parkhausflur, indem die Treppen und Fahrstühle die Menschen zu den Parkdecks bringen. Gerade kommt eine Kabine an. Vor ihr wartet noch ein weiterer Mann und betritt den leeren Fahrstuhl.

Maria geht zügig in den Aufzug. Etwas schnürt ihr die Kehle zu, sie ist kaum noch fähig zu atmen. Der

Schweiß läuft ihr den Rücken herunter.

Die Kabinentür schließt sich. Ihr Mitfahrer hat schon die neunte Etage gedrückt. Sie kann nicht mehr, das Atmen fällt ihr schwer.

Plötzlich geht der Arm des Mannes an die Wand neben ihren Kopf und er grinst sie an. „Na Süße, wie wäre es mit uns zwei? Du, ich kann immer. Von mir aus hier im Fahrstuhl. Bis zur Neunten bin ich mit dir durch. Du wirst es nicht bereuen." Er will ihr an die Brüste fassen.

Maria sieht ihn angstvoll an. Sie versucht, sich aus der von ihr gefühlten Umklammerung zu lösen. Sie bekommt kaum noch Luft und sie kann nur ein Japsen von sich geben.

„Du siehst ziemlich fertig aus. Stirb mir hier nicht weg bevor wir...", er sieht sie eindringlich an. Maria ist starr vor Angst. Ihre Augen sind weit geöffnet und sie will schreien. Es kommt aber kein Laut aus ihrem Mund. Sie fühlt sich kurz vor der Bewusstlosigkeit und ihre Beine wollen nachgeben. Sie zittert am ganzen Leib.

Der Mann schaut sie besorgt an. „Ich wollte doch nur einen Scherz machen." Marias Atem geht immer schneller, ihr Herz will aus ihrer Brust schlagen. Ihr angsterfüllter Blick trifft seine Augen. Das Misstrauen in ihr wächst. Sie hat Panik. Sie kann nicht mehr. Sie will nur noch raus. Raus aus diesem Gefängnis, raus aus diesem beengten Fahrstuhl. Ihr Lebenswille ist da. Ist es ihr Überlebenswille?

„Junge Frau, ist alles OK mit Ihnen? Hallo......", fragt der Mann besorgt nach.

Der Fahrstuhl kommt auf dem Parkdeck an. Die Türe öffnet sich. Maria sprintet heraus. Sie hat den Willen und die Kraft ihr Auto zu erreichen.

Während sie rennt, kramt sie in ihrer Handtasche nach dem Autoschlüssel und erreicht ihren Wagen, als der Mann aus dem Fahrstuhl hinter ihr steht und sie fragt, ob ihr doch helfen kann. „Ich entschuldige mich noch für mein Verhalten gerade. War nicht schön", ruft er ihr noch hinterher.

Maria öffnet ihre Zentralverriegelung und setzt sich eilig ins Auto und schließt die Türe.

Die Hände krampfhaft um das Lenkrad geklammert. Sie atmet immer schneller und vor ihren Augen tanzen Blitze. Mit zittrigen Händen steckt sie den Schlüssel ins Zündschloss. Sie will noch einen Moment warten. Immer noch fühlen sich ihre Glieder eingefroren an und der Schweiß will nicht aufhören zu fließen.

Langsam beruhigt sich ihr Atem wieder und sie fühlt sich bereit das Auto zu starten und dreht den Schlüssel im Zündschloss. Der Motor und das Radio springen an.

Doch es kommt nicht ihre gewohnte Trance Musik. Stattdessen dröhnt eine Stimme aus den Lautsprechern. „Bleibe ruhig sitzen und lasse die Hände am Lenkrad. Unter deinem Sitz ist eine Bombe, und wenn du dich bewegst, fliegt du in die Luft!"

Sofort erklingt auch hier wieder die Todesmelodie aus dem bekannten Western. High Noon im Duisburger Parkhaus.

Marias Atem geht wieder schneller und die Schweiß-drüsen nehmen ihre Produktion wieder auf. Diesmal geben sie sich besonders viel Mühe und sie hat das Gefühl, als transpirieren sie die letzte, verbleibende Flüssigkeit aus ihr heraus.

Ihr zittern unkontrolliert die Glieder. Noch krampfhafter hält sie das Lenkrad weiter umklammert. Sie sieht sich vorsichtig um.

Neben ihr parken keine weiteren Autos. Etwas weiter ist der heute Mittag gehörte 911-er noch zu sehen. Sonst ist das Parkdeck leer.

Sie weiß nicht was sie tun soll. Sie würde am liebsten aus ihrem Auto heraus sprinten und sofort wieder in den Trubel der belebten Einkaufsstraßen fliehen.

Stocksteif und zitternd sitzt sie da. Sie hat das Gefühl zu ersticken und ihr Atem geht schnell. Die Lungen können den Sauerstoffüberfluss nicht mehr aufnehmen und ihr wird schwindlig.

Plötzlich, nachdem die Erkennungssymphonie des Western verstummt, ertönt eine Stimme. Die gleiche, die sie vor der Bombe gewarnt hat. „Du wolltest es und ich erledige immer meinen Auftrag. Ich sage dir, wann du stirbst!" Unter höhnischem Gelächter verstummt das Radio.

Maria sitzt stocksteif da. Sie hat nicht mehr die Kraft sich zu bewegen und an irgendetwas zu denken. Sie zittert am ganzen Leib. Ihre Beine wollen ihr nicht gehorchen und die Knie wippen unkontrolliert, die Füße fest im Fußraum gedrückt. Ihr Kopf ist leer. Sie fühlt nichts als nackte Angst. Ihr Herz rast so schnell, als wolle es als erstes ihren Körper und dann das Auto verlassen. Es will ihr aus der Brust zu springen. Es überschlägt sich und es kann mit der Angst nicht mehr mithalten.

Der Schweiß läuft immer noch in Strömen an ihrem Körper entlang. Noch immer läuft der Motor ihres Autos. Warum nur? Sie will doch aus ihrem Leben entkommen. Sie hat sich doch aufgegeben. Sie kann und will nicht mehr. Warum klammert sie sich so ans Leben?

Sie erinnert sich an ihren Traum heute Morgen. War

es ein Zeichen? Hat ihr Unterbewusstsein ihr ein Signal gegeben? Konnte sie es vorahnen? Sie versteht sich und ihre Welt nicht mehr.

Langsam lösen sich Marias Hände wieder vom Lenkrad. Mit zittrigen Händen drückt sie den CD-Auswurfknopf am Radio, nimmt die CD, macht die Fahrertüre auf und wirft sie raus. Ihr ist es egal, was damit passiert. Sie will diese CD nie wieder sehen.

Langsam beruhigen sich Herz und Atmung wieder. Sie lehnt im Sitz zurück und hat die Augen geschlossen. Sie versucht, gleichmäßig und langsam zu atmen. Sie fühlt nichts mehr – nur eine unglaubliche Erschöpfung.

Sie weiß, dass sie gleich den Rückwärtsgang einlegen muss, um ihren Wagen aus der Parklücke zu fahren, um wieder nach Hause zu kommen.

Sie sehnt sich nach einer Dusche und ihrem schützenden Kokon. Das Zittern hört langsam auf. Sie öffnet ihre Augen, atmet noch einmal tief durch und legt den Gang ein. Vorsichtig lässt sie Kupplung kommen und fährt ganz langsam auf die Spur.

Die Konzentration ist schwer zu halten. Langsam fährt sie runter in Richtung zum achten Parkdeck. Als sie die erste Kurve erreicht, die sie immer näher zur Ausfahrt bringt, hört sie ein lautes, forderndes Motorengeräusch hinter sich.

Sie fährt immer noch sehr langsam, da ihre Beine und die Arme noch nicht wirklich gehorchen. Hinter ihr drängt ein 911er Cabrio etwas schneller zu fahren.

Das Parkhaus ist sehr eng und die Abfahrt sehr steil. Sofort ist Maria da. Sie hat ihre volle Konzentration und sie gibt ein wenig mehr Gas. Der Porsche ist immer dichter hinter ihr.

Der Fahrer deutet mit der Lichthupe an, etwas zügiger durch die enge Abfahrt zu fahren. Maria gibt mehr Gas.

Sie muss in der Kurve höllisch aufpassen, um nicht gegen die Betonwand zu fahren.

Achtes Parkdeck. Hier kann sie in der Geraden ein wenig zügiger fahren. Der Porsche drängt sie, noch schneller zu fahren.

Der Verfolger ist sehr nah hinter ihr. Maria gibt weiter Gas. Es fällt ihr schwer, die Kurve runter zum siebten Parkdeck zu nehmen.

Fast wäre sie gegen die Mauer gefahren. Ihr zittern die Knie.

Die Verfolgungsjagd wird immer schneller. Maria kann fast ihren Wagen nicht mehr steuern.

Um heil zu entkommen, darf sie nicht bremsen. Sie muss schnell fahren. Immer schneller, Parkdeck für Parkdeck zwingt sie der Fahrer hinter ihr runter zum rettenden Ausgang.

Auf dem fünften Deck fährt sie fast gegen die Betonwand, schnell kann sie noch gegensteuern und das Heck ihres Wagens bricht aus. Reifen quietschen. Marias Herz rast. Nein sie will nicht sterben! – Noch nicht!

Sie hat Todesangst. Immer weiter bedrängt sie der Porsche. Immer schneller muss sie fahren. Sie fährt mittlerweile für die Strecke am möglichen Limit, die letzte, enge Kurve ist erreicht und sie kann in der steilen Abfahrt zur Schranke schon den rettenden Ausgang sehen.

Sie fährt an die Schranke heran, der Sportwagen ist immer noch dicht hinter ihr. Sein im Leerlauf heulender Motor gibt ihr zu verstehen, dass die Verfolgungsjagd noch nicht zu Ende ist. Mit zitternden Händen gibt sie das Ticket in den Automaten. Dieser spuckt es wieder heraus.

Hinter ihr wieder die aufheulende Motorenkraft.

Wieder führt sie das Ticket ein. Verkehrt herum. Die Parkschranke gibt sich damit nicht zufrieden und spuckt es wieder heraus.

Maria ist mit den Nerven am Ende. Zittrig schiebt das Billett erneut ein und nach einer gefühlten Ewigkeit öffnet sich die Schranke.

Sie atmet tief durch und gibt Gas. Die Zufahrtsstraße ist frei und kein Auto zu sehen. Mit quietschenden Reifen fährt sie auf die Straße. Viel zu schnell fährt sie die Straße hinauf zur Autobahn.

Sie ist frei. Frei von dem Wahnsinn. Im Rückspiegel sieht sie, dass ihr Verfolger aufgeben hat, und kann den Porsche nicht mehr sehen.

Mit zitternden Knien und schweißdurchtränkt erreicht sie, nach einer gefühlten Ewigkeit, die angrenzende Autobahn. Ihr Herz rast immer noch.

Sie muss wieder an ihren Traum denken. War das schon der versuchte Mord? Sie hat plötzlich Angst vor dem Tod. Der, der sie heute Morgen noch frech angegrinst hat.

Ihr fällt es schwer, sich in den Verkehr einzufädeln. Die Konzentration ist weg.

Ihr zittern immer noch die Knie und der Kopf scheint nur aus Blei zu bestehen.

Auf der A40, Richtung Dortmund ist mal wieder Stau. Es geht nur schrittweise voran.

Maria schaut immer wieder in den Rückspiegel, ob der Porsche noch hinter ist. Es ist kein Sportwagen zu sehen.

Sie fühlt eine schwere Erkältung, die sich in ihr ausbreitet und die Macht über ihren Körper einnimmt. Seit einigen Tagen hat sie ein ständiges Unwohlsein. Starke Kopfschmerzen und auch ein Schwindelgefühl begleiten sie. Sie ist noch unruhiger geworden und die Nahrung will auch nicht mehr in ihrem Körper bleiben. Ein ständiger Durst ist ihr Begleiter und sie bekommt auch nicht mehr richtig Luft.

Morgen wird sie einmal ihren Hausarzt aufsuchen, nimmt sie sich vor.

5

Anna-Lena ist erschöpft. Die paar Tage, die ihr Chef ihr freigeben hat, haben sich in Rauch aufgelöst. Nichts ist mehr von der Zwangserholung zu spüren.

Dabei hatte sie, nach ihrer rasanten Fahrt auf der A31 sich wirklich pure Erholung gegönnt.

Sie war jeden Morgen zum Sport gegangen und danach hatte sie es sich meistens auf ihrem Sofa gemütlich gemacht und gelesen. Sie konnte sich kaum auf das Buch konzentrieren. Immer wieder musste sie die Seiten neu anfangen zu lesen, da sie das Gelesene nicht verinnerlichen konnte.

Sie war einmal in der Krefelder Innenstadt und hatte sich ein paar schöne Anziehsachen gegönnt. Sie war auch in Duisburg in der Therme gewesen und hatte dort ein Verwöhnprogramm durchlaufen.

Es will sich keine Ruhe in ihrem Körper einstellen. Sie wird immer nervöser und fahriger. Die SOKO ist noch keinen Schritt weitergekommen in ihren Ermittlungen bei den Prostituiertenmorden im Umkreis.

Es macht sie fertig. Jeden Morgen steht sie auf, geht vor ihrem Dienst zum Sport und trainiert hart, bis an ihre Grenzen, ihren Körper. Selbst ihr geliebter Sport kann sie nicht mehr aufmuntern.

Seit Tagen spürt sie einen Dauerkopfschmerz. Ihr ist, als bläst ein ganzes Orchester nach falschen Noten und jedes Instrument hat einen anderen Takt und spielt eine falsche Melodie.

Beim letzten Mord in Krefeld wurde von der Spurensicherung nichts Brauchbares gefunden. Nichts weist auf den oder die Täter hin.

Die Kollegen aus den anderen Städten im Umkreis haben auch keine weiteren Hinweise, die sie weiter bringen.

Der Bericht des Gerichtsmediziners sagt, dass die Frau an den Messerstichen verblutet ist. Die Leber und das Herz wurden durch die Stiche verletzt. Insgesamt wurden von ihm sechsunddreißig Stiche gezählt. Im Brustbereich und Bauch. Auch wurden gewaltsame Spuren eines Beischlafes gesichert. Jedoch hat der Täter ein Kondom benutzt und nichts ist von ihm zurückgeblieben.

Die Vagina ist laut Bericht des Facharztes stark in Mitleidenschaft gezogen. Das Messer wurde dort und auch in den Anus eingeführt. Es konnten Spuren festgestellt werden, dass er das Messer noch bewegt hat. Entsprechend sind ihre Scheide und ein Teil des Rektums zerfetzt.

Ob die Frau zu diesem Zeitpunkt noch lebte, konnte nicht festgestellt werden.

Anna-Lena wurde übel, als sie den Bericht zum ersten Mal gelesen hatte und sie legte die Akte mehrfach an die Seite. Es nahm und nimmt sie sehr mit. Die Morde und die Gewalt, die den Frauen angetan worden ist, nehmen sie sehr mit.

Sie hofft, als der Täter das Messer in ihre Körperöffnungen schob, dass sie da bereits schon Tod war.

Sie kann kaum noch einen Blick in die Akte und auf die von der Gerichtsmedizin gemachten Beweisfotos werfen. In ihr krampft sich alles zusammen.

Von den Kollegen aus den Nachbarstädten sieht sie in den Kopien, die jetzt dem Krefelder Ermittlerteam auch vorliegen, dass die gleiche Vorgehensweise bei allen acht Morden angewandt wurde.

Die Frau ist weiterhin unbekannt. Ein rekonstruiertes Foto wurde in der Zeitung veröffentlicht, jedoch kamen aus der Bevölkerung keine brauchbaren Hinweise. Ein Name oder Wohnort konnte nicht genannt werden.

Ein Abgleich in der Vermisstendatei blieb ebenfalls ohne Erfolg.

Erwin schaut sie besorgt an. „Anna-Lena, hier diesen Hinweis hast du übersehen. Bist du dem auch nachgegangen?", fragt er sehr direkt nach.

„Was habe ich übersehen?", gibt sie patzig zur Antwort.

Erwin schaut sie weiterhin an. „Anna-Lena, ich will dir wirklich nichts Böses, aber ich glaube, du solltest mal zum Arzt gehen!", er klingt sehr besorgt.

Anna-Lena sitzt an ihrem Schreibtisch, starrt ins Leere und möchte am liebsten laut schreien. Sie muss sich ganz schön anstrengen, um nicht die Beherrschung zu verlieren. Noch hat sie sich im Griff. „Danke, Erwin es geht schon wieder. Was habe ich.......", Anna-Lena klingt genervt. „Wirklich, du gefällst mir gar nicht. Du siehst sehr blass aus, treibst deinen Sport bis zum Umfallen und isst kaum noch was. Und mit dem Rauchen hast du auch wieder angefangen! Du wirst immer dünner! Ich will dir wirklich nichts Böses." Erwin gibt sich ratlos.

„Wenn du nichts von mir willst, dann lass es! Ich habe mich im Griff", ist Anna-Lenas schroffe Antwort.

Ihr Kollege hat Recht. Anna-Lena wirkt nur noch wie ein Schatten ihrer selbst. Sie hat dicke Augenränder und ihre Gesichtsfarbe weist eine gräuliche Farbe auf. Sie wirkt gedrückt und kann den Kopf nicht mehr oben halten. Die Augen liegen in dunklen Höhlen. Ihr Blick ist starr geworden und sie wirkt auf ihre Umgebung manchmal regelrecht apathisch. Sie ist tatsächlich dünner geworden und ihre Hände zittern manchmal unkontrolliert.

Anna-Lena steht auf, holt sich ein Glas Wasser aus dem Spender und nimmt aus ihrer Schreibtischschublade zwei Kopfschmerztabletten. Der Druck in ihrem Kopf will nicht mehr weichen. „Erwin, ich gehe mal ein wenig an die Luft." Anna-Lena schnappt sich ihre Jacke und rauscht aus dem Büro.

Fragend schaut ihr Erwin hinterher. „Wenn er ihr doch bloß ein wenig helfen könnte. Doch sie ist zugemauert", sagt er noch zu sich selbst.

Anna-Lena geht lange und ausgiebig spazieren. Sie genießt das schöne Wetter und hofft, dass ihre Gedanken und ihr Kopf wieder frei werden. Die Kopfschmerzen weichen. Die Tabletten wirken. Ihr ist immer noch sehr schwindelig und ihre Gedanken kreisen. Sie sind mit ihr auf einer nicht endenden Fahrt in einem Karussell.

Wieder zurück auf dem Revier geht es Anna-Lena etwas besser. Zumindest hat sie wieder etwas Kraft, um die nachmittägliche Arbeitszeit zu überstehen.

„Welchen Hinweis soll ich übersehen haben?", fragt sie Erwin sehr ruhig und freundlich, als sie wieder das Büro betritt.

Sie hat für beide ein Eis mitgebracht. Erwin nimmt ihr die für ihn bestimmte Eistüte ab.

Er gibt die Akte mit den Fotos an Anna-Lena weiter. „Hier siehst du! Du solltest den Bericht aus der Pathologie bearbeiten. Es wird in den von dir gesammelten Stichpunkten mit keiner Silbe erwähnt........", ist seine sachliche Antwort.

Anna-Lena starrt auf die Fotos. Sie steht unbeweglich da und die Eistüte ist aus ihrer Hand gefallen. Sie zittert am ganzen Körper und atmet sehr stark und schnell. Sie hat das Gefühl, ihre Kehle ist zugeschnürt und es kommt kein lebensnotwendiger Sauerstoff in ihren Körper. Ihr Blick ist starr und sie schaut auf die von Erwin vor ihr liegenden, gerade eben ausgebreiteten Fotos. Ihre Knie geben nach.

„Anna-Lena....". Erwin legt das Eis beiseite, er packt sie an den Schultern und will sie rütteln.

Ihr Kopf fällt nach hinten, ihre Pupillen gehen nach oben zur Stirn und Anna-Lena fällt in sich zusammen. Erwin kann sie gerade noch auffangen und auf den Boden legen. „Anna-Lena hörst du mich?", schreit er seine geschätzte Kollegin an. „Anna-Lena" er schlägt auf ihre Wangen. Doch sie reagiert nicht mehr.

In diesem Moment betritt der Chef der Mordkommission das Büro. „Frau Winter/Herr ...." Er sieht, dass sich Erwin um die bewusstlose, am Boden liegende Kollegin, kümmert.

Sofort ist er bei den beiden. „Herr Skryschak haben sie schon die Rettung gerufen?", fragt er aufgeregt nach.

„Nein, sie ist gerade vor paar Sekunden einfach so zusammengeklappt." Erwin ist außer Atem. Kleine eilt zum Telefon und verständigt den Notruf. Dann rast er aus dem Büro und ruft den Ersthelfer herbei.

Schnellen Schrittes sind die beiden wieder zurück. Erwin schlägt Anna-Lena immer noch auf die Wange als sie das Büro erneut betreten. Der Ersthelfer sucht sofort Anna-Lenas Puls. Er kann diesen nicht ertasten. Durch das geöffnete Fenster können sie schon das Martinshorn des Rettungswagens hören. Die Sanitäter und der Notarzt sind schnell zur Stelle.

Anna-Lena liegt immer noch regungslos auf dem Boden.

*

Maria wartet in der Hausarztpraxis, dass ihr Name endlich aufgerufen wird.

Als sie mit dem Arzt im Sprechzimmer sitzt und ihre Beschwerden mitteilt, sieht dieser sehr besorgt aus. „Frau Groß, sie haben sich wohl eine Grippe eingefangen", teilt der Arzt ihr mit. „Ein paar Tage Bettruhe und viel Tee trinken. Sie haben Fieber. Ihre Lunge ist jedoch frei. Ich werde sie für ein paar Tage krankschreiben. Arbeiten können sie mir so nicht gehen."

„Und warum habe ich das Gefühl so schlecht Luft zu bekommen?", fragt sie nach.

„Ja, sie rauchen nicht gerade wenig. Ein paar Tage Bettruhe werden ihnen gut tun und sie wieder schnell auf die Beine bringen. Und weniger, am Besten gar nicht mehr rauchen!", gibt der Arzt als Antwort zurück.

„Ich habe Heute und Morgen noch frei. Ich denke, das wird ausreichen. Ich lege mich sofort ins Bett und kuriere mich aus", gibt Maria zur Antwort.

„OK. Frau Groß. Wenn die Beschwerden jedoch nicht besser werden, dann kommen sie wieder rein! Was macht ihre Psyche? Sie wirken auf mich sehr nervös. Läuft denn alles gut mit ihrer Scheidung und ihrer Arbeit?", fragt der Arzt nach.

„Ja, alles bestens, mein Nochehemann lässt mich in Ruhe", gibt Maria gequält zurück.

„Und sie nehmen nach wie vor ihre Antidepressiva?", hakt der Doktor nach.

96

„Ja, ja ich vertrage sie sehr gut. Der Neurologe hat mich gut darauf eingestellt", gibt Maria zurück. „OK. Ich verschreibe ihnen noch etwas, gegen das Fieber und die Übelkeit. Wann haben sie den nächsten Termin beim Neurologen?", fragt der Arzt nüchtern nach.

„In zwei Wochen, glaube ich", gibt Maria zur Antwort.

Der Arzt verschiedet sich und entlässt Maria aus dem Untersuchungszimmer. Er macht sich wirklich Sorgen um seine Patientin. Sie gefällt ihm ganz und gar nicht Sie sieht gar nicht gut aus. Sie wirkt nur noch wie ein Schatten ihrer selbst und macht einen noch abwesenderen Eindruck als, sie es zu den schwersten Zeiten ihrer Depression getan hat. So gedrückt und niedergeschlagen hat er sie noch nie erlebt. Sie wirkt sehr kraftlos und es ist ihm, als ob ihr Lebenswille erloschen ist.

Wieder zuhause lässt sich Maria ein Bad ein. Trotz der sommerlichen Temperaturen ist ihr kalt und der Schüttelfrost will nicht weichen.

Sie fühlt sich elendig und sie merkt jeden Knochen in ihrem Körper. Ihr Kopf scheint jeden Augenblick zu zerplatzen. Der Druck will einfach nicht weggehen.

Von Tag zu Tag werden ihre Kopfschmerzen immer quälender. Die Übelkeit will nicht weichen, das Zittern ist auch stärker geworden. Sie kann es kaum noch kontrollieren.

Aus der Apotheke hat sie sich außerdem noch ein Erkältungsbad und eine Packung Schlaftabletten mitgenommen, als sie ihr Rezept einlöste.

Sie lässt sich in das heiße Wasser sinken, die Wärme breitet sich in ihrem Körper aus und das Frieren löst sich in Entspannung und Wohlgefallen auf.

Sie geht mit dem Kopf unter Wasser und möchte nie wieder auftauchen, um ihre Lungen mit Sauerstoff zu füllen.

Nach dem Bad cremt sie sich sorgfältig mit ihrer Bodylotion, ihrer Gesichtscreme und Handcreme ein. Ihr Bett schreit nach ihr.

Sie kocht sich schnell noch einen Tee mit Honig, nimmt damit zwei Schlaftabletten und die verschriebenen Mittel ein und legt sich in ihr Bett. Sie friert immer noch. Eine zusätzliche Decke gibt ihr die noch benötigte Wärme.

Kurz darauf stellt sich ein tiefer Schlaf ein. Sie träumt von Fratzen, die um sie herum schweben und sie höhnisch angrinsen. Immer wieder werden sie zu Sensenmännern und schreien sie an. „Maria, ich erledige immer meinen Auftrag!"

Eine Fratze wird zu einer Gestalt, die vor ihrem Bett am Fußende steht und sie höhnisch angrinst.

*

Anna-Lena wird wach, sie kann ihre Augen öffnen und sieht eine Neonröhre. Sie hört Stimmen, die ihr nicht bekannt vorkommen, die Geräusche und der Geruch, die sie umgeben, sind fremd für sie. „Wo bin ich?", die erste Frage, die jeder Patient nach einer Bewusstlosigkeit laut im Krankenhausbett stellt.

„Frau Winter, na da sind wir ja wieder", hört sie eine freundliche Stimme neben sich. Der Pfleger prüft die Medikamente in ihrem Zugang. „Sie sind im Städtischen Krankenhaus", hört sie den Pfleger sagen.

„Was ist passiert?" Langsam kehrt die Erinnerung in

Anna-Lenas Gedächtnis zurück.

Sie befand sich auf dem Revier und sah sich Fotos der Leiche an, als sie plötzlich das Bewusstsein verlor. Ein Schaudern geht durch ihren Körper. Bilder, die nicht aus einem Horrorfilm stammen, sondern real sind.

„Ich sage dem Arzt Bescheid, dass sie wieder bei uns sind. Geht es ihnen gut?", will der Pfleger wissen.

Anna-Lena hört merkt, dass sie an ein EKG angeschlossen ist. Ihre Kleidung wurde ausgezogen und sie hat ein Klinikhemd an. Die Manschette des Blutdruckmessgerätes pumpt sich gerade auf. „Einigermaßen", ist Anna-Lenas Antwort.

Eine Weile später ist der Arzt bei ihr. „Frau Winter sie hatten einen schweren Zusammenbruch und ihr Kreislauf hat versagt. Jetzt hat sich alles wieder normalisiert. Sie sind total erschöpft und überarbeitet. Sie werden ein paar Tage hier bleiben müssen. Sie hatten bei der Einlieferung geäußert, dass sie nicht mehr Leben wollen und daher wird gleich eine Psychiaterin zu ihnen kommen. Nur ihrer guten, sportlichen Konsistenz ist es zu verdanken, dass sie wieder schnell auf die Beine gekommen sind. Ihr Gemütszustand macht mir große Sorgen. Sie wollten nicht, dass wir ihnen helfen", ist seine besorgte Auskunft. A

Anna-Lena versucht, krampfhaft Erinnerungen aus ihrem Gedächtnis aufzurufen.

Die letzten Stunden sind einfach aus ihrem Leben verschwunden. Sie kann sich einfach an nichts erinnern. An rein gar nichts. Sie war von einer totalen Schwärze umgeben.

„Was soll ich geäußert haben?", hakt Anna-Lena nach.

„Ja, sie wollten nicht, dass wir uns um sie kümmern.

Immer wieder fiel das Wort Tod und ich kann nicht mehr. Lassen sie mich in Ruhe", sagt der Arzt zu ihr.

Anna-Lena findet sofort den Zusammenhang. Die Leiche, die Fotos, die Erschöpfung.

Sie hatte tatsächlich in letzter Zeit viel über Tod und Sterben nachgedacht. Wenn sie total erschöpft von der Arbeit nach Hause kam und die Einsamkeit ihrer Umgebung spürte, hat sie tatsächlich manchmal Selbstmordgedanken gehabt. Jedoch hat sie immer wieder diese Gedanken verworfen und aus ihrem Gedächtnis vertrieben.

Wenn Freunde nachgefragt hatten, ob sie noch etwas unternehmen möchte, hatte sie in der Regel abgelehnt. Sie wollte einfach nur noch ihre Ruhe haben.

Es klopft an ihr Zimmer und die Psychologin betritt den Raum. „Frau Winter, guten Tag. Ich bin Frau Dr. Sabine Adam aus der Psychiatrischen Klinik hier in Krefeld. Herr Kollege, haben sie noch Fragen an die Patientin?", fragt sie mit ihrer tiefen Stimme nach.

„Nein, ich lasse sie beide jetzt allein", merkt der Mediziner an. „Die Patientin ist so weit wieder stabil."

Frau Dr. Adam nimmt sich einen Stuhl und setzt sich an Anna-Lenas Bett und lächelt sie aufmunternd an. „Frau Winter, wie geht es Ihnen, ich meine, außer das ihr Kreislauf versagt hat?" Anna-Lena will sich in ihrem Bett aufsetzen. Die Psychiaterin hilft ihr und stützt den Rücken.

Beide schauen sich schweigend an. Anna-Lena möchte nichts sagen und doch hat sie das Bedürfnis sich der Ärztin mit all ihren Gedanken anzuvertrauen. Sie will, die bleierne Schwere die sie umgibt, loswerden und entscheidet ihre Gefühle auszusprechen.

Sie beginnt zu erzählen, dass ihr die Arbeit von Tag zu Tag schwerer fällt. Die Morde ihr nicht mehr aus dem Kopf gehen und es ihr immer unangenehmer wird, ihrem Dienst nachzukommen.

Sie berichtet, dass sie als Ausgleich sehr viel Sport macht und dieser ihr nur für wenige Augenblicke die erhoffte Entspannung bringt.

Sie erklärt die Konzentrationsschwierigkeiten und ihre Nervosität, ihre Fahrigkeit und das ihr die nötige Ruhe und Gelassenheit verloren gegangen ist.

Die Psychiaterin hört ihr aufmerksam zu.

Auch berichtet Anna-Lena, dass ihre Freunde sie nicht mehr für Unternehmungen motivieren können und sie lieber allein und zurückgezogen bleibt und dabei schon einige Male an Selbstmord gedacht hat. Aus reiner Überforderung.

Als Anna-Lena das Gespräch beendet, ist sie vollkommen aufgelöst und Tränen laufen über ihre Wangen. Sie berichtet auch über ihren Zusammenbruch vor ein paar Tagen.

Die Psychiaterin nickt. „Frau Winter, ich werde sie in unsere Klinik bringen. Sie sind vollkommen ausgebrannt und ich erkenne eine Depression. Es ist besser, wenn sie für einige Zeit unsere hervorragenden Therapiemöglichkeiten in Anspruch nehmen. Sie kommen dann wieder auf die Beine. Hat man ihnen schon Antidepressiva verordnet?" ist ihre sachliche Anmerkung.

„Nein", kommt prompt zur Antwort.

In Anna-Lenas Kopf kreist es. Eine psychiatrische Klinik. Damit hat sie nun gar nicht gerechnet. Ihr gesamter Mut hat sie verlassen und sie hat richtig Angst und spürt Unwohlsein.

„Frau Winter, ihr Zustand ist ernst! Ich kann ihnen

nur empfehlen freiwillig mitzugehen, oder ich werde sie einweisen lassen, da sie Suizidgedanken geäußert haben", gibt die Ärztin bestimmt zurück.

Anna-Lenas Hände zittern. „Ich komme jetzt nicht mehr aus dieser Nummer heraus?"

„Nein!", ist die klare und direkte Antwort der Ärztin.

*

Maria sieht einen Schatten an ihrem Fußende des Bettes. Sie ist noch schläfrig, jedoch kann sie einen Umriss erkennen.

Etwas steht an ihrem Bett und grinst sie an. Sie will ihre Bettdecke über den Kopf ziehen und sich wie ein Kind sich in den Schutz ihrer Decke begeben.

Plötzlich merkt sie, dass ihre Arme an dem Bett über Kopf festgebunden sind. Sie zerrt und reißt an den Handfesseln. Ihre Arme lassen nicht zu, dass sie sich weiter in ihre Decke einkuschelt.

Sie ist nur zur Hälfte zugedeckt und ihre Brüste liegen frei.

Sie versucht ihre Beine zu bewegen, um die Gestalt an ihrem Kokon wegzutreten. Doch auch diese sind gefesselt.

Schutzlos liegt sie in ihrem Bett und kann sich kaum bewegen. Ihr Bewusstsein wird immer klarer und kann schon mehr als einen Umriss am Fußende sehen.

Regungslos steht dort eine Gestalt mit einem Umhang und einer Totenkopfmaske im Gesicht und grinst sie an. „Hier bin ich und ich erledige meinen Auftrag", singt er sie fast an.

Maria zerrt an ihrer Fesselung. Sie kann sich kaum

bewegen.

„Aber, aber. Du wolltest es doch! Jetzt bin ich hier. Ich sage dir, wann du stirbst!" Die Gestalt geht zum Kopf des Bettes und beugt sich über ihr.

Maria will schreien, doch merkt sie, dass ein Knebel in ihrem Mund ihr jeglichen Laut verweigert. Sie ist verzweifelt. Sie fühlt sich ausgeliefert. Immer wieder zerrt sie an ihrer Fesselung.

„Ganz ruhig meine Liebe. Ich will noch ein wenig Spaß mit dir haben." Seine Hände berühren ihre Brüste und streicheln sie. Er massiert sie und immer wieder kneift er zärtlich in ihre Brustwarzen. Maria spürt nackte Angst. Ihre gesamten Glieder zittern. Nicht nur vor Kälte, ihr ist nach wie vor kalt, sondern auch vor Angst. Ihre Augen sind weit offen und drücken nichts als nackte Panik aus. Schweiß läuft ihren Rücken herunter.

´Der Boss` lässt von ihr ab und verlässt für einen Moment das Schlafzimmer. Sie hört ihn ins Bad gehen. Nach kurzer Zeit ist er wieder mit ihrer Flasche Bodylotion am Bett. „Oh du zitterst ja. Ist dir etwa kalt? Nein, das muss nicht sein."

Behutsam deckt er sie bis zum Kinn zu.

Er setzt sich neben ihrem Bett auf den Boden und wirft die Lotionsflasche von einer Hand in die andere. Die Maske sieht sie minutenlang an. Schweigend.

Er will sie verhöhnen und gleichzeitig die Angst, ihre Angst, spüren und sich darin suhlen.

Immer wieder versucht Maria durch Zerren und Ziehen ihre Fesseln, zu lösen.

Langsam wird Maria klarer und kann seine Augen jetzt deutlicher erkennen, da er die Nachttischlampe angemacht hat. Sie starrt ihn fast apathisch und durch den Kampf mit den Fesseln erschöpft, mit ihren Katzenaugen an.

„Oh ja, ich kenne den Blick. Weißt du, dass du magische Augen hast? Monatelang hat mich dein Blick noch verfolgt. Wir beide hatten schon einmal das Vergnügen. Du erinnerst dich bestimmt, damals vor einunddreißig Jahren. Du hast mir die Wange blutig gekratzt. Weißt du noch? Deine Freundinnen haben dir nicht geholfen und hatten mich sogar noch angefeuert. Du hast mich damals, wie heute, echt angemacht", schwärmt er ihr vor.

Maria will schreien und zerrt erneut an ihrer Fesselung. Sie fühlt sich gedemütigt und kann sich nicht befreien.

Je mehr sie an ihrer Fesselung zerrt, desto mehr ziehen sich die Knoten immer weiter zu.

Die Erinnerung ihrer Vergewaltigung kommt wieder hoch. Die Schmerzen, die Pein, die Scham, die Schuldgefühle und die gleiche Hilflosigkeit wie vor einunddreißig Jahren. Sie hat das Gefühl, als läuft ihr sogar wieder das Blut an ihren Beinen herunter.

Sie spürt erneut die Ohnmacht und die Machtlosigkeit.

Die Freundinnen hatten ihre Vergewaltigung natürlich brühwarm in der Schule erzählt und ihre Mitschüler, besonders die Jungen, machten ihr daraufhin das Schulleben noch schwerer als sie es ohnehin schon als Außenseiterin hatte. Niemand half ihr. Sie war dem Hohn und Spott ihrer Mitschüler gnadenlos ausgeliefert.

Wenn sie mal wieder zum Gespött ihrer Mitschüler wurde, zog sie sich, sofern es möglich war, in eine leere Ecke des Schulhofes zurück.

Einmal rannte sie einfach aus der Klasse, als es ihr zu viel wurde und ein Aufenthalt im Schullandheim endete im Nervenzusammenbruch, so dass ein Arzt kommen musste und sie nur durch die Gabe eines Beruhigungsmittels wieder zur Ruhe kam. Am nächsten Morgen war die Abreise der Klasse mit der Bahn und im Bahnhof wollte sie sich aus lauter Demütigung, die sie mal wieder erfahren durfte, vor einen durch den Bahnhof fahrenden Güterzug werfen. Ein Lehrer hielt sie zurück.

Niemand half ihr durch die Zeit. Sie fühlte sich jahrelang nicht als Opfer, sondern als Täterin.

Sie verbrachte sehr viel Zeit allein in ihrem Kinderzimmer und lernte aus purer Langeweile für die Schule.

Sie hatte es niemanden gesagt. Sie schämte sich zu sehr.

Erst vor kurzem konnte sie sich ihrer Mutter anvertrauen. Die Mutter zeigte sich entsetzt, schob ihr zurückgezogenes Verhalten damals auf die Pubertät.

Tränen laufen über ihre Wangen. Es sind die Tränen aus ihrer Vergangenheit und der jetzigen Demütigung und Auslieferung.

„Na, wer wird denn weinen. Ich mag dich lieber lächeln sehen. Bitte lächle mich an. Du hast ein solch schönes Lachen", gibt er ihr sanft vor.

Maria verzweifelt. Ihre Situation lässt kein Lächeln zu. Der Knebel drückt in ihren Mund und Rachen und sie hat das Gefühl zu ersticken, da ihr nun auch noch die Rotze aus der Nase läuft. Die Tränen wollen einfach nicht aufhören zu fließen.

„Du sollst mich anlächeln, so wie du es vor ein paar Tagen gemacht hast!", kommt sehr scharf zurück. Er steht jetzt vor ihrem Bett und die aus der Maske erkennbaren Augen schauen sie herausfordernd und auch mitleidig an.

„Du sahst so toll aus, als ich dich zu deinem Auto gehen sah und du zur Arbeit gefahren bist. Weißt du, dass dir der wilde Bauernzopf besonders gut steht. So und nun lächle mich an, wie du es schon einmal gemacht hast. Oh, wie habe ich den Jungen beneidet, als du mit ihm, unschuldig wie du warst, geflirtet hast. Du kleine, widerliche, süße Schlampe", schwärmt er ihr vor.

Wieder starrt die Maske sie an. „So jetzt lächle, nur für mich bitte!", der Ton ist wieder schärfer geworden.

Maria liegt starr vor Angst unter ihrer Decke.

„OK. Du willst nicht." Er nimmt seine Hand und reißt die Bettdecke weg so das diese zu Boden fällt.

Sofort wird es Maria wieder kälter. Nackt, gefesselt liegt sie nun vor ihm auf dem Bett. Sie zerrt erneut an ihren Fesseln. Sie will kämpfen, die Fesseln hindern sie daran. Sie ist ihm ausgeliefert. Der Knebel droht sie zu ersticken und sie will schreien. Immer noch laufen Tränen über ihre Wangen. Nicht mehr als ein leises Wimmern ist von ihr zu hören.

Er greift in seine Hosentasche und holt ein paar Einweghandschuhe heraus und zieht diese langsam über seine Hände.

Maria zittert und sieht genau, was er macht. `Jetzt ist es soweit, denkt sie sich. Ich will nicht sterben.` Sie dreht ihren Kopf von ihm weg.

Sie möchte laut schreien, doch dann trifft ihren Bauch eine kalte Flüssigkeit. ´Der Boss` hat die Bodylotion aus dem Bad auf ihren Körper gespritzt.

Er cremt ganz langsam und behutsam mit beiden Händen ihren Bauch damit ein. Er kreist und massiert ihren Unterkörper. Ein paar Mal berühren seine Hände ihre Vulva. Die Finger berühren ihre Schamlippen.

Maria zittert vor Kälte und Angst. Ihr Herz rast und will ihr fast aus der Brust springen. Sie bewegt ihren

Kopf immer wieder von links nach rechts. `Nein ich will nicht, dass er mich noch einmal anfasst! Er darf es nicht! Er soll es nicht!` Sie ist jetzt in Starre.

Sie weiß, dass sie heute Nacht ihre letzten Atemzüge tätigen wird. Wieder zerrt sie an ihren Fesseln.

Nun trifft die kalte Lotion ihre Beine. Zuerst reibt und massiert er in kreisenden Bewegungen ihre Oberschenkel. Immer wieder fährt er auch mit seinen Fingern sanft über ihre Schamlippen.

Unter anderen Umständen würde Maria es als angenehm empfinden, jetzt kämpft sie mit ihrer Angst und Panik. Sie ist ihrem Peiniger, mal wieder, hilflos ausgeliefert.

Er reibt nun ihre Schienbeine und Unterschenkel ein. „Och, du hast dich beim Rasieren geschnitten." `Der Boss` kann mehrere kleine Schnitte unterhalb ihres linken Knies entdecken. „Schade für die wohlgeformten Beine", sein Ton ist freundlich.

Immer wieder streichelt er über ihre Beine.

Maria gibt sich nicht auf. Sie gibt deutlich zu verstehen, dass sie es nicht wünscht, von ihm angefasst zu werden. Sie versucht, zu strampeln. Jedoch ist die Fixierung zu fest.

Er massiert nun ihre Füße. „Ich hoffe, es gefällt dir. Ich gebe mir heute besonders viel Mühe mit meinem Auftrag", schmettert er ihr lachend entgegen.

Wenn Maria könnte, würde sie treten. Immer wieder hat sie sich vorgestellt, was sie täte, wenn sie ihrem Peiniger nochmals begegnet. Sie hat sich in ihren Gedanken die schlimmsten Szenarien für ihn ausgedacht. In ihren Gedanken hatte sie ihn mehrfach entmannt. Doch nun kann sie gar nichts tun.

In seiner Hose regt sich langsam sein `Bestes Stück`.

Jede Faser in Marias Körper winselt um Gnade. Doch ihr Peiniger ist erbarmungslos.

Spritzer der Lotion treffen nun ihren Oberkörper. „Jetzt kommt das Beste!" Die Totenmaske grinst sie frech an.

Maria bäumt sich in ihrer Fesselung auf. Sie will schreien. Doch der Knebel und die Fesseln nehmen ihr jeglichen Widerspruch.

„Aber, aber. Du wirst doch nicht übermütig. Genieße es! So wie ich dich damals genossen habe. So eng und trocken", schwärmt er ihr vor.

Maria kann nicht mehr. Ihr Magen hebt und senkt sich. Sie spürt eine herannahende Bewusstlosigkeit.

Sanft, zärtlich reibt ´der Boss` ihre Brüste ein. Er genießt jede Bewegung seiner Hände.

Maria will, dass es aufhört. Sie stemmt sich mit aller ihr möglichen Gewalt gegen ihren Peiniger.

Er lässt von ihr ab. „Ich gebe dir eine Stunde Zeit zu überlegen, was du willst", sagt er sehr energisch zu ihr. „Normalerweise gebe ich keine zweite Chance."

´Der Boss` geht aus dem Zimmer.

*

Anna-Lena kann es nicht fassen. Gerade wurde ihr gesagt, dass sie in eine psychiatrische Klinik muss. Wie konnte es nur so weit kommen?

Auf dem Flur, vor dem Schwesternzimmer wartet sie auf den Krankenwagen, der sie weiter ins Fachkrankenhaus bringen wird.

Sie hat ihre Kleidung wieder angezogen. Nur mit dem Klinikhemd bekleidet will sich auf gar keinen Fall in die nächste Klinik gebracht werden.

Sie hat sich notdürftig noch ein wenig zurechtgemacht.

Am liebsten würde sie jetzt weglaufen. Weit weg. Nichts mehr hören, sehen, fühlen und spüren. Sich in einer Höhle verstecken und erst wieder herauskommen, wenn alles vorbei und vergessen ist. Ein beklemmendes Gefühl, Unbehagen und Wut über die Entscheidung der Ärztin begleiten sie. „Kann ich noch eine rauchen, bevor der Wagen da ist?", fragt sie den an der Rezeption sitzenden Pfleger.

„Es dauert nicht mehr lange Frau Winter. Können sie denn allein gehen?", antwortet der Pfleger. „Ja, es wird schon gehen." Anna-Lena nimmt ihre Handtasche und geht zum nächsten Fahrstuhl, um unten auf dem Krankenhausgelände eine Zigarette zu rauchen. Sie braucht es jetzt einfach.

Wacklig und unsicher nimmt sie den Weg.

Zum ersten Mal in ihrem Leben ist Angst ihr Begleiter. Angst und Respekt vor dem, was jetzt vor ihr liegt.

Sie genießt ihre letzte Zigarette in Freiheit. Sie hat schon viele Täter in ihrem Leben gefasst und ab heute weiß sie, wie man sich fühlt, wenn man ins Gefängnis muss. Obwohl eine psychiatrische Fachklinik nicht mit dem Knast zu vergleichen ist. Also nicht wirklich.

Sie sieht den für sie bestimmten Krankenwagen auf das Krankenhausgelände fahren.

Jedoch nimmt sie sich Zeit für eine noch weitere Kippe und hört den mitrauchenden Patienten, die ihre Krankheit zum Besten geben, zu. ´Krankheiten gibt es`, denkt sie sich. Sie schämt sich. Eine Scham, wie sie es noch nie im Leben gespürt hat. Sie fühlt sich als Versagerin und gleichzeitig will sie sich nicht aufgeben.

´Vielleicht ist es ja eine neue Chance wieder dein Leben in den Griff zu bekommen. Vielleicht muss es ja so sein`, denkt sie sich.

Sie könnte jetzt auf der Stelle lossprinten und nie wieder aufhören zu laufen. Weit weg, nur weit weg von diesem Wahnsinn.

Sie schaut auf ihre Schuhe. Leider hat sie heute die hochhackigen Stiefel an.

Sie überlegt, in ein Taxi zu steigen und irgendwo hin zu fahren.

Sie bewegt sich ganz langsam auf den Taxistand zu.

Sie sieht die Psychiaterin, die am Eingang steht und sie sucht. Anna-Lena hat sich hinter den anderen Rauchern und Menschen wieder zurückgezogen, sie hat sich regelrecht versteckt.

Sie hat jetzt ihre Anziehsachen an und ist ein wenig zurechtgemacht. Die Ärztin kennt sie ja nur im Nachthemd.

In der Dämmerung hat die Ärztin sie tatsächlich nicht erkannt.

Als sie fertig ist und wieder auf der Station ankommt, wartet auch schon das Fahrteam auf sie. „Mensch Frau Winter wir haben uns echt Sorgen gemacht. Wo waren sie denn so lange?", fragt die Ärztin. „Ich wollte schon die Polizei rufen."

Anna-Lenas freche Antwort zurück: „Die ist ja wohl schon längst da."

Kopfschüttelnd und lächelnd gibt Frau Dr. Adam ihr die Hand. „Wir sehen uns gleich."

'Nein bestimmt nicht`, denkt Anna-Lena. Sie hat Fluchtgedanken. Vielleicht kann sie vor der Klinik ja noch fliehen? Vielleicht gibt es eine Möglichkeit doch dem ganzen Wahnsinn zu entkommen? Die Sanitäter sehen müde und nicht wirklich fit aus. Einer hat deutlich zu viel Gewicht und schwitzt.

`Keine gute, sportliche Konsistenz, das könnte gehen`, denkt sie sich. Anna-Lenas Fluchtplan nimmt langsam Züge an.

Die Sanitäter bitten sie, sich auf die bereitgestellte Transportliege zu legen. Anna-Lena fühlt sich nicht wohl dabei. „Muss das sein? Ich meine, ich kann auch bis zum Wagen laufen", gibt sie sich bestimmt.

„Ja, Frau Winter – es muss. Ihr Kreislauf ist noch nicht richtig stabil genug! Sie stehen noch ganz schön wacklig auf den Füßen", gibt ein Sanitäter zur Antwort zurück.

Widerwillig legt sich Anna-Lena auf die Krankenliege.

„So ist es gut!", gibt der Dicke den Ton an. Er will sie an der Liege festschnallen und hat die Gurte in der Hand.

Plötzlich ist Anna-Lenas Kampfgeist geweckt. Sie zieht ihre Arme bedrohlich vom Körper weg und will wieder aufstehen. Blitzschnell ist sie in der aufrechten Position. „Nicht fixieren! Ich gehe freiwillig", ist ihre scharfe Reaktion.

„Niemand will sie fixieren. Wir schnallen sie nur an, damit ihnen auf der Fahrt nichts passiert. Sehen sie, das ist ein Bauchgurt." Der Sanitäter schnallt sie an. Rechts und links wird ein Gitter hochgeklappt und schon rollt Anna-Lena einschließlich ihrer gehenden Begleitung zum Fahrstuhl. Anna-Lena prüft den Sitz ihres Gurtes. Sie weiß nicht, wie dieser zu öffnen geht. Immer wieder versucht sie den Verschluss zu öffnen um, dann ihren Fluchtplan zu realisieren.

Die Fahrt zur Klinik geht schnell. Nach einigen Minuten sind sie auch schon in der Krankenwageneinfahrtzone der Fachklinik. Die Türe des Wagens öffnet sich. Ein Arzt betritt den Rettungswagen.

Plötzlich ist der Verschluss offen. Anna-Lena hat den Gurt aufbekommen. Sie kann es, trotz der hohen Schuhe schaffen, sich in ihre persönliche Sicherheit zu bringen. Sie bäumt sich auf und will von der Liege springen und aus dem Wagen heraus sprinten.

Der Dicke wirft sie grob in die Liege zurück. „Jetzt reicht es!", schreit er sie an.

Anna-Lena hat Angst und Tränen laufen über ihre Wangen.

Der andere Sani schiebt seinen Kollegen beiseite. „Frau Winter, ganz ruhig es tut ihnen doch niemand etwas!", beruhigt er sie.

Anna-Lena hat das Gefühl zu ersticken. Sie atmet sehr schnell und stark. Sie sieht, wie der Klinikarzt sich wieder aus dem Rettungswagen herausbewegt.

„So, jetzt sind wir hier. Was wollen sie, flüchten?" Glauben sie mir, ich bin schneller. Ich habe hier für sie die Verantwortung. Wir sollen sie heil hierhin bringen und das machen wir jetzt!", seine Stimmlage ist sehr ruhig und gefühlvoll.

Anna-Lena beruhigt sich langsam wieder.

„So ist es gut Frau Winter, sie sind ganz tapfer. Sie sehen sehr sportlich aus. Was treiben sie denn für Sport?"

Anna-Lena ringt mit den Worten. Der Atem geht immer noch schnell.

„Also ich mache Kampfsport", versucht der Sani sie weiter zu beruhigen. „Taekwondo. Schon sehr lange. Und sie?", beruhigt er sie weiter.

„Fitness im Studio", gibt Anna-Lena kläglich zurück.

„Na, das klingt prima. Sie haben auch einen schönen

durchtrainierten Körper. Wie oft gehen sie denn ins Studio?"

„Mindestens sechsmal in der Woche", klärt sie ihn auf.

„Und was trainieren sie so?" „Ja, alles. Unterkörper/Oberkörper mit Gewichten und jede Menge Ausdauer. Jeden Tag mindestens sechzig Minuten Crosstrainer", sagt Anna-Lena leise, nicht ohne Stolz in der Stimme.

„Boah, Hut ab! So, wollen wir es jetzt einmal versuchen? Wir bringen sie jetzt hinein!", gibt der Sani freundlich zurück.

Schweigend wird sie durch die Krankenhausgänge gefahren. Sie ist wieder an der Liege festgeschnallt. Eine Flucht würde jetzt wenig Sinn machen. Sie ist angekommen, auf der geschlossenen Abteilung, der psychiatrischen Klinik in Krefeld.

6

Maria fühlt sich hilflos. Hat sie ab jetzt noch eine Stunde zu Leben? Die Angst nimmt wieder ihren Körper ein. Sie zittert am ganzen Leib. Ihr ist sehr kalt.

'Der Boss` hat sie nicht zugedeckt und sie liegt nackt in ihrem Bett. Immer wieder reißt sie an ihren Fesseln.

Die Knoten sind sehr fest und sie hat keine Chance sich aus ihrer Lage zu befreien. Sie fühlt sich verzweifelt und absolut machtlos. Nichts kann sie aus dieser Situation herausbringen. Sie will kämpfen, kämpfen um ihr Leben. Ihr fällt die Sinnlosigkeit ihres Auftrages ein. Wie konnte sie nur einen Auftragskiller anheuern, der ihr das wertvollste, ihr Leben, nehmen soll?

Maria fühlt sich erniedrigt und würdelos. Nie hätte sie gedacht, dass es so kommen würde. Sie hat damit gerechnet, dass ihr Auftragnehmer sie einfach irgendwo abknallen würde, aber nicht, dass er so noch quälen und ein solch mieses Spiel mit treiben würde.

Sie fühlt, als wurde nur geboren, dass die Menschen sie quälen sollen. Sie sollten sie zermürben und ihre Neugier auf das weitere Leben nehmen. Sie möchte, dass es endlich endet.

Aber was soll enden? Ihre momentane Situation oder ihr Leben? Ihre Gedanken kreisen und fahren Karussell mit ihr. Es ist ein Auf und Ab der Emotionen, der Gefühle. Sie weiß nicht mehr, was sie noch wirklich will. Leben, oder das es endlich endet.

Ihre Gedanken sind weit weg, trotzdem ist sie hellwach und nimmt alles ganz genau wahr, was um sie herum passiert. Sie hat Schuldgefühle. Schuldgefühle, dass sie mit ihrem Leben so leichtsinnig umgeht und sich nie richtige Hilfe wegen ihrer Depressionen geholt hat.

Sie hätte einen Therapeuten in Anspruch nehmen können. Sie hätte zu einer Selbsthilfegruppe gehen können. Sie hätte ihre Familie mit involvieren können. Sie schämte sich ihrer Krankheit. Niemand sollte etwas merken. Immer wieder tat sie alles um ihre Fassade vor anderen aufrecht zu erhalten. Sie verflucht sich und ihre momentane Situation.

Ihr wird schwindelig und sie spürt eine herannahende Übelkeit. Ihr Magen hebt sich ein wenig. Jedoch kommt nichts hoch. Magenkrämpfe kündigen sich an.

Ihre Gedanken gehen in eine Welt aus Bereitschaft zu Sterben und starken Überlebenswillen. Wieder zerrt sie an ihrer Fesselung.

Die knarrenden Bodendielen geben Auskunft, dass ihr Peiniger wieder das Schlafzimmer betritt. Er hält ein Glas mit einer milchigen Flüssigkeit in Hand und stellt es auf dem Nachttisch ab. „Maria, Maria, Maria ich sehe, du bist noch nicht fertig mit der Überlegung." Er schnalzt mit der Zunge.

„So ich denke, wir werden jetzt unser Werk vollenden", singt er sie an.

Sein Blick drückt Entschlossenheit aus. Er geht zum Fußende des Bettes. In der Hand hält er ein Messer.

„Weißt, du das in einigen Ländern viele Menschen erst gefoltert und anschließend filetiert werden, bevor man sie zum Sterben liegenlässt? Man zieht ihnen die Haut ab und lässt sie dann anschließend verbluten. Man fängt unten an den Fußknöcheln an und geht dann immer weiter hoch zum Kopf, bis die ganze Haut abgezogen ist." erklärt er ihr.

Er hält das Messer an ihrem Fersenbein und schneidet mit der stumpfen Seite hinein.

Maria versucht zu strampeln. Die Fesseln lassen keine Bewegung zu.

„Gerne würde ich dir jetzt die Haut abziehen, bis nichts mehr von dir übrig ist. Stück für Stück. Wie Schlachtvieh."

Er nimmt das Messer von ihren Fesseln weg und geht mitten in den Raum und dreht sich zu ihr. Er schaut ihr tief und fest in die Augen. Er schreit sie an. „Warum willst du sterben? Dir geht es gut! Du hast keinerlei Probleme, alles ist bei dir einwandfrei. Du hast einen Job, du kannst gut mit deinem Gehalt leben, du hast keine Schulden, alle deine Rechnungen sind bezahlt, du hast nichts. Keine Vorstrafen – nichts. Erkläre es mir bitte! Es kann doch nicht an der deiner kaputten Ehe liegen? So viele Ehen scheitern heute. Deine ist nicht die Einzige. Warum will ein Mensch, dem es gut geht, Sterben? Ich kapiere es einfach nicht. Gott hat dir das Wertvollste geschenkt – das Leben und du schmeißt es einfach weg. So verzweifelt kannst du gar nicht sein. So verzweifelt kann niemand sein. Du bist eine tolle Frau, weißt du das eigentlich."

Er geht im Raum auf und ab und schüttelt immer wieder seinen Kopf.

Er setzt sich zu Maria auf die Bettkante und führt das Messer an ihrem Oberkörper entlang.

Es sieht so aus, als wollte er sich ein Brot schmieren. Immer gleitet er es an ihrem Körper entlang.

Maria zerrt und windet sich in ihrer Fesselung. Langsam führt er es immer wieder in ihre Herzgegend. Sein Blick zeigt Bereitschaft, jederzeit seinen Auftrag zu erfüllen und sie zu töten.

Er bleibt an ihrem Herz stehen. „Ein Stich von mir

und du bist tot, weg für immer. Willst du das wirklich?" Er schaut sie fest an. „Bedenke: Ich erledige immer meine Aufträge." gibt er ihr zu verstehen.

Maria kann die Spitze des Messers auf ihrer Brust, an ihren Rippen fühlen. Sie zittert und der Schweiß läuft nach wie vor in Strömen an ihrem Körper entlang. Sie hat das Gefühl, ihr Kopf platzt gleich. Es fühlt sich an, als spielen mehrere Bowlingkugeln gleichzeitig Pingpong in ihrem Kopf. Sie kann kaum noch atmen. Immer schneller und gieriger fordert ihr Körper Sauerstoff.

Tränen fließen wieder über ihre Wangen.

„Jetzt hast du Angst, nicht wahr? Angst vor dem, was jetzt kommt. Also, warum hast du Angst? Du willst es doch." Ruhig spricht er sie, im Tempo des gleitenden Messers an.

Immer wieder kann Maria das kalte Metall fühlen, das sich auf ihrer Haut, wie glühende Kohlen anfühlt.

Er stoppt an ihrem Oberschenkel und ritzt ihn ein. Nur ein oberflächlicher Schnitt, nicht tief. Ganz leicht. Blut kommt aus der Wunde heraus.

„Och, jetzt habe ich dich verletzt. Komm, der böse Onkel macht es schnell wieder heile!", hallt es ironisch aus der Totenmaske.

Er nimmt die Bodylotion und reibt die Stelle, an der er sie geschnitten hat, damit ein.

Maria spürt den Schnitt fast gar nicht. Ihr Körper ist voller Adrenalin und dadurch fast schmerzunempfindlich. Lediglich als das Blut aus der Schnittwunde fließt, kann sie etwas Warmes an ihrem Bein fühlen.

Immer wieder spürt Maria, wie er das Messer an ihrem Körper lang gleiten lässt.

Er verharrt an ihren Brüsten. „Ich könnte dir jetzt ohne Weiteres die Titten abschneiden. Das ist ein

Kampfmesser. Scharf und ungnädig." Er nimmt die stumpfe Seite und schneidet damit um ihre rechte Brust.

Maria stöhnt und windet sich erneut in ihrer Fesselung. Sie will, dass es endlich aufhört. Sie spürt eine Kraftlosigkeit, die in ihren Körper eindringt und Besitz von ihr ergreift. Sie muss ihre letzten Reserven mobilisieren. Sie will wach und klar bleiben.

Die Blicke treffen sich.

'Der Boss` schaut Maria weiterhin scharf an. Sein Blick zeigt Unverständnis und Mitleid zugleich.

„Ja heule ruhig. So wie damals. Deine Tränen sagten mir nur, ich solle weitermachen. Noch härter, noch tiefer, noch fester. Weißt du eigentlich, dass du meine Dritte warst? Ich habe es schon auf neununddreißig Mädels geschafft. Es ist schön, die jungen, unschuldigen Körper einzureiten. Du hast es doch tatsächlich geschafft mir mein Gesicht blutig zu kratzen. Die Narbe habe ich heute noch. Und wenn ich dich so sehe, glaube mir, könnte ich es wieder tun. Auf dir reiten, wie auf einer Stute, die wild und unzähmbar ist. Aber ich bin nicht hier um Spaß zu haben." Er singt sie fast wieder an.

Immer wieder führt er das Messer an ihren Körper entlang. An ihrer rechten Brust verharrt er und schneidet auch ein wenig hinein. Blut fließt aus der Wunde.

„Das ist, weil du hier so rumheulst. Bestrafung muss sein. Dein flennen geht mir langsam auf den Wecker. Du wolltest es und ich tue es. Basta."

Wieder nimmt er die Bodylotion und reibt den Schnitt damit ein. 'Der Boss` hält das Messer wieder an ihr Herz.

„Ich will jetzt eine Antwort von dir! Ich nehme dir jetzt den Knebel aus dem Mund. Wenn du schreist, dann steche ich zu", gibt er scharf vor.

„Hast du mich verstanden?" Wenn du schreist, dann bist du weg. Warum willst du sterben?", fragt er aggressiv.

Maria schüttelt den Kopf und zerrt weiter an ihren Fesseln. Ihre Augen blicken ihn groß und angsterfüllt an.

„Ganz ruhig!", flüstert er ihr zu. „Was macht dein Leben so schlimm? Bevor ich dich für immer gehen lasse. Ich will noch diese Antwort von dir. Du hast immerhin all deine Ersparnisse für diesen Wunsch geopfert. Warum nimmst du keine Tabletten, springst von Brücke oder schneidest dir die Pulsadern auf?", sein Ton ist immer noch scharf.

Maria weint immer noch.

´Der Boss´ nimmt ihren Kopf und löst den Knebel aus ihrem Mund. Das Messer hält er immer noch an Marias Brust, direkt auf das Herz gerichtet.

„Kein Mucks, hörst du!", gibt er ihr vor.

Maria nickt und gibt zu verstehen, dass sie keinen Laut von sich geben wird. Marias Mund fühlt sich wie Schleifpapier an. Trocken und rau. Sie muss sofort husten. Noch immer laufen ihr Tränen über die Wangen.

´Der Boss` gibt ihr einen Schluck von der milchigen Flüssigkeit aus dem Glas zu trinken. „Langsam und nur einen Schluck!", gibt er ihr zu verstehen.

Die Flüssigkeit schmeckt bitter. Doch Marias Durst und die Gier nach Flüssigkeit wollen noch mehr.

Er nimmt das Glas wieder von ihren Lippen weg.

„So, und nun sage es mir – Bitte! Was macht dein Leben so schlimm?" Er spricht jetzt einfühlsam und zärtlich zu ihr.

Maria will antworten, doch es kommt nur ein krächzen aus ihrer Kehle.

´Der Boss` gibt ihr wieder etwas von der Flüssigkeit. Das Messer hält er immer noch auf Marias Herz gerichtet. Langsam fühlt sich Marias Hals wieder etwas normaler an.

„So du kleine, niedliche Schlampe, nun sag es mir!", will er wissen.

Marias Antwort: „Du! Du bist der Grund!", flüstert sie ihm zu. Mehr kann sie nicht. Sie kann die Worte die so gerne hinausgeschrien hätte, nur flüstern.

Der Tränenfluss verstärkt sich wieder und Maria schaut ihn fest und bestimmend an. Er kann ihrem Blick kaum standhalten. Wieder sehen ihn diese Augen an. Ihr Blick fasziniert und ergreift Macht über ihn. Es ist eine Macht, die er nicht kennt. Ihre Augen schauen ihn an, und nehmen sein tiefes Inneres auf. Er hat das Gefühl als wollen sie seine Gedanken und Gefühle in sich aufsaugen und Besitz über ihn ergreifen.

„Warum hast das damals mit mir gemacht? Warum hast du mich vergewaltigt? Ich konnte diese Tat nie verwinden. Du hast mein ganzes Leben versaut. Es hat mich jahrelang verfolgt und verfolgt mich noch immer. Wie konntest du so etwas tun? Ich war erst vierzehn Jahre alt. Fast jede Nacht habe ich noch Albträume. Dafür wirst du mir büßen!" Maria weint immer noch, ihre Augen sehen ihn vorwurfsvoll und kampfbereit an.

So wie vor einunddreißig Jahren. Der Blick, dieser Blick. Die Angst ist aus Marias Augen gewichen und sie haben jetzt eine Bestimmtheit, Aggressivität und Entschlossenheit angenommen. „Ich würde dich jetzt am liebsten an deinen verdammten Eiern aufhängen. Immer wieder habe ich mir vorgestellt, was ich mit dir tun würde, sollte ich dir jemals noch einmal begegnen. Du hast nicht nur meinen Körper vergewaltigt, sondern auch meine Seele", gibt sie ihm leise, energisch zurück.

„Weißt du eigentlich, was du mir angetan hast?" Maria zerrt wieder an ihren Fesseln. „Du mieses Drecksschwein. Und du bist auch noch stolz darauf." Maria gibt ihm deutlich ihre Kampfbereitschaft zu verstehen.

´Der Boss` ringt mit der Fassung. Mit dieser Antwort hat er nicht gerechnet.

Er gibt Maria den Rest der Flüssigkeit. „Los trink du Schlampe!", er schreit sie fast an.

Maria trinkt gierig das Glas leer. Ihr Durst ist größer als jegliche Vernunft und sie fragt auch nicht hinterher, was im Glas ist. Ihr wird immer schummriger und die Augenblicke in der Welt bewegen sich weit weg von ihr. Sie weint immer noch.

Als Maria das Glas ausgetrunken hat, will sie ihn noch weiter beschimpfen und setzt für noch mehr Wörter an, doch er steckt ihr sofort wieder den Knebel in den Mund.

Er nimmt eine Flasche mit einer sehr klaren Flüssigkeit und hält diese Maria vor ihr Gesicht so das sie das Etikett sehen kann. Ihr kommt dieses sofort bekannt vor. Es ist Bioethanol. Eine Flüssigkeit, die für Glaskamine genutzt wird. Völlig geruchslos und stark brennbar.

Ihr Peiniger ist jetzt unruhig und nervös. Er nimmt ihre Decke und legt sie wieder über ihren Körper.

Maria ist jetzt wieder von den Füßen bis zum Hals zugedeckt.

Er wendet sich ab. Er dreht sich um und steht mit dem Rücken zu ihr. Er kann Maria für einen Moment nicht anschauen. `Was ist nur los mit mir?`, denkt er sich.

Er zögert, doch er gibt sich einen Ruck. Er schaut sie

wieder an, öffnet die Flasche und gießt die Flüssigkeit über ihre Decke.

Maria windet, stöhnt und strampelt in ihrer Fesselung.

Vom Kopf bis zum Fußende spritzt ´der Boss` die brennbare Masse über ihre Decke. Er nimmt eine Schachtel Zündhölzer und zündet ein Streichholz an. Vor ihrem Gesicht fuchtelt er mit der Flamme herum.

Maria wird schwindelig. ´Er will dich verbrennen. Er will dich wie eine Hexe im Mittelalter verbrennen. Nein ich will nicht. Ich will nicht auf einem Scheiterhaufen sterben` denkt sie. Ihre Gedanken fahren noch schneller Karussell. Sie hat das Gefühl ihr Bett hebt und senkt sich.

Sie verabschiedet sich von ihrem Leben welches sich gerade vor ihrem geistigen Auge noch einmal, wie ein Spielfilm abläuft. Sie sieht sich als Kind mit ihren Freunden spielen. Sie hört noch einmal die Stimme ihres Vaters, wie er sie ermahnt. Sie sieht und hört noch einmal die Bosheiten ihrer Klassenkameraden. Sie sieht sich auf dem Standesamt, ihren Mann heirateten und ihm das Jawort geben. Sie hört noch einmal wie er „Ich liebe dich" zu ihr sagt. Dann spürt sie nichts mehr - nur eine schnell herannahende schwere, bleierne Schwärze. Sie kann ihre Gedanken nicht mehr steuern. Sie hört noch, wie ein weiteres Streichholz angezündet wird. Sie zittert noch stark und dann wird um sie herum alles schwarz.

*

Anna-Lena sitzt auf ihrem Bett und starrt aus dem Fenster der geschlossen Abteilung in der Klinik. Sie sieht auf Felder und etwas weiter, im Hintergrund, kann sie eine Häuserzeile erkennen. Die Fenster sind vergittert und es gibt ihr noch mehr das Gefühl eingesperrt, nein regelrecht eingeknastet zu sein.

Sie resümiert noch einmal den gestrigen Tag. Was war passiert? Sie ist auf der Arbeit zusammengeklappt und war bewusstlos. Ein Kreislaufkollaps, wohl durch Überarbeitung wie die Ärzte ihr in der Notfallaufnahme mitteilten.

Eine tiefe Schwärze umgab sie und sie kann sich erst wieder erinnern, seit sie wieder aus ihrer Bewusstlosigkeit erwachte. In der Notaufnahme hatte sie über Suizidgedanken gefaselt. Diese Äußerungen nahmen die Ärzte dort sehr ernst und Anna-Lena wurde von der Psychiaterin dann hier eingewiesen. Nach dem Gespräch mit dem diensthabenden Arzt hier in der Klinik wurde sie dann auf das Zimmer gelegt. Sie hatte sich ehrlich und offen mit dem Arzt unterhalten Sie hatte die Überforderung auf der Arbeit, ihre Lethargie und auch die Gedanken über ihren Freitod nochmals in dem Gespräch erwähnt.

Sie teilte sich das Zimmer mit zwei weiteren Mitpatientinnen, die schon schliefen, als sie das Zimmer betrat.

Die erste Nacht in Gefangenschaft war für Anna-Lena die Hölle. Ein Mitpatient schrie immer wieder auf dem Flur die Pfleger an, er sei doch freiwillig hier und möchte umgehend das Krankenhaus verlassen.

Eine Mitpatientin in dem Dreibettzimmer schnarchte laut und gnadenlos.

So ging sie hinaus auf den Flur und diskutierte mit dem grölenden Mitpatienten über die Nachtruhe. Tatsächlich gab er nach Anna-Lenas Ansprache Ruhe und zog sich auf sein Zimmer zurück.

Die Pfleger nahmen es zum Anlass, Anna-Lena zu rügen. „Es ist gefährlich, Sie wissen nie, wie ein Patient reagiert", meinte ein Angestellter zu ihr.

Anna-Lenas Antwort: „Ich bin als langjährige Polizistin hart im Nehmen und weiß, wie man mit solchen Typen umgeht". Sie lächelte verschmitzt und meinte, „dass sie den Mann auch festnehmen könnte, wegen nächtlicher Ruhestörung". Alles lachte. Daraufhin entstand mit dem Pflegeteam der Nachtschicht ein tolles Gespräch. Sie unterhielten sich über die Arbeit, Dienstzeiten, Pflichtgefühl und auch über Reisen.

Sie saß mit den beiden Nachtpflegern im Personalraum. Sie bekam mit, wie ein Pfleger eine Gesprächsnotiz von der netten Runde in den Computer schrieb und abspeicherte. Daraufhin beschloss sie, nicht mehr so offen mit dem Personal hier in der Klinik umzugehen. Es war schon früher Morgen, als sie auf ihr Zimmer ging und endlich einschlief.

Trotz der kurzen Nacht war sie noch vor dem Weckruf der Frühschicht wach, duschte sich und zog etwas von den Sachen an, die ihre Schwester ihr noch schnell am Abend vorbeigebracht hatte. Ihre Schwester war entsetzt, versprach aber erst einmal nichts weiter an die Familie weiterzugeben. Sie will auch heute wiederkommen und sie mit all dem nötigsten zu versorgen.

Anna-Lenas Zigaretten werden langsam knapp. Sie raucht wieder regelmäßig und bereut, dass sie ihrer Sucht nachgegeben hat.

Nun sitzt sie da. Sie starrt einfach in die Ferne hinaus. Sie hat nur einen Gedanken, ob sie jemals wieder diese Station verlassen kann und wie lange es eventuell dauert.

Sie schämt sich, hier sein zu müssen. Sie schämt sich

ihrer Gedanken und bereut nach ihrem gestrigen Spaziergang nicht einfach nach Hause gefahren zu sein. Wie konnte all das nur passieren?

Ihre Schwester hatte den Tablett-PC mitgebracht. Anna-Lena durfte diesen nicht auf der Station behalten. Auch durfte sie nicht ihre eigenen Handtücher benutzen. Ihre privaten Sachen wurden wie bei einem Untersuchungshäftling durchsucht. Sie musste ihre Kopfschmerztabletten, ihren Hosengürtel und das von ihrer Schwester mitgebrachte Handyladekabel abgeben. Ihr Smartphone darf sie allerdings behalten.

Es klopft an ihrer Zimmertüre. „Frau Winter möchten sie nicht frühstücken?", fragt die Schwester der Frühschicht und hält einen Urinbecher in der Hand.

„Ich habe keinen Hunger", antwortet Anna-Lena abwesend.

„Frau Winter essen sie eine Kleinigkeit! Und bitte gehen sie mit mir zusammen ins Bad zur Toilette und geben mir etwas Urin in den Becher!", sagt die Schwester mit einer Bestimmtheit, die keine weitere Diskussion zulässt.

Wie in Trance steht Anna-Lena auf und folgt der Schwester ins Bad. „Wozu soll das denn gut sein?", fragt sie vorsichtig nach.

„Ein Drogentest" ist die bestimmte Rückantwort der Schwester. Während Anna-Lena den Becher füllt, schaut die Schwester sie dabei direkt an. Sie schämt sich noch mehr.

„Drogen werden sie bei mir bestimmt nicht finden und könnten sie sich bitte ein wenig wegdrehen. Ich bin hier ja nicht bei der Dopingkontrolle", klingt Anna-Lena genervt.

Die Schwester nimmt ihr den vollen Becher ab, und

während sie das Zimmer verlässt, beschwert sie sich noch, dass Anna-Lena diesen zu voll gemacht hat.

Kopfschüttelnd begibt sich Anna-Lena in den Frühstücksraum. `Das bin nicht ich, die hier ist. Das kann ich einfach nicht sein. Nein, das ist ein Traum, ein Albtraum, aus dem ich noch nicht bereit bin aufzuwachen.` Immer wieder denkt sie, wie in einer Endlosschleife, diese Sätze.

Sie hört die gedämpfte Unterhaltung der Mitpatienten und das Klappern der Kaffeetassen und der Schmiermesser auf den Tellern. Sie will sich gerade etwas von den bereitgestellten Sachen nehmen, da kommt schon wieder die Schwester auf sie zu und bringt sie ins Arztzimmer. Dort wird ihr Blut abgenommen.

Sie weiß nun, nachdem die Ärztin ihr recht unsanft die Nadel in die Armvene gestochen hat, dass es kein Traum ist, aus dem sie wieder und jederzeit aufwachen kann. Das hier ist real. Das hier ist ein kleines, neues Kapitel ihres Lebens.

Zum ersten Mal fühlt sich ausgeliefert und machtlos. Der Willkür anderer ausgesetzt und meinungslos.

`Unglaublich`, denkt sie sich. `Mit uns verrückten kann man es ja machen. Mal sehen, was jetzt noch kommt? Vielleicht zu viel gegessen?`, denkt sie sich.

Doch diese Sorge ist unbegründet. Sie kann nur einmal ins Brötchen beißen und hat keinen Hunger mehr. Ihr ist der Appetit gehörig vergangen. Mehr als den Biss ins Brötchen und einen Tee will ihr Magen einfach nicht aufnehmen.

Sie wird von den Mitpatienten angestarrt. Viele kennen sich und scheinen für länger hier auf der Station zu sein. Anna-Lena hat sich abseits der Gruppen gesetzt.

Sie muss, was hier gerade um sie herum passiert, erst einmal verstehen und realisieren.

Sie hat das Bedürfnis allein zu sein und zieht sich mit ihren Zigaretten in den kleinen Hinterhof der Station zurück.

Sie geht immer wieder den Einzigen im Kreis angelegten Weg. Immer wieder um die schon verblühte Blumenrabatte herum. Sie fühlt sich genauso wie die einst blühenden Blumen, die jetzt nur noch trostlos ihre Köpfe hängen lassen. Unbrauchbar.

`Was ist nur aus mir geworden?` Eine neue Endlosschleife in ihrem Kopf.

Sie geht diese eine Runde mehr als vierzig Mal.

Sie würde jetzt gerne zum Sport ins Studio gehen und sich derartig auspowern, dass sie nur noch Schmerzen im ganzen Körper verspürt. Das jede Faser, jeder Muskel in ihrem Körper um Gnade winselt, endlich aufzuhören. Das vom Schweiß durchtränkte Shirt auf ihrer Haut spüren. Ihren Player in der Armmanschette fühlen und die Beats neben den Geräuschen der Gewichte und das Stöhnen der Mittrainierenden hören.

Sie würde sich jetzt am liebsten auf ´ihren` Crosstrainer am Fenster stürzen und alles Erdenkliche an Kondition aus sich herausholen. Sich einfach plattmachen und anschließend nichts mehr fühlen, außer die Anstrengung und das im Körper gebildete Glückshormon.

Die auf der Terrasse sitzenden und rauchenden Miteingeknasteten starren sie unentwegt an.

Anna-Lena kann die Blicke der Mitpatienten fühlen. Sie kann regelrecht spüren, wie sich die Blicke der Leute in ihre Haut und Seele schneiden. Es ist, als wollen diese sie verspeisen. Sie teilen sich gerade die bestens Stücke ihres Körpers ein.

Anna-Lena versteht immer noch nicht, was um sie herum geschieht. Sie gibt das Bild für ihre Mitpatienten einer Gazelle ab.

Die Menschen um sie herum starren sie an, weil ihr Bild in der verblühten Blumenrabatte mehr als surreal ist.

Sie hat ihre hohen Stiefelletten, ihre schwarze Lieblingsjeans und eine sehr edle schwarze Strickjacke an. Darunter trägt sie eine weiße Bluse. Ein weißer Seidenschal rundet ihr Outfit ab. Ihre Haare sind perfekt frisiert und sie hat sich ein wenig geschminkt. Ihre Absätze klappern zum Takt der Schritte und verhallen an den Wänden und an den hohen Mauern, die ihr Eingesperrtsein nur noch mehr verdeutlichen, wider.

Sie hält ihr Handy ans Ohr und ruft gerade ihren langen Kollegen Erwin im Revier an.

Sie sieht aus, wie eine gehobene Angestellte der Klinik, nicht wie eine Patientin. Ihre schlanke Silhouette ist nun mit der in den Hof scheinenden Herbstsonne verschmolzen. Ihr aufrechter Gang zeigt Stolz und Erhabenheit.

Nicht den einer Verrückten, die sich gerade in der geschlossen Abteilung einer Psychiatrie befindet.

Anna-Lena bemerkt, dass ihr Outfit für die momentane Situation unpassend gewählt ist. Ihre Schwester hatte wohl nicht auf Bequemlichkeit geachtet. So musste sie das nehmen, was ihr zur Verfügung steht. Jedoch auf einen Jogging- oder Hausanzug hatte sie keine Lust. Sie will sich abheben. Sie will, wenn sie schon hier ist, wenigstens ihre persönliche Etikette wahren. Niemand soll etwas von ihrem Schock über die momentane Situation merken. Und das geht über Kleidung und Outfit. Eine gepflegte Garderobe lässt die meisten Menschen anders erscheinen und sie hat keine Lust sich von irgendwelchen Verrückten hier dumm anquatschen zu lassen.

Sie spricht mit Erwin über ihre, für sie aussichtslose Situation. „Schön Anna-Lena, dass es dir so weit wieder gut geht und du schon wieder spazieren gehst", muntert Erwin sie auf. „Ich hatte mir wirklich Sorgen gemacht. Nur, dass du da endest, wo du jetzt bist, also damit habe ich nie und nimmer gerechnet", gibt er seine Besorgnis zum Ausdruck.

„Es soll mich hier keiner anquatschen, der nicht im Evolutionsstand so weit ist, dass er aus dem Eimer saufen kann." Anna-Lena klingt verbittert. „Was machen die Ermittlungen? Bist du nun allein für Krefeld in der SOKO?", flüstert sie.

„Nein ich bin nicht allein. Man hat mir, solange du noch krank bist, den Kollegen Schwarz zur Seite gestellt." Erwin klingt nicht begeistert.

Anna-Lena schluckt.

Jeder im Revier weiß, dass der Kollege Schwarz für seine Karriere im wahrsten Sinne des Wortes über Leichen geht.

Anna-Lena wird stumm. In Gedanken sieht sie diesen unangenehmen Menschen an ihrem Schreibtisch sitzen und ihre Ordnung durcheinander bringen. Sie sieht ihn, wie er sich über ihr Ablagesystem beschwert und sie sieht Kekskrümel und Kaffeeflecken. Ihr schaudert es.

Sie fühlt sich ihrer Situation nun noch machtloser ausgelieferter als es ohnehin schon ist.

„Du Erwin ich muss jetzt auflegen. Ich melde mich

wieder bei dir. Du kannst mich auch gerne anrufen. Mein Handy darf ich behalten", ist ihr bitterer Kommentar.

Erwin merkt ihr den Schock über diese üble Nachricht und ihre momentane Situation an. Er verspricht ihr, sie zu besuchen und sehr nachdenklich beendet er das Gespräch.

Anna-Lena muss an eine Dokumentation aus dem Fernsehen denken. Sie zeigte Albert Speer, Hitlers Stararchitekt und Rüstungsminister, wie er im Berlin-Spandauer-Gefängnis immer wieder seine Runden in dem von ihm und Mithäftlingen angelegten Garten drehte.

`Er war zurecht im Gefängnis. Er wurde ordnungsgemäß verurteilt bei den Nürnberger Prozessen. Ich bin wirklich unschuldig und fange sogar die Verbrecher, die Welt ist so ungerecht´, denkt sie sich. Albert Speer ging jeden Tag seine Runden im Gefängnishof.

*

´Der Boss` fährt mit seinem Porsche ziellos durch die Gegend.

Der Morgen graut und Frühnebelschwaden ziehen über die Wiesen, Felder und Straßen. Es kündigt sich wieder ein schöner, goldener Herbsttag an.

Er ist müde und erregt zugleich. Er hat noch keine Lust mit seinem Sportwagen nach Hause, in sein Luxuschalet zu fahren.

Ihm strebt nach etwas anderem. Er muss sie nur noch finden. Er will es jetzt und sofort. Warten will er nicht.

Er hält nach ihr Ausschau. Irgendwo muss doch eine für ihn sein.

Dann sieht er sie. Jung und hübsch. Sie läuft die

Straße entlang. Sie hat ihr Handy in der Hand und starrt unentwegt auf das Display. Sie bemerkt ihn nicht. Sie biegt gerade in einen Feldweg ein. Sie hat eine Tasche lässig über der Schulter und geht in die Schule. In ihren Ohren hat sie Ohrstöpsel, die mit ihrem Handy verbunden sind. Sie hört Musik.

Er hält an. Er muss dieses Mädchen haben. Jetzt und sofort.

Er steigt aus dem Auto und schaut sich um. Niemand ist auf der Straße. Er ist mit ihr allein.

Niemand ist heute an diesem Morgen in dieser Gegend unterwegs. Er steigt aus dem Auto und horcht noch einmal genau. Bellen vielleicht irgendwo Hunde? Sind andere Geräusche, die auf Personen hinweisen, zu hören. Nichts, es ist still. Nur die Laute einer erwachten Großstadt, die ihn umgeben, sind zu hören.

Schnell läuft er den Weg entlang.

Er trifft sie in der Mitte des Weges an nahegelegenen Büschen.

Er packt sie von hinten und zerrt das Mädchen in die Sträucher.

Sie erstarrt. Sie hatte ihn nicht kommen gehört, da sie viel zu sehr mit ihrem Smartphone beschäftigt war.

Sie erschreckt.

Nach einigen Augenblicken bis zur Besinnung wehrt sie sich nun heftig.

Schnell hat er sie auf den Rücken gelegt und macht sich an ihrem knappen Rock zu schaffen. Den Slip, ein Hauch von nichts, hat er ihr schnell vom Leib gerissen.

Sie wehrt sich immer noch. Sie tritt mit ihren Beinen und schlägt wild mit den Armen um sich.

Er nimmt ihre Arme und hält sie fest. Das Mädchen schaut ihn entsetzt und ängstlich an.

„Wenn du schreist, dann bist du Tod", faucht er sie an.

Das Mädchen will den Mund öffnen und zu einem Schrei ansetzen. Er schlägt ihr brutal mit der Faust ins Gesicht.

Blut läuft ihr aus der Nase und von den Lippen.

Mit seinen Knien hat er ihre Beine gespreizt und dringt in sie ein. Mit schlimmster Brutalität vergeht er sich an dem jungen Mädchen. Er befriedigt an dem halb bewusstlosen Mädel seine Gefühle, entleert sich in ihr und lässt von ihr ab. Das hat er jetzt gebraucht. Sie war allerdings keine Jungfrau mehr. Er konnte kein Hymen beim Eindringen fühlen.

Er sieht ihr Mobiltelefon auf dem Boden liegen, hebt es auf.

Bevor er sich auf den Weg zu seinem Auto macht, nimmt er das Handy und fotografiert das weinende, entsetzte, gekrümmt am Boden liegende, dreckige Mädchen und macht noch schnell ein paar Fotos von ihr.

Sie hat ihr Handy in einer sehr markanten Schutzhülle. Diese ist selbst mit Herzchen und anderen Figuren bemalt. Ihr Name steht auch auf dem Schutzcase.

Noch einmal holt er seinen Penis aus der Hose und uriniert auf das Mädchen. Es ist die Bestrafung ihrer nicht mehr vorhandenen Jungfräulichkeit.

Wieder im Auto schaltet er das Telefon aus, legt es ins Handschuhfach und fährt befriedigt los. Das hatte er jetzt gebraucht. Er musste den angestauten Druck loswerden. Maria war ihm irgendwie zu schade.

7

Maria wird in ihrem Bett wach. Ihre gesamten Knochen und Sehnen geben ihr zur verstehen, dass sie noch lebt.

Schmerzen schreien sie an, als sie sich bewegt. Ihr Kopf scheint zu platzen. Es klopft und pocht in ihrem Hirn und niemand ist da der dem Klopfenden Einlass gewährt.

Sie kann noch keinen klaren Gedanken fassen. Sie braucht einen sehr langen Moment, um zu begreifen, was sich vergangene Nacht in ihrem Schlafzimmer abgespielt hatte.

Sie hat wieder ihr Nachthemd an, die Fesseln sind gelöst und sie kann sich wieder frei bewegen.

Hat sie das alles etwa nur geträumt?

Ihre Muskeln schmerzen, als sie sich aufsetzt. Es war real.

Sie sitzt auf der Bettkante, macht ihre Nachttischlampe an und schaut auf ihre Handgelenke. Sie sieht rote Kreise um ihre Handgelenke und an Ihren Fußgelenken kann sie Striemen erkennen. Der Beweis, dass das Martyrium letzte Nacht tatsächlich stattgefunden hatte.

Sie schaut auf ihren Wecker, acht Uhr fünf und den übernächsten Tag zeigt ihr der Zeitmesser an. Sie hat über vierundzwanzig Stunden geschlafen. Sie kann es nicht fassen.

Maria sortiert sich. Was war vorgestern Nacht passiert? Er war hier. Hier in ihrer Wohnung, als sie sich erkältungsgeschwächt am gestrigen Mittag ins Bett gelegt hatte.

Er hatte sie ausgezogen, gefesselt und ein böses Spiel mit ihr getrieben. Warum lebte sie noch? Wieso hat er seinen Auftrag nicht erfüllt?

Tränen laufen erneut über ihre Wangen.

Es leben in ihrem Körper zwei Seelen. Die eine ist bereit zu Sterben und sehnt nichts sehnlicher herbei. Die andere will Leben und sie tut alles dafür, den Sterbewunsch zu unterdrücken und wieder Hoffnung in ihr aufkeimen zu lassen. Es ist ein immerwährender Krieg, den beide Seelen ausfechten und die Schlacht ist verdammt hart und grausam. Welcher der beiden Gegner wird wohl gewinnen?

Langsam steht sie von ihrem Bett auf. Ihr ist schwindelig.

Sie wankt ins Bad zur Toilette.

Sie zittert immer noch, und als sie an ihrem Oberschenkel nachschaut, ob er sie wirklich geschnitten hat, sieht die Wunde, die er ihr mit dem Messer zugefügt hat.

Ihr ist übel. Sie dreht sich um, kniend vor der Toilettenschüssel gibt sie ihren Mageninhalt frei. Magensaft und Galle.

Nachdem sie sich übergeben hat, geht es ihr etwas besser.

Sie überlegt, ob sie sich auf den Weg zur Arbeit machen soll.

Nach ihrem langen Krankenstand kann sie es sich nicht erlauben erneut ein paar Tage zu fehlen.

So beschließt sie, elendig, wie sie sich fühlt, für die Arbeit zurechtzumachen.

Sie möchte auch nicht mehr in ihrer Wohnung bleiben. Schon mal gar nicht allein. Sie fühlt sich nicht mehr sicher in ihren eigenen vier Wänden.

Sie spült ihren abgegebenen Inhalt ab und schaut vorsichtig nach, ob ihr Peiniger sich noch in ihrer Wohnung aufhält.

Langsam und immer deutlicher wird ihr bewusst, was ihr letzte Nacht widerfahren ist und sie erfahren hat.

Er ist der Täter, der ihr vor einunddreißig Jahren Gewalt angetan hatte.

Er suhlte sich in der Freude, sie mit Gewalt genommen zu haben.

Maria steht im Flur und kann es nicht fassen.

Sie schämt sich sehr und hält ihre Hände vor das Gesicht.

Langsam und vorsichtig bewegt sie sich durch ihre Wohnung. Alles ist an seinem Platz. Penibel sauber und aufgeräumt, wie immer. Sie schaut in ihre Schränke. Alles ist noch so, wie sie es einsortiert hat. Sie beschließt auf der Arbeit anzurufen und Überstundenfrei, zumindest für zwei, drei Stunden einzufordern. Ihr Überstundenkonto sagt, dass es auf jeden Fall möglich ist.

Ihre Schicht beginnt um zehn Uhr.

Sie schafft es nicht, sich noch in Ruhe fertigzumachen und den langen Weg nach Krefeld zu fahren.

Der Schock und die Gelähmtheit der vergangenen Nacht fordern ihren Tribut und sie kann sich nicht normal bewegen. Alles geht nur sehr langsam.

Sie muss das Geschehene erst noch begreifen und kapieren.

Wie in Trance geht sie zum Telefon, wählt die Nummer der Vorgesetzten und fragt nach.

„Du hörst dich nicht gut an, Maria", gibt ihr die Teamleiterin zu verstehen.

„Nein, nein es ist so weit den Umständen entsprechend OK. Ich wollte nur nachfragen, ob ich etwas später anfangen kann, ich dachte zwölf oder ein Uhr. Ich meine, ich schaffe es nicht, bis zum regulären Arbeitsbeginn pünktlich da zu sein." Maria klingt erbärmlich.

„Ja, ist OK. Maria ich trage dich dann für ein Uhr ein. Die drei Stunden ziehen wir dann von deinem Zeitkonto ab. Bis nachher dann."

„Ja bis gleich und danke nochmals."

Maria ist froh, das Gespräch hinter sich gebracht zu haben. Sie hasst es, Dinge einzufordern, auch wenn ihr diese zustehen. Für sie muss alles nach Plan funktionieren. Für sie soll einfach keine Ausnahme gemacht werden.

Sie sitzt in der Küche und raucht eine Zigarette.

Sie ruft ihre Mutter an und fragt nach, ob sie die nächsten Nächte bei ihr verbringen kann.

Ihr geht es immer noch elendig und sie möchte heute Abend auf gar keinen Fall hier in ihre Wohnung zurückkommen und allein sein. „Kind, du klingst gar nicht gut. Ich mache mir ernsthaft Sorgen um dich. Natürlich kannst du zu mir kommen. Jetzt wo Vater tot ist, bin ich auch viel allein".

Ihre Mutter hört sofort, dass etwas nicht stimmt. „Wann bist du denn da?" Sie ist voller Sorge.

Maria kann die Tränen in ihrer Stimme kaum zurückhalten. „Mom, ich muss bis achtzehn Uhr arbeiten und brauche bei dem Verkehr circa eine Stunde zu dir. So gegen sieben Uhr bin ich dann da."

„Ist gut ich mache dir dann dein Zimmer zurecht. Ist es nur für heute Nacht?" Marias Mutter klingt, als ob sie jeden Augenblick durch die Telefonleitung, vorbeikommen möchte.

„Mama gehen auch drei bis vier Nächte? Ich meine, ich brauche dich. Ich habe ich großen Bockmist gebaut." Maria weint.

„Was ist denn los Kind? Du bist ja vollkommen neben dir. Soll ich nicht doch noch kurz vorbeikommen? Ich kann in einer halben Stunde, mit dem Fahrrad, da sein."

In Marias Ohren klingt die Sorge ihrer Mutter vorwurfsvoll.

„Nein brauchst du wirklich nicht. Ich erzähle dir heute Abend, was passiert ist. Mom hörst du, ich bin soweit OK."

Maria verabschiedet sich von ihrer Mutter und verspricht pünktlich zu sein.

Sie ist immer noch schwindlig und sie kann sich kaum auf den Beinen halten, als sie sich auf den Weg ins Bad macht, um ausgiebig zu duschen.

Der Boden schwankt und es scheint, als kommen die Wände auf sie zu.

Der kurze Weg über den Wohnungsflur kommt ihr wie ein Marathon vor. Jeder Zentimeter der Strecke wird zum Kilometer. Endlich ist sie im Bad angekommen und sie stellt sich unter das heiße Wasser. Es tut ihr gut.

Die Sehnen und Muskeln entspannen.

Als sie mit ihrer ausgiebigen Dusche fertig ist, geht es ihr ein klein wenig besser.

Der Druck im Kopf und der Schwindel haben nachgelassen und sie will sich mit ihrer Bodylotion eincremen. Der Geruch der Lotion und die Flasche wecken in ihr wieder böse Erinnerungen.

Sie nimmt eine neue Flasche einer anderen Marke

und benutzt diese. Die gestern benutzte Lotion wirft sie in den Abfallkorb des Badezimmers.

Die Schnitte an ihrer Brust und Oberschenkel rufen die Gefühle und Erinnerung der letzten Nacht wieder auf. Die Schnitte sind nicht tief. Nur oberflächlich und sie werden in ein paar Tagen rückstandslos wieder verheilt sein.

Sie zittert wieder und auch der Schwindel wird wieder stärker.

'Ich kann unmöglich die fünfzig Kilometer in diesem Zustand nach Krefeld fahren`, denkt sie sich. ′Aber es muss gehen. Ich kann nicht schon wieder ausfallen. Es muss gehen! Du kannst es, du bist stark!`, muntert sie sich in Gedanken auf.

Sie geht ins Schlafzimmer und zieht sich an. Sie nimmt eine dunkelblaue Jeans, eine weiße Bluse und eine dunkelblaue Strickjacke aus dem Schrank. Ihren weißen Lieblingsseidenschal hat sie auch aus der Kommode genommen. Dunkelblaue Westernstiefel mit höheren Absätzen runden ihr Outfit ab.

Sie packt ihre kleine Reisetasche mit Sachen für den Aufenthalt bei ihrer Mutter.

Ihr ist schon wieder übel und die Schweißdrüsen haben ihre Produktion wieder vollständig aufgenommen. Schweißperlen stehen auf ihrer Stirn und die Körperflüssigkeit läuft ihr in Bächen den Rücken herunter.

Sie hat alles gepackt und ihr Bett frisch bezogen und gemacht.

Sie geht zurück in die Küche, und versucht etwas Toastbrot in sich hineinzuwürgen. Sie isst die Scheiben trocken und ihr Magen gibt sich mit der Füllung zufrieden. Er rebelliert nicht mehr so stark.

138

Sie geht noch einmal in Bad zu ihrer Waschmaschine. Sie holt den Deckenbezug heraus und riecht daran.

„Er hat mir doch eine Flüssigkeit auf die Bettdecke gegeben. Ich müsste doch eigentlich etwas davon noch riechen können", sagt sie sich laut vor. Doch sie kann keine fremden Geruchsspuren erkennen. Es ist keine brennbare Flüssigkeit erkennbar. Sie riecht nur ihren eigenen Geruch und den der von ihm benutzten Bodylotion.

„Habe ich mir das etwa eingebildet?", fragt sie sich laut. „Was ist überhaupt mit mir los?"

Der Schwindel ist immer noch da, und nachdem sie sich eingecremt hat, sind der Druck im Kopf, das Zittern, der an ihrem Körper herabfließende Schweiß, wieder stärker geworden. Auch der Schüttelfrost ist wieder da.

Sie frisiert sich noch schnell die Haare und schminkt sich soweit möglich.

Zurück in der Küche nimmt sie die Medikamente ein, die ihr Arzt ihr vorgestern verschrieben hatte.

Zittrig nimmt sie die gepackte Tasche. Es ist Zeit zur Arbeit zu fahren.

Ihre Pflegeprodukte hat sie nicht eingepackt. Ihre innere Stimme warnt, diese nicht mehr anzufassen und zu benutzen.

Sie fühlt sich elendig. Trotzdem ist sie bereit für ihre Arbeit.

Auf der Autobahn A57, Richtung Krefeld geht es Maria von Minute zu Minute schlechter.

Die Straße scheint für sie nicht mehr zu existieren. Der Asphalt wirbelt vor ihren Augen und bewegt sich von links nach rechts.

Die Autobahn schwankt vor ihren Augen. Wie die Golden Gate Bridge bei dem großen Beben in San Francisco.

Sie fährt sehr langsam auf der rechten Spur. Ungewohnt für sie.

Die Bahn ist für diese Uhrzeit sehr voll und sie kommt nur sehr mäßig voran.

Sie muss sehr häufig, da es die Geschwindigkeit nicht anders zulässt, vom fünften in den vierten Gang schalten, um ihren Wagen im Drehzahlbereich zu halten.

Im Radio sagt der Sprecher ein Verkehrschaos für den Abend voraus, da die Herbstferien beginnen.

„Ah deshalb ist es so voll", sagt sie sich noch.

Sie muss wieder schalten. Doch plötzlich fühlt sich der Griff so anders an. Gar nicht fest. Eher labbrig und weich.

Sie schaut auf den Schalthebel und sieht eine Schlange. Den Kopf hat sie in der Hand.

Sie bekommt Panik und schreit.

Sie fährt auf den Verzögerungsstreifen des Rastplatzes *Geismühle* und hält in einer Parkbucht.

Ihr Atem geht unregelmäßig und schnell.

Schreiend verlässt sie das Auto.

Sie steht auf dem Parkplatz und alles um sie herum schwankt und wankt.

Die Gesichter der parkenden Reisenden haben sich zu Grimassen und Fratzen verwandelt. Die Farben um sie herum sind nicht mehr real.

Sie sieht alles nur noch verschwommen wie durch eine graue, blindgewordene Brille.

Einer der Autofahrer spricht sie an. Die Fratze kommt auf sie zu und grinst sie frech an.

Sie hat Panik und will wegrennen, doch ihre Beine lassen es nicht zu. Sie sind wie aus Gummi.

Maria bricht auf dem Parkplatz vor ihrem Auto zusammen.

Sie sitzt auf dem Boden und hat ihren Rücken gegen die hintere Stoßstange ihres Autos gelehnt.

Immer wieder wird ihr schwarz vor Augen und sie kann sich und ihre Gedanken nicht mehr beibehalten.

Eine Menschenmasse steht um sie herum.

Eine der Grimassen gibt vor, Arzt zu sein und fühlt ihren Puls.

Der Puls rast.

Er hat ein Handy am Ohr und bittet um einen schnellen Krankenwagen, da wohl Lebensgefahr für die Frau besteht.

Die Fratze schaut in ihre Augen und will sie hinlegen.

Immer wieder berühren krallenartige Hände ihre Schultern.

Maria will die Hände, die sich um sie kümmern wegschieben.

Ihr Blick ist wirr und geradeaus gerichtet. Sie nimmt ihre Umgebung nicht mehr wahr.

„Bitte junge Frau legen sie sich hin! Ich will ihnen ja nur helfen. Ich bin Arzt." Die Stimme klingt genauso blechern, wie auf der CD im Duisburger Parkhaus, in ihren Ohren. Maria begreift die gehörten Worte nicht.

Wieder greifen spinnenartige, knochige Hände nach ihr.

Aus der Fratze ist eine Totenmaske geworden. Ein Skelett kümmert sich um sie.

Sie sieht den Tod in seinem Umhang, der sich um sie bemüht.

Maria schreit und will den Tod von ihrem Körper wegdrücken. Irgendwie schafft es der Sensenmann, sie auf den Rücken zu legen. Maria kann nun den Himmel sehen. Die Wolken sind zu Fratzen geworden, die sie angrinsen.

Eine andere Fratze kommt auf sie zu, beugt sich über ihr und hat eine Tasche mit Folterwerkzeugen in der Hand. Als die Tasche geöffnet wird, kann sie die Instrumente sehen. Sie sind blankgeputzt und wollen ihr wehtun.

Der Sensenmann steckt sich die Schlange, welche aus zwei Schwänzen besteht, in die Ohren.

Marias Atem und Herz rasen. Sie atmet immer schneller und ihre Lungen wollen den geforderten Sauerstoff einfach nicht aufnehmen. Sie kann ihre Augen nicht schließen. Sie sieht, wie die von dem Skelett in den Ohren hängende Schlange sich nun auf ihrer Brust bewegt, geführt von einer knochigen Hand.

Maria rudert wie wild mit den Armen.

Zwei andere Knochenhände greifen nach ihr und halten ihre Arme fest.

Sie schreit und der Schweiß, der sich wie Salzsäure auf ihrer Haut anfühlt, läuft an ihrem Körper entlang.

Etwas sticht in ihren Arm. Sie will, dass es aufhört.

Die Fratzen sollen weggehen und sie will, dass das Knochengerüst sie in Ruhe lässt.

Sie wird jetzt von mehreren Fratzen die sie höhnisch angrinsen festgehalten.

Ihr Atem beruhigt sich etwas. Sie kann noch hören, wie der Sensenmann blechern nach dem Rettungswagen fragt und die anderen Fratzen bittet wegzutreten. Dann wird alles schwarz um sie herum. Sie fühlt, hört und spürt nichts mehr.

Sie wird wieder kurz wach und sieht einen Beutel, der über ihren Kopf gehalten wird. Das Bett auf dem sich befindet, schwebt.

Um sie herum gibt es keine Wirklichkeit.

Ein blaues Licht tanzt in ihren Augen.

Sie hört es piepsen und ein Kasten liegt auf ihrer Brust. In ihrem Gesicht ist eine Maske über die Nase gestülpt. Es schwankt und wackelt. Sie spürt eine Schräglage und wie sie mit dem Kopf voran geschoben wird. „Nein ich will nicht. Ich will nicht in den Ofen geschoben werden", gibt sie kläglich von sich.

Um sie herum wird wieder alles schwarz.

*

´Der Boss` hat Maria schon ein paar Tage nicht mehr gesehen. Jeden Tag ist er zu ihrer Wohnung gefahren, um sie weiter zu beobachten.

´Der Boss` sitzt auf seiner Terrasse und schaut auf den See.

Wo steckt sie bloß?

Als er ihre Wohnung am frühen Morgen verließ, ist er noch nicht nach Hause gefahren.

Nachdem er sich das Mädchen genommen hatte, beschloss er ausgiebig zu frühstücken und hat es sich in einem Café gemütlich gemacht.

Er fuhr wieder zurück zu ihrer Wohnung und sah, dass ihr Auto nicht mehr vor der Türe stand.

Sicherheitshalber sah er noch einmal in ihrer Wohnung nach.

Er war nun entschlossen, sein Werk zu vollenden und endlich Maria umzubringen.

Die Wohnung war leer.

Er fuhr zu ihrer Arbeitsstelle und überprüfte, ob ihr Auto auf dem Parkplatz geparkt war.

Es war kein babyblauer Mirca mit ihrem Kennzeichen zu sehen. Er hatte ihre Spur verloren. Vorerst.

Von seinem Beobachtungsposten, er konnte sich sehr gut in einer Einfahrt des Gegenüberliegendes Hauses verstecken, ohne bemerkt zu werden, sah er sie noch mit einer Tüte aus der Apotheke in ihre Wohnung gehen.

Sie sah sehr elendig aus und sie schleppte sich mehr zur Haustüre, als sie ging.

Einige Zeit später betrat er dann den Hausflur und vor ihrer Wohnung bereitete er sich vor.

Mit einem hochsensiblen Mikrophon horchte er vorsichtig in ihre Wohnung. Nichts war zu hören. Es war so still in ihrer Wohnung, als ob sie gar nicht anwesend war.

Er zog die Totenkopfmaske über und leise, sehr sorgfältig ohne ein Geräusch brach er in ihre Wohnung ein. Als er diese ganz vorsichtig betrat, war alles still.

Die Schlafzimmertüre war entgegen ihrer Gewohnheit, angelehnt. Ganz leise und vorsichtig schaute er sich in der Wohnung um.

In der Küche sah er ihre Medikamente, die ihr verschrieben wurden und die Schlaftabletten.

Er stellte fest, dass sie zwei Stück eingenommen hatte. Perfekt! Sein Plan ging auf.

Er schaute in das halb verdunkelte Schlafzimmer hinein und sah sie sehr lange und ausgiebig an. Sie schlief tief und fest.

Ihr gleichmäßiger Atem zeigte ihm, dass sie lebte. Ganz ruhig lag sie in ihrem Bett.

Er verspürte das Bedürfnis sich einfach neben sie zu legen, sie im Arm zu halten, ihre Haut und Wärme zu spüren. Das Gefühl der Einsamkeit kroch in ihm auf.

Nie hatte er eine wirkliche Beziehung geführt. Es waren Affären. Immer wieder hatte er andere Frauen. Wirkliche Liebe war nie dabei. Frauen waren und sind für ihn Spielzeuge. Wenn er keine Lust mehr auf eine Beziehung hatte, wenn er die Dame leid war, brach er einfach seine Freundschaft zu ihr ab und suchte sich ein neues Spielzeug aus.

Ganz vorsichtig nahm er ihren Körper und zog ihr das Nachthemd aus.

Sie spürte im Schlaf, wie er sie bewegte, und gab ein leises Stöhnen von sich.

Der Anblick, der sich ihm bot, war durch das verdunkelte Zimmer recht unklar und verschwommen.

Als sich seine Augen an das Dämmerlicht gewöhnt hatten, sah er ihren Körper lange an. Sie faszinierte ihn.

Er nahm das mitgebrachte Seil und fesselte vorsichtig zuerst ihre Arme und dann die Beine am Bettrahmen.

Er deckte sie wieder zu. Ihre Brüste ließ er offen. Er wollte ihre Atembewegungen sehen und wie sich ihr Brustkorb hob und senkte. Jetzt brauchte er nur noch abzuwarten, bis sie aus ihrem tiefen Schlaf erwachte.

Er sah sie sehr lange und ausgiebig an.

Nachdem er ihr die Bodylotion auf ihren Körper gerieben und sie mit einem Schlafmittel betäubt hatte, wollte er sie mit Bioethanol für Kamine anzünden und verbrennen.

Es sollte so aussehen, als ob sie mit einer Zigarette eingeschlafen ist, die dann das Bett entzündet.

Er hatte sein Vorhaben wirklich gut geplant.

Nichts bleibt vom verbrannten Bioethanol zurück. Eine Chemikalie, die kaum oder nur sehr schwer im verbrannten Zustand nachzuweisen ist.

Es wäre, wenn überhaupt noch etwas, nur noch ein verkohlter Rest von ihr zu sehen gewesen.

Die Schlaftabletten waren seine Absicherung, damit nichts auf einen Mord hinweist, sondern hätten einen Selbstmord ihrerseits vorgetäuscht. Falls überhaupt noch etwas nachweisbar gewesen wäre.

Er fuchtelte noch mit dem angezündeten Streichholz vor ihrem Gesicht herum, bevor sie in die Bewusstlosigkeit fiel, herum.

Er blies es aus. Er konnte ihr nichts antun.

Waren es ihre Augen? Oder war zu sehr geschockt, als er erfuhr, dass er ihr Leben durch seinen Trieb versaut hatte.

Was war in dieser Nacht überhaupt mit ihm los?

Zum ersten Mal in seinem Leben spürte er Mitleid.

Er erledigt immer seine Aufträge sehr nüchtern und gezielt. Doch dieses Mal konnte er nicht.

Was hat diese Frau an sich, das er nicht agieren konnte? Immer wieder stellt er sich diese Frage.

Ein Gewissen bei seinen Aufträgen kannte er bis dato nicht.

Er geht in sein Arbeitszimmer und schaut ihren Ordner auf dem PC noch einmal an. Hier hat er die Daten, die er braucht.

Er sieht ihren Mädchennamen Maria Strawinsky.

Er hackt sich wieder in das Einwohnermeldeverzeichnis in Duisburg ein. Schnell hat er die Informationen. Die Telefonnummer ihres Bruders und die der Mutter.

Er beschließt, zuerst ihre Mutter anzurufen. Nach dem dritten Klingeln meldet sich eine freundliche Seniorin.

„Guten Tag, mein Name ist Sigmund Bähr. Ich bin ein guter Freund von Maria. Ich versuche, schon seit ein paar Tagen, Maria zu erreichen. Sie geht nicht ans Festnetztelefon und beantwortet auch keine E-Mail von mir. Leider habe ich ihre Handynummer nicht mehr. Ich mache mir echt Sorgen. Können sie mir sagen, ob etwas Schlimmes passiert ist?" Er klingt höflich und freundlich und schnell hat er das Vertrauen der Dame gewonnen.

„Ja, natürlich kann ich das, ich bin ihre Mutter. Maria liegt im Krankenhaus. Ihr geht es sehr schlecht. Wollen sie, sie einmal besuchen? Ich denke, da wird sie sich aber freuen", ist die freundliche Auskunft der Dame.

„Ach im Krankenhaus. Ist denn was Schlimmes passiert?" er klingt gespielt besorgt.

„Ja, sie ist einfach zusammengeklappt. Sie hatte Wahnvorstellungen. Sie ist im psychiatrischen Fachkrankenhaus in Krefeld." Marias Mutter klingt nun aufgeregt.

„Ja danke für die Information. Ich werde sie einmal in den nächsten Tagen besuchen", gibt er freundlich zurück.

„Ja, machen sie das! Soll ich Ihnen noch die Zimmernummer und die Station nennen?", fragt die Mutter hilfsbereit nach.

„Nicht nötig, sie haben mir schon sehr geholfen. Vielen Dank." Er legt auf.

Er hackt sich in das Netzwerk des Krankenhauses ein. Schnell hat er, was er sucht. Ihre Patientendaten.

Er sieht, dass sie erst gestern vom Städtischen in die Psychiatrie verlegt worden ist. Ihr Zustand hat sich recht schnell stabilisiert.

Sie ist noch in der geschlossenen Abteilung untergebracht. Keine Chance für ihn an sie heran zu kommen. Die Besucher werden auf dieser Station genau kontrolliert und nur die nächsten Angehörigen können sie besuchen.

Er muss warten und Geduld haben. Er hat sein Vorhaben noch nicht aufgegeben. Schließlich erledigt er immer seine Aufträge.

*

Maria öffnet die Augen und sie sieht eine blonde, kurze Frisur und klare blaue Augen. Das freundliche Gesicht lächelt sie an und sie kann schöne Zähne erkennen.

Sie ist zugedeckt und das Bett ist warm und weich.

Langsam nimmt sie die Umrisse um sich herum wahr. Die Wände sind weiß gestrichen und sie kann ein Fenster erkennen.

Die Helligkeit, die sie umgibt, blendet in ihren Augen. Ihr Mund ist trocken und scheint nur aus Schleifpapier zu bestehen.

Fragend schaut sie die blauen Augen an. „Bin ich im Himmel?", krächzt sie heraus.

„Ich würde sagen, eher in der Hölle" Die Zähne und die Augen strahlen sie an.

So kann es unmöglich in der Hölle sein.

Maria ist verunsichert. „Was ist denn los? Wo bin ich? Was ist passiert?", langsam beginnt ihr Verstand zu arbeiten.

„Im Krankenhaus meine Liebe, genau genommen in der Psychiatrie." Die blauen Augen scheinen sie zu röntgen.

„Wo?" Marias Stimme ist noch nicht in Form. Sie kann ihre Frage nur flüstern.

„In Krefeld im psychiatrischen Fachkrankenhaus. In der geschlossenen Abteilung", gibt Anna-Lena zurück.

„Aha", ist Marias gequälte Antwort.

„Ich sage mal Bescheid, dass meine Mitpatientin wach geworden ist", lächelt sie die Kurzhaarfrisur an.

„Warte mal, was ist denn los? Wieso ist es hell? Wie spät ist es?" flüstert Maria.

„Also gut. Was los ist, weiß ich nicht. Als ich gestern auf unser Zimmer kam, lagst du hier. Hell ist es, weil wir kurz vor zehn Uhr vormittags haben. Ich gehe dann mal und hole jemanden. Ich bin gleich wieder zurück." Schon ist die Frau aufgestanden und auf dem Weg zur Türe.

Maria will noch ihre Hand greifen und diese festhalten. Jedoch ihr Engel ist schneller. Sie hört, wie sich die Zimmertüre schließt.

Maria schaut sich um. Ihr Blick geht zum Fenster. Gitter sind Außen angebracht. Sie sieht ein gemachtes, unbenutztes Bett gegenüber. Eine Plastikhülle umgibt den Rahmen und Matratze.

Sie hebt ihre Bettdecke und schaut an sich herab. Sie hat ihren Schlafanzug, den sie für den Aufenthalt bei ihrer Mutter eingepackt hatte, an.

Langsam fallen ihr die vergangenen Ereignisse wieder ein. Schritt für Schritt kommt ihre Erinnerung, wenn auch sehr vage, wieder zurück. Sie war auf dem Weg zur Arbeit. Auf dem Rastplatz hatte sich ein Skelett um sie gekümmert und viele Fratzen hatten sie angegrinst.

Alles um sie herum war voller Schlangen. In der Not-aufnahme des Krankenhauses hatte sie, der diensthaben-den Psychiaterin von ihrem Auftrag erzählt. Das ein Killer sie umbringen soll und er auch bei ihr in der Wohnung war und sie gequält hatte. Sie hatte mit der Psychiaterin, soweit es ihr möglich war, gesprochen.

Immer wieder wurde sie bewusstlos. Als es ihr wie-der etwas besser ging, sprach sie erneut mit der Ärztin und wurde dann hierhin gebracht.

Hier in der Klinik wurde sie wieder unruhig, zitterte wie Espenlaub und schlug auch um sich. Sie bekam er-neut eine Spritze.

Mehr fällt ihr nicht ein. Sie hat alles wie durch einen dichten Nebel erlebt. Alles um sie herum war weit weg. Nichts davon schien ihr real zu sein.

Sie dachte, sie seit in einem bösen Traum, und wenn sie daraus erwachte, würde sie in ihrem Schlafzimmer, in ihrem Bett liegen. Nun ist sie hier. Langsam Stück für Stück kommen ihre Erinnerungen wieder. Sie sieht alles etwas klarer.

Sie muss auf die Toilette. Sie hört, wie die Zimmer-türe geöffnet wird und die Kurzhaarfrisur kommt mit zwei weiteren Männern und einer Frau ins Zimmer.

Die beiden Männer stellen sich als Dr. Clemens Markgraf, Psychiater und Dr. Thomas Weiß, Internist vor. Die Dame im Hintergrund ist eine Schwester.

„Frau Winter können sie uns einen Augenblick allein lassen", sagt der Psychiater zur Kurzhaarfrisur.

„Kein Thema, ich bin sofort weg." Anna-Lena nimmt ihre Zigaretten und verschwindet aus dem Zim-mer.

„So dann schauen wir mal Frau Groß." Dr. Weiß

nimmt ihr Handgelenk und prüft ihren Puls.

Die Schwester legt ihr eine Blutdruckmanschette um und misst. „Einhundert zu siebzig". Sie nimmt ihre Akte und trägt den Wert ein.

Dr. Weiß horcht ihren Oberkörper ab und leuchtet in ihre Augen. „Frau Groß. Sie hatten großes Glück, als ich sie vor fünf Tagen vom Rastplatz gekratzt habe."

Maria schaut ihn ungläubig an. „Vor fünf Tagen?" Marias Stimme wird wieder fester.

Sie kann das gerade Gehörte nicht fassen. Fünf Tage war sie in einem Zustand, der sie an nahezu nichts erinnern lässt.

„Kann ich mal kurz auf die Toilette. Ich muss sehr dringend?" Marias Blase schlägt Alarm.

„Ja sofort, die Schwester wird sie begleiten. Ihre Vitalwerte sind wieder gut. Wir haben in ihrem Blut eine höhere Dosis Tollkirsche und Schlaftabletten gefunden. Ein paar Milligramm der Tollkirsche mehr und sie würden jetzt nicht mehr unter uns weilen. Können sie uns das einmal erklären? Die Kollegen im Städtischen hatten Schwierigkeiten sie zu stabilisieren."

Marias Augen schauen die Ärzte groß und ungläubig an.

„So dann schauen wir mal, ob sie schon aufstehen können. Die Schwester wird sie zur Toilette bringen und dann kümmert sich Dr. Markgraf um sie."

Sein Telefon klingelt. „Ich muss auch schon wieder los. Wenn noch etwas ist, wenden sie sich an die Pflegekräfte!"

Er gibt ihr die Hand und rauscht mit dem Handy am Ohr aus dem Zimmer.

Maria muss aufstehen. Der Druck in ihrer Blase lässt kein Warten mehr zu. Die Schwester hilft ihr und stützt sie begleitend zur Toilette. Das Bad befindet sich direkt im Zimmer. Die Schwester bringt sie noch auf die Toilette und Maria kann hören, wie sie das Zimmer verlässt.

Dr. Markgraf wartet auf sie. Er sitzt an einem Tisch und schaut sie eindringlich und prüfend an, als sie aus dem Bad kommt. Ihr ist noch ein wenig schwindlig und sie fühlt sich noch ein wenig benommen.

„Frau Groß möchten sie sich zu mir an den Tisch setzen?", fragt er sie aufmunternd. „Ich möchte gern ein wenig mit Ihnen sprechen." Marias Gedanken kreisen, als sie sich zum Psychiater an den Tisch setzt. Immer wieder hört sie ein Wort in ihren Gedanken - Tollkirsche. Das Wort hängt in einer Endlosschleife in ihrem Kopf. „Frau Groß, warum sind sie hier?", fragt der Arzt sie.

„Schauen sie doch in der Akte nach!", gibt Maria verärgert und sehr direkt zurück.

Maria fühlt sich unwohl und würde sich jetzt am liebsten in ihr Bett verkriechen. Sie hat keine Lust und kein Bedürfnis zu sprechen. „Ich möchte es von Ihnen hören!", ist seine direkte Antwort zurück. Er schaut ihr in die Augen. Sein Blick drückt Bereitschaft aus, gleichzeitig lächelt er sie aufmunternd an.

Maria holt tief Luft. Es hat keinen Zweck. Sie muss mitarbeiten, sonst kommt sie nicht mehr aus der Nummer heraus.

Sie berichtet über ihren Suizidversuch, wie ihr Mann sie hat liegen lassen, über ihre Lethargie und Traurigkeit. Sie berichtet von dem erteilten Auftrag, wie er in ihrer Wohnung war und was er mit ihr gemacht hatte.

Sie erzählt auch den Vorfall vor einunddreißig Jahren und ihr Auftragnehmer der Täter ist.

Der Psychiater schaut sie immer ungläubiger an. Er stellt Fragen. Maria gibt kurze und knappe Antworten.

„Und warum wollen sie sich umbringen?", fragt er abgeklärt nach. Maria ringt mit der Fassung. Hat er ihr denn gar nicht zugehört? Maria wird lauter. „Schauen sie mich an, was sehen sie?"

Er schaut sie nun noch eindringender an.

Maria antwortet verzweifelt, traurig und sehr direkt. „Sie sehen eine Frau, die nicht hübsch ist und nicht ins Bild der heute, oberflächlichen Gesellschaft hineinpasst. Die nichts in ihrem Leben erreicht hat. Mir wurde vieles im Leben aufgrund meines Aussehens verweigert. Ich wurde geboren, damit die Menschheit mich quält. Und sie fragen mich, warum ich sterben will!"

Marias Blick wird traurig und es strengt sie sehr an, das Erlebte und ihre Gefühle wiederzugeben.

Sie kann sehen, wie der Arzt auf ihrem Patientenblatt *Theatralisch* notiert und dieses Wort unterstreicht

„OK. Frau Groß. Wir unterhalten uns später noch einmal." Ich werde sie dann holen. Sie können sich fürs Erste einmal zurechtmachen und noch ein wenig ausruhen. Eine Reisetasche wurde uns mitgegeben und ihre Sachen liegen im Schrank. Gleich gibt es Mittagessen. Sie haben doch bestimmt Hunger? Wir sehen uns gleich. Ich denke, es wird gegen vierzehn Uhr werden."

Er steht auf und verlässt das Zimmer.

Maria sieht nicht, wie er kopfschüttelnd auf dem Flur vor ihrem Zimmer steht. Ihre Geschichte klingt einfach unwirklich und er weiß nicht, ob er ihr glauben soll. Immer wieder gab sie auf seine Fragen zur Geschichte und das von ihr Erlebte die gleichen inhaltlichen Antworten. Er konnte keine Widersprüche heraushören. Sie hatte sich in keiner Weise in ihren Aufzählungen verstrickt. `Entweder ist sie sehr clever oder sie hat mir wirklich die Wahrheit gesagt, so unglaublich alles klingt`, denkt er sich.

Er ringt mit der Fassung und muss das eben Gehörte erst einmal verdauen. Er macht sich auf den Weg in den Klinikpark. Er braucht jetzt vor allem eins – frische Luft.

Maria geht an den Schrank und schaut nach ihren Sachen.

Die vor ein paar Tagen gepackte Reisetasche ist darin untergebracht. Ebenso liegen noch weitere Sachen für sie zum Anziehen bereit. Ihre Mutter war in ihrer Wohnung und hat ihr alles für einen Aufenthalt gebracht. Sonst hat niemand einen Schlüssel. Sie schaut in ihre Handtasche. Alles, außer ihrer Geldbörse, Kopfschmerztabletten und ein paar Antidepressiva, die sie sich für den Notfall, falls sie mal vergessen hat ihr Medikament zu nehmen, sind noch da.

Als sie ihr Handy anmachen will, gibt ihr der Akku zu verstehen, dass er Nahrung braucht. Er ist restlos leer.

Maria schaut in die Reisetasche. Sie hatte das Ladekabel doch mit eingepackt. Es ist nicht auffindbar.

In diesem Moment betritt Anna-Lena das Zimmer. Maria hat noch ihr Smartphone in der Hand.

„Was suchst du? Das Ladekabel? Keine Chance. Das wurde mir auch weggenommen. Ich bin übrigens Anna-Lena Winter." Sie gibt ihr die Hand.

„Maria Groß. Wieso kein Ladekabel? Mein Akku

braucht dringend Sprit. Ich muss echt ein paar Leute anrufen und mich auf der Arbeit melden", gibt Maria genervt zurück.

Sie lächelt Anna-Lena an und gibt ihr ebenfalls die Hand.

„Echt scheiße man. Ich gehe dann mal schnell unter die Dusche. Weißt du, wo es hier Handtücher gibt? Meine scheinen sich in Luft aufgelöst zu haben", fragt Maria nach.

„Ich hole dir welche. In der Zwischenzeit kannst du ja schon einmal duschen. Ich lege sie dann auf das Waschbecken. Gleich gibt es Mittagessen und danach zeige ich dir alles. Viel ist es nicht, was es hier auf der Station gibt", gibt Anna-Lena voller Bitterkeit zurück. „Kann ich dein Duschgel benutzen? Ich habe gerade gesehen, dass im Bad welches steht." fragt Maria vorsichtig nach.

„Nimm dir alles, was du brauchst!" Anna-Lena geht wieder aus dem Zimmer.

Nach der Dusche geht es Maria besser. Sie hat sich eine schwarze Jeans und ein knallrotes Sweatshirt angezogen. Ein schwarzer Schal ist passend zur Hose angelegt. Sie hat auch ein wenig Schminke aufgetragen.

Auf ihrem Nachttisch sieht sie ihr Ladekabel. Sie verbindet es mit ihrem Handy. Gierig nimmt es die Energie auf.

Sie geht aus dem Zimmer. Unsicher schaut sie sich um. Ein Pfleger, der gerade vorbeikommt, nimmt sie in ihre Obhut. Er begleitet sie ins Stationszimmer und zeigt ihr, dass ihre fehlenden Sachen in einer Schachtel im abschließbaren Schrank aufbewahrt sind.

Er bittet sie sich zu setzen, um noch einige Daten

von ihr zu erfahren.

Maria gibt ihm die Auskünfte, die er benötigt.

Die Endlosschleife in ihrem Kopf hört immer noch nicht auf. ´Tollkirsche` immer wieder kommt ihr das Wort in den Sinn. Es ist, als hat es sich in ihr Hirn hineingebrannt.

`Tollkirsche, wie kommt Tollkirsche in mir rein?`, denkt sie nach. Maria kann sich keinen Reim auf das gerade Erfahrene machen. Sie muss dringend ins Internet und nachlesen, was genau für eine Wirkung das Mittel hat.

So, Frau Groß, jetzt gehen sie erst einmal eine Kleinigkeit essen!", muntert der Pfleger sie auf. Zumindest versucht er es.

Maria hat keinen Hunger. Ihr ist gehörig der Appetit vergangen. „Kann ich hier irgendwo ins Internet?", fragt sie noch nach.

„Ja, mit ihrem Handy", gibt ihr der Pfleger zur Antwort. „Sonst ist keine andere Möglichkeit gegeben."

8

Es ist Abend. Maria sitzt im Schneidersitz auf ihrem Bett und hat ihr Smartphone in der Hand. Ein paar Anrufe in Abwesenheit, ihre Mutter und ihre Vorgesetzte hatten mehrfach versucht, sie zu erreichen. Ein paar E-Mails sind auch eingegangen.

Als ihr Telefon wieder genug Energie hatte, hat sie sich umgehend auf der Arbeit gemeldet und sich erklärt. Ihre Vorgesetzte wurde schon von ihrem Bruder informiert. Eine Krankmeldung ist auch schon eingegangen.

Ihr Bruder war auch nachmittags mit ihrer Mutter zu Besuch da. „Kind, du bist so schmal geworden", war die erste Bemerkung ihrer Mutter. Ihr Bruder schaute sie die ganze Zeit nur besorgt an und redete kaum.

Das zugesagte Gespräch mit Dr. Markgraf, dem Psychiater fand nicht mehr statt.

Sie hatte sich in die Wirkung der Tollkirsche eingelesen. Auf *Wikipedia* fand sie einen verständlichen Artikel. Auch das Portal *Giftige Pflanzen* konnte den Großteil ihrer Fragen beantworten.

Die Hauptsymptome sagen großen Durst, erhöhte Körpertemperatur, Kopfschmerzen, Schwindel, Zittern, Übelkeit, starke, schnelle Atmung und bei größerer Dosierung auch Atemlähmung und Halluzinationen aus.

Genau so fühlte sie sich in der letzten Zeit. Ihr Hausarzt ging von einer schweren Erkältung aus.

So langsam begreift sie, warum sie die Schlangen, das Skelett und die Fratzen um sich herum gesehen hatte.

„Man was das ein Trip", sagt sie laut zu sich selbst.

Anna-Lena sitzt auf ihrem Bett und liest in einer

Zeitschrift. Sie schaut Maria an. „Hast du Lust eine zu rauchen? Komm wir gehen nach draußen. Um die Zeit ist nichts los da. Die schauen alle irgendeinen Quatsch im Fernsehen", muntert Anna-Lena sie auf. „Woher weißt du, dass ich rauche?" Maria ist erstaunt.

Sie hatte bis zum Augenblick noch keine Zigarette angepackt.

„Mir entgeht nichts. Ich sehe alles." Anna-Lena klingt gespielt fröhlich.

Als beide die Terrasse, die als Rauchbereich ausgewiesen ist, betreten, zeigt sich das Herbstwetter von der ungemütlichen Seite. Ein kalter, feuchter Wind bläst ihnen ins Gesicht.

„Das war's dann wohl mit dem Sommer." Anna-Lena klingt traurig. „Ja, irgendwann ist alles vorbei", merkt Maria an.

Sie zünden sich ihre Kippen an. Maria muss husten.

Anna-Lena gibt ihr zu verstehen, dass es ihr auch so ging. „Und warum hast du wieder angefangen?", fragt Maria nach.

„Dummheit, reine Dummheit", ist Anna-Lenas Antwort. „Was machst du denn beruflich?", will Anna-Lena wissen.

„Nichts Besonderes, ich bin telefonische Kundenbetreuerin für einen Mobilfunkanbieter hier in Krefeld. Ich wohne allerdings im Duisburger Norden, rechtsrheinisch", gibt Maria vor.

„Und du?", hakt Maria nach.

„OK." Anna-Lena zieht die beiden Buchstaben sehr lang und zischt sie bald heraus. „Ich bin Kriminalbeamtin hier bei der Mordkommission und wohne auch hier in Krefeld."

Mit dieser Antwort hat Maria nicht gerechnet. „Jetzt echt?" mehr kann sie nicht erwidern.

Diese flippige Person arbeitet bei der Polizei und fängt Verbrecher. Anna-Lena kann die Ungläubigkeit in Marias Augen sehen.

„Ja, echt. Ich arbeite bei der Polizei", gibt Anna-Lena ihr vor.

„Ja, damit habe ich nun gar nicht gerechnet." Maria drückt echtes Erstaunen aus. „Interessanter Job. Und, schon viele Tote gesehen?" fragt Maria nach.

„Ja, das sind schon einige gewesen in meiner Zeit als Beamtin", wieder ist Anna-Lenas Ton voller Bitterkeit.

Maria merkt, dass es für Anna-Lena unangenehm wird, und wechselt das Thema.

„Wie alt bist du?"

„Achtundvierzig und du?"

„Fünfundvierzig", gibt Maria zur Auskunft.

Beide müssen zaghaft lachen.

„Ich finde, wir sehen doch deutlich jünger aus", gibt Anna-Lena an. Beide ertasten ihre Interessen und Gemeinsamkeiten. Maria erzählt ein paar lustige Anekdoten aus ihrem Job und erwähnt auch ihre gescheiterte Ehe mit Klaus.

Anna-Lena schwärmt für ihren Sport und gibt ein paar Kalauer aus dem Fitnessbereich zum Besten. Sie erwähnt eine weitere Leidenschaft; ihr Auto.

Die beiden werden sich immer sympathischer.

Anna-Lena gefällt Marias ruhige und gerade Art.

Maria gefällt Anna-Lenas Flippigkeit.

Sie unterhalten sich über Gott und die Welt.

Sie vergessen für einen Moment, wo, sich beide gerade befinden. Nur warum sie sich in der geschlossen Abteilung, der Psychiatrie befinden, darüber reden beide nicht. Noch nicht.

Eine Schwester setzt sich zu den beiden und nimmt kräftig an ihrer Unterhaltung teil. Sie genießt ihre Pause mit beiden. Es wird sogar etwas gelacht. Wenn auch zögerlich.

„Morgenrunde", Anna-Lena ruft Maria. „Wir müssen in die Morgenrunde!" Anna-Lena spricht Maria an.

Maria schaut sie fragend an.

„Komm mit, ich gehe jetzt!"

Maria folgt Anna-Lena in einen Raum, in dem ein großer Tisch mit vielen Stühlen herumsteht.

Sie ist müde, sie hat die Nacht kaum ein Auge zugemacht und war immer wieder auf der Terrasse um eine Zigarette zu rauchen.

Anna-Lena hatte wie ein Stein geschlafen.

Die Patienten setzen sich. Einige sehen genauso müde wie Maria aus. Sie hat heute Nacht mit einigen zusammen auf der Terrasse verbracht und sich auch kurz und knapp mit dem einen oder anderen unterhalten.

Maria ist in der Nacht immer wieder den kleinen Rundweg um die Blumenrabatte gelaufen. Sie kann sich immer noch nicht erklären, wie die Tollkirsche in ihr Blut gelangt ist.

Die Morgenrunde beginnt. Die Chefärztin der Station, zwei Ergotherapeutinnen und zwei Angestellte vom Pflegepersonal sitzen mit am Tisch und hören jedem Patienten aufmerksam zu.

Die Patienten erzählen von ihren Schicksalen und wie sie sich gerade im Moment fühlen.

Einer Frau hat man wohl die Kinder aufgrund ihrer Krankheit weggenommen und sie versucht ihr Leben mit einem festen Wohnsitz wieder in den Griff und ihre Kinder zurück zu bekommen. Ein Herr erzählt, dass er sich über einen Platz in einer Wohngruppe freut und es endlich geklappt hat und er nicht mehr obdachlos ist. Einer gibt vor, dass er sein Drogen- und Alkoholproblem in den Griff kriegen will.

Maria ist schockiert. Für sie sind ihre eigenen Probleme auf einmal winzig klein und nicht beachtenswert. Sie ist als Letzte an der Reihe. Sie ist immer noch schockiert über das eben Gehörte.

Maria beginnt: „Guten Morgen zusammen. Mein Name ist Maria und ich wünsche allen die hier mit mir zusammen an diesem Tisch sitzen viel Kraft und Willensstärke und das sich ihr Schicksal für sie wieder zum Guten wendet. Der Dame, der man die Kinder weggenommen hat, wünsche ich, dass sich wieder alles positiv für sie entwickelt und sie wieder eine komplette Familie sein werden. Ich wünsche Ihnen allen alles Gute und das sie ihre neuen Herausforderungen und ihr Leben wieder in den Griff bekommen. Mir selbst kommen meine eigenen Probleme nur noch winzig klein und nichtig vor. Mehr möchte ich jetzt nicht sagen."

Die beiden Ergotherapeutinnen und die Chefärztin sehen sie an. Maria kann Bewunderung in ihren Augen erkennen. Die Ärztin nickt.

Nach einer kurzen Bekanntmachung einer der Therapeutinnen, gleich ist Ergotherapie im Nebenraum, wird die Runde aufgelöst. Die Mitpatienten erheben sich und verlassen den Raum.

Maria kann nicht so schnell. Sie muss sich erst durch die Enge der Stuhlreihen hindurchzwängen.

„Frau Groß, bitte bleiben sie noch einen Moment!",

ruft ihr die Ärztin hinterher.

Maria bleibt abrupt und stocksteif stehen.Sie lässt die anderen Patienten und Therapeuten vorbeigehen und geht zum Ende des Tisches.

„Bitte schließen sie die Türe!", sagt die Ärztin zu ihr. Maria macht die Türe zu.

„Bitte setzen sie sich!" Mit einer Geste deutet die Ärztin an, dass sie an der gegenüberliegenden Seite des Tisches Platz nehmen soll. Beide sind jetzt allein in dem Raum.

„Frau Groß, mein Name ist Dr. Sabine Adam und ich bin hier die Chefärztin. Ich habe mich gestern noch sehr intensiv mit meinem Kollegen, Dr. Markgraf über ihren Fall unterhalten. Er wird sich übrigens heute wieder ihrer annehmen. Er erzählte mir ihre Geschichte. Ich muss ehrlich sagen, das ganze klingt sehr an den Haaren herbeigezogen. Vielleicht war es die hohe Dosis der Tollkirsche? Ich habe schon viele Schicksale und Probleme von Menschen kennengelernt jedoch setzt ihre Geschichte dem Ganzen die Krone auf." Die Ärztin klingt freundlich, jedoch bestimmt. Maria schaut auf ihre Handgelenke. Es sind immer noch leichte Striemen der Fesselung erkennbar und auch haben sich einige Stellen blau verfärbt.

Die Ärztin bemerkt ihren Blick. „Frau Groß, dass sie gefesselt waren, das ist ja noch an ihren Hämatomen der Hand- und Fußgelenke erkennbar. Die Kollegen haben im Städtischen Krankenhaus auch Fotos gemacht. Ich bin der Meinung, dass sie sich da in etwas verrannt haben. Niemand heuert einen Auftragskiller an und lässt sich selbst umbringen."

Maria muss schlucken. Sie schaut zur anderen Wand. Niemand glaubt ihr. Sie fühlt sich wie vor einunddreißig

Jahren, nachdem er sie vergewaltigt hatte. Machtlos und Niedergeschlagen. Alles schreit in ihrem Körper nach Hilfe. Doch die Ärztin ist der Meinung, sie lügt, und lässt ihrer Fantasie freien Lauf.

Frau Adam erklärt weiter. „Und dann soll der Auftragnehmer auch noch ihr Vergewaltiger sein? Also das ist schon sehr unglaubwürdig. Finden sie nicht? Ich habe gerade ihre Ansprache hier in der Runde gehört und ich muss sagen, ihre Sätze haben mich sehr beeindruckt. Sie sind keine dumme Frau. Sie sind sehr redegewandt und wissen sich sehr gut auszudrücken. Sie sprechen in klaren und sehr flüssigen Wörtern. Ich möchte von Ihnen nochmals die Geschichte hören!" Frau Dr. Adam blickt sie streng an.

Die Ärztin legt ein Aufnahmegerät auf den Tisch.

Maria spürt Unwohlsein und möchte sich am liebsten in ein Erdloch verkriechen. Sie beginnt mit ihrer Geschichte. Sie hat ja keine andere Wahl.

Die Fragen der Psychiaterin sind sehr gezielt und ähnlich, nur mit anderer Wortwahl, die ihr Dr. Markgraf auch schon gestellt hatte. Wieder beantwortet sie alles. Da es ihr schon merklich besser geht, kommen ihre Antworten noch flüssiger und noch klarer aus ihr heraus. Sie nutzt ihren gesamten Sprachschatz aus.

Als Maria fertig ist, kann sie keinerlei Regung auf dem Gesicht der Ärztin erkennen. „Kann ich jetzt gehen? Ich denke, wir sind jetzt fertig", sagt sie mit fester Stimme. Maria steht von ihrem Stuhl auf. „Ja, sie können gehen!" Die Ärztin ist in ihre Notizen vertieft.

Es klopft an der Zimmertüre. „Herein!", sagt Maria.

Dr. Markgraf betritt den Raum. „Frau Groß kommen sie bitte mit!" Maria legt ihr Smartphone, mit dem sie im Internet bei Facebook gesurft hat, beiseite. Sie steht von ihrem Bett auf und geht mit dem Arzt aus dem Zimmer. Schweigend gehen sie den Flur entlang zu einem Büro.

Er schließt es auf und bittet sie am Schreibtisch Platz zu nehmen. „Wie geht es Ihnen?", fragt er nach.

Marias Blick ist leer.

Nach dem Gespräch mit der Ärztin hatte sich in einen hinteren Teil des Stationsflurs in eine uneinsehbare Ecke gehockt und leise vor sich hin geheult. Niemand hatte etwas bemerkt, da es in der Ecke kein Zimmer oder Ähnliches gibt.

„Soweit den Umständen entsprechend." Maria zwängt sich ein müdes Lächeln ab.

Er schaut sie sehr eindringlich an. „Frau Groß, ich mache mir ernsthaft Sorgen um sie. Sie hatten heute Morgen mit Frau Dr. Adam gesprochen. Wir haben unsere Notizen miteinander verglichen und konnten keinerlei Ungereimtheiten an ihrer Geschichte feststellen", er spricht leise und sehr gefühlvoll. „Denken sie denn, dass weiterhin Gefahr für sie besteht?", gibt er seine Sorge zum Ausdruck. „Ich meine, hier auf der Station sind sie sicher. Niemand kann hier ohne unser Wissen reinkommen. Alle Besucher müssen sich an der Eingangstüre zu erkennen geben. Wie sie sicherlich schon gemerkt haben, ist das Personal angewiesen, noch schärfer auf sie aufzupassen." Er spricht sehr direkt mit ihr. Maria ist es nicht entgangen, dass sie unter strengerer Beobachtung, als all die anderen Mitpatienten steht.

„Ich weiß nicht, ob wir für ihre Sicherheit garantieren können?" gibt der Arzt ihr vor. „Wir möchten nicht, dass sie ihr und das Leben anderer gefährden, wenn er hier auftaucht und, wie sagten sie, seinen Auftrag erfüllt!" Sein Ton ist strenger geworden.

Maria merkt dem Arzt an, dass dieses Gespräch für ihn sehr unangenehm ist.

„Ich habe mir deshalb um ihre Sicherheit Gedanken gemacht. Sie müssen auch therapiert werden und das hat für mich oberste Priorität. Ihre Suizidgedanken nehme ich sehr ernst. Hier unten haben wir leider nicht die Therapiemöglichkeiten, die sie benötigen. Auf einer offenen Station sind sie für Therapiezwecke besser aufgehoben. Und wir können sie ja nicht für immer hier einsperren. Momentan geht von ihnen keinerlei Eigen- oder Fremdgefährdung aus. Weiß denn ihr Peiniger, dass sie hier sind?", er schaut sie fest an.

„Nein, er weiß es nicht. Woher denn? Als ich meine Wohnung verließ, war er nicht mehr da. Ich habe, trotz meines desolaten Zustandes auch keinen Wagen erkennen können, der mich auf dem Weg hier nach Krefeld verfolgt hat", gibt Maria zur Antwort.

„Sie wissen, dass Frau Winter, mit der sie sich ihr Zimmer teilen, Polizistin ist?", fragt der Arzt nach.

„Ja, das ist mir bekannt", gibt Maria höflich Antwort.

Anna-Lena ist froh endlich aus der geschlossenen Abteilung heraus zu sein. Sie freut sich auf ihre neue Freiheit. Endlich, wenn auch nur auf kurze Momente, die Klinik verlassen zu können.

Sie räumt auf der offenen Station, in dem neuen Zimmer, das mit Maria teilt, gerade den Schrank ein. Während beide ihre Sachen sortieren, sagt sie zu Maria: „Ich finde es schön, dass wir zusammen hier auf dem Zimmer sind. Dr. Markgraf hat mir gesagt, ich soll besonders gut auf dich aufpassen. Gibt es einen Grund hierfür? Ich meine, er hat gemeint, weil ich Polizistin bin. Kannst du mir, es muss nicht heute oder jetzt sein, den Grund bitte einmal sagen. Maria ich mag dich sehr, aber wenn du Dreck am Stecken hast, dann weiß ich nicht, ob ich es mit meinem Gewissen vereinbaren kann." Anna-Lena ist nachdenklich.

„Anna-Lena ich bin ein offener und sehr direkter Mensch. Wir können ja gleich in den Park gehen. Ich habe gehört, hier gibt es einen kleinen, aber feinen Garten und dann erkläre ich dir alles. Einverstanden?" Maria schaut Anna-Lena direkt an und lächelt ein wenig. „Das, was ich dir zu sagen habe, kann und möchte ich dir nur im Vertrauen sagen. Ich habe das Gefühl, hier haben die Wände Ohren."

„OK", ist Anna-Lenas kurze knappe Antwort.

Nachdem die beiden sich in dem Zimmer eingerichtet haben, klopft es auch schon an der Türe. „Guten Tag, mein Name ist Berger. Ich bin die Sporttherapeutin hier im Hause. Ich möchte sie beide über unser Sportprogramm informieren. Frau Groß haben sie Interesse?" Maria nickt.

„Frau Winter sie haben ja schon erklärt, dass sie für jeglichen Sport zu haben sind. Sie sehen auch wirklich super durchtrainiert aus." Anna-Lena lächelt ein wenig.

„So dann zeige ich Ihnen einmal, was wir hier so im Angebot haben." Frau Berger zeigt den beiden eine Liste mit den Sportmöglichkeiten.

Anna-Lena hat sich schnell entschieden. Sie nimmt einfach alles, was der Therapieplan hergibt.

Maria weiß nicht genau. Sie entscheidet sich, vorerst, für dreimal in der Woche Frühsport. „Ich stehe eh immer früh auf!", ist ihre Antwort.

„Also gut, ich trage sie dann beide für den Hallensport um acht ein. Frau Winter bei Ihnen kommt dann noch Nordic-Walking und Laufen, jeweils einmal wöchentlich am Nachmittag hinzu. Ich hoffe, ihnen wird das nicht zu viel! So, meine Damen, das ging ja richtig schnell mit ihnen. Ja, ich danke dann für ihr Interesse und wir sehen uns dann schon morgen früh." Frau Berger gibt beiden noch die Hand verabschiedet sich und verschwindet wieder aus dem Zimmer.

„Hier soll es auch Yoga geben", sagt Maria zu Anna-Lena.

„Ich mache einfach alles mit. Mir ist eh langweilig. Die Woche unten hat mir echt gereicht. Ich brauche Abwechslung." ist Anna-Lenas Antwort.

Beide lachen ein wenig.

Anna-Lena und Maria sitzen im Garten auf einer Bank. Anna-Lenas Gesicht ist hochkonzentriert. Sie hört Marias Geschichte sehr aufmerksam zu und stellt kaum Fragen. Damit hatte sie nicht gerechnet. Ein Mensch, der einen Auftragskiller anheuert und sich umbringen lassen will.

Maria erzählt das Erlebte sehr detailgenau. Immer wieder stellt sie sich auch die Frage, was real und was Einbildung an ihrer Geschichte ist.

„Weißt du Anna-Lena ich, kann nicht sagen, ob ich wirklich alles so erlebt habe. Ich meine, immerhin wurde bei mir Tollkirsche im Blut festgestellt. Ich kann mir nicht erklären, wie das Zeug in mir hineingekommen ist. Ich selbst habe nichts Derartiges genommen!" Maria schaut sie fragend an. Zweifel nagen in ihr.

„Ich hätte da schon eine Erklärung!" Anna-Lena ist voll da und Polizistin.„Dir ging es ein paar Tage nach deiner Auftragsabgabe immer schlechter. Du hattest das

Gefühl einer starken Erkältung, du konntest kaum noch dein Essen bei dir behalten, dir war ständig schwindelig und du hattest starken Schüttelfrost. Das sind Symptome, die du schon im Internet recherchiert hast. Ich meine, er war ja in der Nacht bei dir, in deiner Wohnung, warum sollte er nicht vorher auch schon dort gewesen sein und entsprechend alles für seine Zwecke manipuliert haben. Und dann im Parkhaus. Deine kurzen Wahnvorstellungen auf der Arbeit. Deine Träume, die du so noch nie hattest. Du sagtest, als du gefesselt im Bett warst, hat er Handschuhe benutzt."

„Ja richtig!", ist Marias bestimmte Antwort.

„Maria kannst du jemanden bitten, einmal die Lotionsflaschen hier ins Krankenhaus zu bringen? Ich habe einen Verdacht. Weil kein Täter, der mit seinem Opfer so spielt wie mit dir, benutzt Handschuhe beim Eincremen. Also ich will damit sagen die meisten wollen das, dass Opfer ihn spürt und sie wollen so auch sehr nahe ihrem Opfer sein. Fingerabdrücke werden durch die Lotion ja keine hinterlassen.Und er kennt dich ja auch. Deine traurige Geschichte vor einunddreißig Jahren. Das macht die Sache noch um einiges schlimmer. Er rächt sich an dir. Den Kratzer, den du ihm damals zugefügt hast. Ich kenne kaum einen Fall, an dem sich die Täter bei einer derartigen Prozedur Handschuhe angelegt haben. Maria warum bist du nicht zur Polizei gegangen, als dir bewusst war, dass du gar nicht sterben willst?" Anna-Lenas Blick und ihr Ton zeigen Unverständnis.

Maria schaut sie ungläubig an. „Anna-Lena hier hat mir auch niemand geglaubt, meinst du deine Kollegen hätten mir die Geschichte abgenommen? Ich wurde hier in der Klinik dreimal befragt. Keiner glaubte meine Geschichte." Maria ist den Tränen nahe.

„Da kannst du von Ausgehen, ich hätte es dir auch nicht geglaubt, wenn du mir auf der Wache diese Geschichte erzählt hättest." Anna-Lena ist nachdenklich.

*

`Teddy´ steht an Dietmars Tresen und sieht sehr nachdenklich und traurig aus. Dietmar versucht ihn, etwas aufzumuntern. Immer wieder stellt er Dietmar die gleiche Frage: „Warum ausgerechnet Vera? Warum musste es so kommen?", er klingt verzweifelt.

Und dann „Ich bringe den Kerl um! Ich bringe den Kerl, der meiner Vera, das angetan hat, um! Ich hänge ihn an seinen Eiern auf", wiederholt er sich, er gibt sich entschlossen und bestimmt.

Er nimmt die Flasche Schnaps, die er bei Dietmar gekauft hat, und trinkt einen großen Schluck. Er haut mit seiner Faust auf den Tresen.

Dietmar übernimmt das Gespräch: „`Teddy´ es ist schwer für dich. Für dich als Vater ist es sehr schwer zu begreifen und auch zu verstehen. Stehe jetzt zu deiner Tochter. Zeige ihr, dass du als Vater jetzt noch mehr für sie da bist als sowieso schon! Das, was passiert ist, ist schlimm und sie wird lange brauchen, um das Geschehene zu begreifen. Du kannst die Zeit nicht zurückdrehen. Steh hier nicht rum, sondern fahre zu ihr hin und zeige, dass du für sie da bist! Mehr kannst du nicht tun! Du kannst es nicht ungeschehen machen!" Dietmars Aussage ist voller Sorge dennoch kraftvoll.

`Teddy´ steht jetzt mit dem Rücken zum Tresen und schaut auf die angrenzende Straße. Sein Blick ist traurig und leer.

Seine geliebte Tochter war vor fünf Tagen, morgens, auf dem Weg zur Schule vergewaltigt worden.

Vera rief ihn am nächsten Tag an und weinte und schluchzte bitterlich. Seine Tochter stand vollkommen neben sich, klang sehr geschockt und sprach sehr undeutlich.

Er konnte zuerst aus ihrem sinnlosen Gestammel nichts verstehen. Als er die Situation seiner Tochter begriff, stand ihm die Zornesröte im Gesicht. Er bat seine Tochter, zu ihm zu kommen.

Am Nachmittag, einen Tag nach ihrer Vergewaltigung, war Vera dann bei ihm in der Wohnung.

'Teddy' konnte sie nicht in den Arm nehmen. Er hatte Angst ihr noch mehr seelischen Schaden zuzufügen.

Er sah seine Tochter voller Mitgefühl und Sorge an. Er sah ein junges Mädchen, dessen Gesicht blaue Flecken aufweist.

Er sah kein Mädchen. Er sah, eine alte Frau, die sich krankheitsbedingt nicht mehr bewegen kann, die gebeugt und voller gram, mit ihm durch den Flur in die Küche ging.

Er sah kein vierzehnjähriges Mädchen mehr. Dieser, bisher unbeschwerte Teenager, saß nun mit ihm am Küchentisch und gab ein Bild des Jammers ab. Ihre schönen Augen lagen tief in ihren Höhlen und sahen verweint und leer aus. Ihr Blick apathisch. 'Teddy' sprach ein paar tröstende Worte zu ihr. Jedoch drangen diese Worte nicht in ihr. Sie prallten an einem jungen Menschen, der nur noch aus einer Hülle besteht, einfach ab.

'Teddy' war fassungslos. Ihm fehlten weitere tröstende Worte an seine geliebte Tochter. Tief saß und sitzt der Schock.

Immer wieder weinte Vera.

Vor ihm saß ein gebrochener Mensch.

Sie ist nur noch ein Schatten ihrer selbst.

Er weiß nicht, wie er die Tränen ihrer gebrochenen Seele trocknen kann. „Bist du zur Polizei gegangen?", fragt `Teddy´ nach.

„Ja. Im Krankenhaus wurde alles aufgenommen und protokolliert." Sie vertraute sich ihrem Vater an.

Vera war, nachdem sie sich wieder einigermaßen gefangen hatte, in ihre nahegelegene Schule gegangen. Der Unterricht hatte schon angefangen und sie war allein auf dem Schulhof, als sie zum Gebäude ging und sich ins Rektorenbüro begab.

Sie wollte von niemanden, besonders keinem Mitschüler, gesehen werden. Sie hatte Glück im Unglück. Niemand war auf den Schulfluren zu sehen.

Die Schulsekretärin im Empfangsbüro ließ sie ohne große Fragen zu stellen, sofort passieren und sie saß bei der Pädagogin am Schreibtisch.

Es bedurfte nicht viel Fragen. Veras Aussehen und Zustand gaben sofort über das Vergehen Auskunft.

Sie bat, ihre Klassenlehrerin sprechen zu dürfen.

Die Rektorin reagierte sofort und ließ ihre Lehrerin noch zusätzlich mit ins Büro kommen.

Vera zitterte stark, war schweißnass und weinte die ganze Zeit.

Ihre Kleidung war dreckig und zerrissen. Sie konnte keinen klaren Satz sprechen. Immer wieder fiel sie in Trance. Der Schock über das Passierte.

Die Schulsekretärin rief zwischenzeitlich einen Rettungswagen und Vera wurde zur Versorgung und Untersuchung ins Krankenhaus gebracht.

171

In der Notaufnahme wurden alle Beweise dieser Tat aufgenommen. Die Schamhaare und Spermien des Täters sichergestellt und Fotos gemacht.

Kurz darauf kamen zwei Beamtinnen der Duisburger Polizei, befragten sie, suchten Fingerabdrücke an ihrem Körper und nahmen die gefundenen Beweise mit.

Zwischenzeitlich wurde auch ihre Mutter verständigt.

Danach durfte sie sich säubern. Ihre Mutter war schnell zur Stelle und half ihr dabei.

Vera wurde auf ein Stationszimmer für eine Nacht zur Beobachtung gelegt.

Sie hatte das Geschehene noch nicht begriffen. Sie konnte nicht mehr weinen. Ihre Seele ließ keine Gefühle mehr zu. Immer wieder wurde Vera apathisch. Sie lag in ihrem Bett und umklammerte fest die Hand ihrer Mutter. Ihr Mund war wie zugenäht und sie konnte nicht sprechen. Sie lag auf dem Rücken und starrte die Decke an. Die tröstenden Worte ihrer Mutter kamen wie durch eine Nebelwand in ihr an.

`Teddy´ fühlt den Schmerz seiner Tochter. Es zerreißt ihm das Herz. Er nimmt die Schnapsflasche in die Hand und geht „Tschüss Dietmar. Ich bin dann weg." nuschelt er angetrunken und hebt die Hand zum Abschiedsgruß.

Dietmars Verabschiedung bekommt er nicht mehr mit.

9

Einige Tage später...

Anna-Lena und Maria schenken sich keinen Ball.

Sie haben Sporttherapie und spielen an einer Wand in der Turnhalle der Klinik, Squash. Die beiden haben zwar keine Courtbedingungen und die Schläger sind auch keine echten Squashschläger, jedoch macht es ihnen nichts aus. Der Reiz des Spiels und die Bewegung stehen für sie im Vordergrund.

Die in der Sportgruppe mitmachenden Patienten haben ihre Aktivitäten aufgegeben und schauen den beiden zu.

Frau Berger versucht die Mitpatienten noch zu motivieren wieder die Bewegung aufzunehmen, jedoch ist das Spiel für den Rest der Gruppe interessanter.

Es wird um jeden Ball gekämpft.

Maria und Anna-Lena sind schweißnass. Doch sie denken nicht ans Aufhören, keine der beiden will einen Punkt verloren geben.

Maria merkt ihre gerauchten Zigaretten und ist aus der Puste. Sie hat einen hochroten Kopf und atmet schnell. Haarsträhnen haben sich aus ihrem Zopf gelöst und kleben ihr im Gesicht und an den Schultern. Sie hat jedoch einen technischen Vorteil. Sie kann sehr gut mit Schläger und Ball umgehen. Immer wieder bringt sie Anna-Lena mit ihren Stoppbällen zur Verzweiflung. Sie schlägt gefühlvoll und dann wieder kräftig und Anna-Lena muss den Bällen hinterherjagen.

Die beiden rennen von einer Ecke in die andere.

Es steht fünfzehn zu vierzehn für Maria.

Während des Spiels hatte Anna-Lena ein immer besseres Gefühl für den Schläger und den Ball bekommen und durch ihre gute Kondition konnte sie einige Bälle gutmachen.

Maria machte schlapp und konnte einige Bälle aus Konditionsmangel nicht mehr erlaufen. Sie lacht Anna-Lena an. „Mensch, du wirst immer besser! Finde ich gut, ich suche nämlich Gegner und keine Opfer!", sie ist völlig außer Atem.

Anna-Lenas Shirt klebt am Körper und ihre Haare sind nass. Schweißtropfen laufen über ihr Gesicht. Sie muss nun aufschlagen. „Du bist richtig gut, Maria. Weißt du das? Ich hatte auch einige Mal mit einem Kollegen gespielt. Leider wechselte er auf ein anderes Revier und es ergab sich keine Chance mehr. Schade. Wo hast du so gut spielen gelernt?"

Sie nimmt den Ball und schlägt auf.

Maria retourniert. Wieder einer dieser gefühlvollen und langsamen Stoppbälle.

Anna-Lena läuft zum Ball und schlägt in mit voller Wucht an die Wand. Genau in Marias Rückhand.

Maria schlägt den Ball in die andere Ecke. Unmöglich, diesen Ball für Anna-Lena zu erlaufen.

Maria hat jetzt Aufschlag. „So meine Herrschaften, die Stunde ist vorbei", ruft Frau Berger in den Raum. „Bitte kommen sie, wenn sie alles weggeräumt haben, noch zu mir und bilden einen Kreis!" Maria und Anna-Lena räumen ihre Schläger und den Ball in eine bereitgestellte Kiste und gehen zur Runde.

„Ich war mal Stadtmeisterin in Duisburg", erklärt Maria.

In der Runde erzählt jeder Patient kurz seine Empfindungen vor und nach der Sportstunde.

Anna-Lena spricht mit Frau Berger im Vorraum der Turnhalle.

„Ich gehe dann mal Duschen", sagt Maria im Vorbeigehen zu Anna-Lena und geht über den Klinikhof ins Hauptgebäude auf die Station.

Zurück auf dem Zimmer nimmt Maria ihre Hygieneartikel, Handtücher, Bademantel und macht sich auf den Weg in das gegenüberliegende Bad.

Hier befinden sich zwei Toiletten und drei abschließbare Duschkabinen. Ein offenes Waschbecken mit einem Spiegel darüber ist, gegenüber der Toilettenkabinen, ebenfalls vorhanden.

Maria mag dieses Bad nicht, jedoch ist es hier immer leer. Kaum ein Patient nutzt es.

Die Fliesen an den Wänden drücken Fünfzigerjahre Charme aus.

Es herrscht eine gedrückte Stimmung, als Maria die hintere Duschkabine betritt und abschließt.

Sie zieht ihre Sachen im kleinen Vorderraum der Duschkammer aus und stellt sich unter die Brause um die Anstrengung des Matches abzuwaschen.

Maria ist fertig angezogen und steht vor dem Spiegel und föhnt ihre Haare. Das Geräusch ihres Haarföhns halt von den gefliesten Wänden wider.

Sie trocknet gerade ihre hinteren Haare und plötzlich sieht sie einen Mann, der sie über den Spiegel anstarrt. Er ist einfach da.

Maria hatte ihn nicht kommen gehört.

Die beiden schauen sich eine ganze Weile über den Spiegel an.

Er starrt sie regelrecht an. Seine Augen drücken Bereitschaft und Entschlossenheit aus.

Unbeweglich wie eine Schaufensterpuppe steht er da und starrt sie eine lange Zeit an.

Maria kann keinen Ton hervorbringen. Ihre Kehle ist wie zugeschnürt.

Er sieht sie weiter an.

Maria starrt in den Spiegel. Sie kann ihren Kopf nicht wegdrehen. Schweiß bildet sich erneut auf ihrem Körper. Ihr Atem geht schneller. Die Größe stimmt, die Augen stimmen, die Form des Oberkörpers stimmt. ´Sieh mich hier nicht so an!`, sagt sie ihm durch ihr Spiegelbild.

Sie traut sich nicht, auch nur mit der Wimper zu zucken. Sie hat Angst, dass jede falsche Bewegung ihn animiert etwas zu tun, was sie gar nicht will.

Die Nacht in ihrer Wohnung läuft wie ein Film vor ihrem geistigen Auge ab. Er hatte eine Totenkopfmaske an und Maria ist gesichtsblind.

Sie ist starr vor Angst. Die Apathie nimmt wieder ihren Körper ein. Der ihr Unbekannte steht immer noch an der Wand und starrt Maria wie einen Geist an. Nicht eine Mimik ist auf seinem Gesicht zu sehen.

Maria bekommt Angst. Ihre Glieder fangen an zu zittern.

Der Haarföhn in ihrer Hand signalisiert mit einem sonoren Brummen, dass er noch da ist.

Maria will sich umdrehen und zu ihm etwas sagen. Doch sie kann nicht. Sie kann keinen klaren Gedanken fassen. Immer noch ist der Mann hier mit ihr in diesem trostlosen Raum und starrt sie weiter an.

Sekunden werden zu Minuten.

Er gibt nicht eine Geste von sich. Er steht da und

starrt. Vollkommen bewegungslos. Nicht ein Augen-
zwinkern ist von ihm zu sehen. Er starrt und starrt.

Maria wartet auf den Augenblick, dass er sie an-
springt. Sie kann ihn nicht mehr aus den Augen lassen.

Im Spiegel treffen sich weiter ihre Blicke.

Maria fühlt sich hilflos. Sie fühlt sich machtlos. Ihre
Glieder sind immer noch steif. Ihr Kopf sagt ihr, dass
sie sich bewegen muss. Doch ihr Körper verweigert ihr
die Bewegung. Jeder Muskel ist steif. Sie möchte kein
Opfer mehr sein. Sie ist bereit. Sie ist bereit für den
Kampf, den sie jetzt kämpfen muss. Sie wird selbstbewusst. Sie will ihr Leben verteidigen und sie ist bereit
dazu, über ihre Grenzen zu gehen.

`Nicht mit mir mein Freund`, denkt sie sich. Sie will
sich ihm entgegenstellen und ihm ihre Bereitschaft zum
Leben zeigen.

Er steht immer noch stocksteif da.

Maria sieht ihm in die Augen.

Immer noch drückt sein Blick Willigkeit und Entschlossenheit aus. Die Fasern ihres Körpers wollen
nicht. Sie versucht, sich zu bewegen. Sie kann nicht. Sie
kann den Wunsch der Bewegung, nicht in den Willen ihres Kopfes bringen. Sie ist kein Opfer mehr! Sie will,
dass es aufhört!

Sie will den Wahnsinn beenden! Hier und jetzt.

Sie will, dass er sich bewegt und sie damit aus ihrer
Unbeweglichkeit erwacht.

Ihre Gedanken werden immer Unklarer. Verschwommen sieht sie jetzt sein Gesicht.

Das Zittern wird stärker. Stocksteif merkt sie, dass
sie immer apathischer wird. Ihre Gedanken verschwim-
men und verstecken sich hinter einer dichten Nebelwand.

Während sie ihm immer noch in die Augen schaut, wird er zum Bild ihres Peinigers im Spiegel. Die Totenkopfmaske.

Anna-Lena steht, immer noch sehr verschwitzt, mit einem Mann auf dem Klinikflur.
Es ist Erwin Skryschak, ihr langjähriger Kollege.
Die beiden unterhalten sich.
Sie hatte nach dem Sport noch etwas mit Frau Berger besprochen und anschließend im Raucherpavillon auf dem Klinikhof gemütlich eine Zigarette geraucht.
Sie freut sich über seinen Besuch „Erwin danke, dass du da bist, nur der Zeitpunkt ist ein wenig unglücklich, du siehst ja, ich bin total verschwitzt nach dem Sport", sagt sie lachend zu ihm.
„Anna-Lena, ich komme gerne wieder, aber das was ich dir jetzt sage, kann einfach nicht warten." Er lächelt zurück.
„Geht es um die Morde?" Anna-Lena ist sehr interessiert und ihr verschwitztes Äußeres ist ihr nun egal.
Erwin macht es spannend. Er zieht seine Antwort unendlich lange heraus und wird ernst. „Nein", er schaut ihr in die Augen.
Die beiden stehen jetzt nahe zur Wand und dann flüstert Erwin: „Ich habe die Pflegeprodukte von Maria Groß in unserem Labor untersuchen lassen und die Tollkirsche war dort enthalten. Je mehr sich Frau Groß eingecremt hatte, desto schlechter erging es ihr. Deine Vermutung ist absolut richtig. Glückwunsch Anna-Lena! Er wollte Frau Groß mit immer höherer Dosierung in den Wahnsinn, in den Tod, treiben. Je mehr der Körper aufnimmt, desto schlimmer die Wirkung", gibt er ihr abgeklärt zu verstehen.

Anna-Lena kann ihr erstaunen nicht unterdrücken.

Erwin flüstert weiter: „In ihrer Bevorratung der Hygieneartikel befand sich eine noch höhere Dosis. Er hatte einfach die Deckel abgeschraubt, bei den Tuben, wo es nicht möglich war, hat er eine Spritze und es ihr in die Lotionen und Cremes gemischt"

Erwin holt Luft und erklärt weiter. „Es gibt immer kleinere Verletzungen, die ein Mensch fast oder gar nicht bemerkt, so gelangt es dann noch schneller ins Blut und weiter ins Gehirn."

Anna-Lena schaut Erwin ungläubig und bestätigend an. „Warum hatte denn Maria nichts bemerkt? Ich meine, die Frucht hat einen roten bis schwarzen Saft. Die Färbung hätte ihr doch auffallen müssen. Bei dieser Dosierung auf jeden Fall. Ich konnte heimlich in Marias Patientenakte schauen, als sie diese vorgestern auf dem Weg zu einer Untersuchung im Zimmer liegen ließ. Sie war noch kurz zur Toilette. Danach hatte ich mich selbst im Internet eingelesen", flüstert Anna-Lena.

Erwin erklärt es ihr. „Er hatte die Wurzel genommen und diese zerrieben oder gemahlen. Das Pulver ist weiß bis cremefarbig, wie die meisten Pflegeprodukte. Dadurch fiel es Frau Groß nicht auf und durch die starke Parfümierung ihrer Sachen konnte Maria auch nichts riechen. Er machte sogar vor ihrer Zahnpasta nicht halt."

„Oh Gott!", ist ihre treffende Aussage.

Erwin berichtet weiter „Ich habe auch nachgedacht, warum er sie nicht in ihrer Wohnung umgebracht hatte. Ich meine, ich bin kein Kriminalpsychologe, jedoch kann ich mir persönlich vorstellen, dass Maria ihn fasziniert und er sich, ohne es vielleicht selbst zu bemerken, ein wenig in sie verliebt hat", fügt Erwin noch hinzu.

Anna-Lena schaut Erwin konzentriert an. „Den Verdacht, dass er sie besonders mag, habe ich auch schon. Ich bin ganz deiner Meinung", merkt sie an. „Wie soll ich es jetzt Maria sagen? Ihr geht es von Tag zu Tag besser und ich will nicht in ihrer Narbe stochern, so dass sie wieder erneut blutet", gibt Anna-Lena besorgt zu verstehen.

Erwin schaut ebenfalls besorgt aus. „Ich glaube, du solltest damit noch warten. Vielleicht ergibt sich eine gute Gelegenheit. Ich finde es gut, dass du nicht sofort mit der Türe ins Haus fallen willst", merkt er noch an.

„So jetzt zu den Morden." Erwin wird kurz ironisch: „Der Kollege Schwarz gibt sein Bestes. Er nörgelt die ganze Zeit nur herum. Er regt sich über dein Ablagesystem und deine Anmerkungen in den Akten auf. Was wirklich Brauchbares hat er noch nicht zur Sache beigetragen."

Anna-Lena merkt, dass Erwin von dem unbeliebten Kollegen genervt ist.

Erwin überlegt, ob er ihr von einem weiteren Prostituiertenmord in Duisburg erzählen soll. Er hebt den Dialog für später auf.

Er holt noch einmal Luft und redet sachlich weiter. „Du hattest, bevor du zusammengeklappt bist, den Hinweis des Gerichtsmediziners übersehen, dass Haare unter den Fingernägeln der Toten gefunden wurden. Wir haben einen Hinweis eines aufmerksamen Passanten erhalten. Die Spurensicherung fuhr noch einmal zum Tatort. Es wurde ein Haarbüschel und Spuren eines Kampfes, etwas weiter vom Fundort der Leiche entfernt, gefunden. Es ist das Haar des Täters. Die Gerichtsmedizin hat einen DNA-Test gemacht und es stammt von der gleichen Person. Der Abgleich mit unserer Datenbank lieferte allerdings wieder unbrauchbare Ergebnisse."

Anna-Lena zeigt ein enttäuschtes Gesicht und ist sauer. „So ein Mist. Wie konnte ich einen solch wichtigen Hinweis übersehen?" Erwin nimmt seine Kollegin in den Arm. „Anna-Lena, dir ging es nicht gut. Es darf nicht passieren. Richtig! Jedoch...."

Maria löst sich aus ihrer Erstarrung. Plötzlich ist sie da. Sie nimmt ihre Umgebung wieder wahr. Ihre Glieder sind wieder normal. In Zeitlupe dreht sie sich zur Schaufensterpuppe um und schreit.

Ein markerschütternder Schrei. Sie schreit ihre ganze Anspannung und Erstarrung aus ihrem Körper, aus ihrem Mund heraus.

Ein schriller, lauter Schrei. Es ist ihre Angst.

Der Mann löst sich aus der Unbeweglichkeit und sprintet zur Türe, blitzschnell hat er die Türe geöffnet und ist aus dem Bad heraus. Maria sieht noch den Rücken der Person.

Anna-Lena hört einen Schrei. Sie weiß sofort, wo dieser herkommt und wem er gehört. „Es ist Maria", schreit sie Erwin an.

Erwin unterbricht den Satz sofort und dreht sich blitzschnell in die Richtung aus der, der Schrei kommt.

Sie sehen, wie die Badtüre geöffnet wird und eine dunkle Gestalt sich sehr schnell aus dem Zimmer bewegt und in Richtung Treppenhaus rennt.

Noch immer schreit Maria. Ihr Körper gibt die ganze Anspannung frei.

Plötzlich hört der Schrei auf und Maria fällt auf dem

Badboden zusammen.

Anna-Lena sprintet in Richtung Bad. Sie ist zwanzig Meter von der Türe entfernt.

Während sie rennt, schreit sie Erwin an. „Lauf hinter dem Mann her, ich kümmere mich um Maria!"

Anna-Lena ist blitzschnell im Bad. Sie sieht noch, wie Maria in sich zusammenfällt. Schnell ist sie bei ihr.

Maria zittert am ganzen Leib. „Er war hier, er war hier, er war im Bad" Mehr kann sie nicht sagen.

Anna-Lena ruft nach Hilfe. Die Hand stützend am Hinterkopf ihrer neuen Freundin gelegt, kniet sie vor Maria.

Der Föhn summt immer noch.

Immer wieder hört sie Marias Worte: „Er war hier, er war hier." Maria beginnt zu weinen. Ihre gesamten Glieder zittern stark. Die Augen hat sie geschlossen. Sie kann nicht mehr den Kopf halten. Von den Fliesen hallen Anna-Lenas verzweifelte Hilferufe wider.

Erwin sprintet in Richtung Treppenhaus. Er öffnet die Türe und sieht weiter unten einen Mann, der die Treppe hinunter fliegt. Blitzschnell hat er seine Dienstwaffe aus dem Halfter und einsatzbereit in seiner Hand.

Er rennt, so schnell er kann, die Stufen hinunter.

Er hört seine und die Schritte des Mannes die von den Wänden widerhallen.

Der Mann ist gut in Form und hat blitzschnell die Flurtüre im Erdgeschoss erreicht. Diese ist noch halb auf. Schnell ist er durch die Lücke. Er rennt durch den Eingangsflur der Klinik.

Erwin, immer noch auf der Treppe, hinterher.

Immer großer wird der Abstand der beiden. Erwin merkt seine schlechte Kondition. Trotzdem will er nicht aufgeben.

Völlig außer Atem schreit er denn Mann an: „Halt stehenbleiben, Polizei!"

Als er die Flurtüre erreicht, ist diese geschlossen. Er muss die Türe zu sich öffnen. Wertvolle Sekunden vergehen.

Der Mann rennt weiter. Er schubst eine Patientin mit einem starken Stoß an die Seite. Die Frau fällt hin.

Erwin rennt und erreicht den Eingangsbereich der Klinik. Mühsam rappelt sich die umgestoßene Frau auf. Sofort sind Helfer zur Stelle, um der Frau aufzuhelfen. Erwin muss durch diese Menschentraube hindurch und wird aufgehalten.

Er sieht durch die Glasscheibe der Eingangstüre, wie der Mann über die Krankenwageneinfahrt vor der Klinik in Richtung Garten rennt. Ein Krankenwagen kommt gerade an und parkt.

Erwin hat jetzt das Gebäude verlassen.

Er wird durch den Rettungswagen aufgehalten, der noch in seine richtige Parkposition langsam fährt. Er weiß für einen Moment nicht, in welche Richtung er rennen muss.

Der Wagen versperrt ihm die Sicht, hält ihn auf und er muss seine Geschwindigkeit verlangsamen.

Wertvolle Sekunden verstreichen.

Er läuft um den Wagen herum.

Er rennt in Richtung Park, doch der Eingangsweg ist leer.

Völlig außer Atem rennt er einfach weiter ohne, dass er nun die Richtung kennt. Er hat den Mann aus den Augen verloren.

Er rennt immer noch ziellos durch den Garten.

Er hört einen startenden, kraftvollen Motor eines Autos. Sein Gefühl sagt ihm, dass es der Mann sein muss.

Er rennt noch die Richtung, aus der das Motorengeräusch kommt, und ist nun an einer Straße. Doch es ist kein Auto mehr zu sehen.

Er hat das Rennen verloren.

Er holt Luft und ist völlig außer Atem.

Er nimmt sein Handy und ruft Kollegen herbei.

Maria liegt immer noch auf dem Badboden. Ihr Schrei ist verstummt. Sie zittert sehr stark.

Ein Pfleger und Dr. Markgraf knien neben ihr auf dem Boden. Anna-Lena immer noch neben ihr kniend, hält ihre Hand.

Maria kann sich nicht beruhigen und weint die ganze Zeit. Immer schluchzt Maria: „Er war hier, er starrte mich an."

Dr. Markgraf redet beruhigend auf Maria ein. „Frau Groß, ganz ruhig und ruhig atmen!"

Eine Blutdruckmanschette wird um ihren Arm gelegt und Dr. Markgraf richtet ihren Oberkörper auf. Der Blutdruck ist sehr niedrig.

„Frau Groß, können sie aufstehen? Ich möchte sie gern auf ihr Zimmer bringen!, fragt ein mit anwesender Pfleger nach.

Der Pfleger unterstützt Dr. Markgraf und Maria richtet sich ganz langsam mit der Hilfe der stützenden Arme auf.

Anna-Lena nimmt ihren Arm und legt diesen über ihre Schulter. Marias Beine sind aus Gummi.

Langsam gehen sie Richtung Zimmer und Maria wird in ihr Bett gelegt. Sie weint immer noch.

Völlig außer Atem erreicht Erwin den zweiten Stock, hier haben Anna-Lena und Maria ihr Zimmer.

Zwei der angeforderten Beamten begleiten ihn. Er klopft ans Zimmer und bittet Anna-Lena kurz auf den Flur zum Gespräch. Anna-Lena geht aus dem Zimmer und begrüßt die beiden Kollegen. Sofort fragt sie nach: „Wie schaut´s?"

Erwins Gesicht ist noch rot von der Anstrengung und er ist noch etwas aus der Puste. „Anna-Lena leider nichts zu machen. Er ist mir entwischt. Ich konnte nichts erkennen. Kein Auto, nichts!", gibt er gedrückt zu.

„So ein Mist!" Anna-Lena flucht.

Erwin hakt sofort nach: „Weißt du, was für ein Auto er fährt? Hat Frau Groß schon einmal etwas erwähnt?"

Anna-Lena denkt nach. „Ja, hatte sie. Einen Porsche Cabrio. Da hatte er sie im Parkhaus in der Abfahrt verfolgt!"

Erwin schaut zu den beiden Kollegen und gibt die Anweisung: „Fahrt ihr bitte einmal zum Parkhaus nach Duisburg und schaut nach, ob noch irgendwelche Aufnahmen von dem Tag zu finden sind! Vielleicht haben wir ja Glück und die Überwachungskameras haben etwas für uns. Vielleicht können etwas über das Kennzeichen machen."

Die beiden Kollegen verabschieden sich und machen sich auf den Weg.

Erwin schaut Anna-Lena nachdenklich an. Die beiden sitzen im Aufenthaltsraum und Anna-Lena hat für beide Kaffee gemacht. „Mensch Erwin, das gibt es doch gar nicht! Nimmt der Wahnsinn denn nie ein Ende?"

Erwin hat ihr gerade von dem weiteren Prostituiertenmord in Duisburg erzählt. „Ich weiß es nicht, Anna-Lena. Die Schutzpolizei fährt jetzt in den

185

Rotlichtbezirken noch stärker Streife und überwacht die Straßen. Unter den Frauen verbreitet sich Angst." Er rührt nachdenklich in seinem Kaffee.

„Erwin, ich will nicht mehr. Ich mag nicht mehr hier in der Klinik sein!", merkt Anna-Lena bestimmt an. Sie fühlt eine Hilflosigkeit wie schon lange nicht mehr.

„Werde erst einmal gesund, Anna-Lena!" Erwin fühlt mit seiner Kollegin. Er vermisst die gute und faire Zusammenarbeit.

10

Zwei Tage später

Maria geht es wieder besser. Sie hat sich gut von dem Schock im Bad erholt und sitzt mit Anna-Lena im Raucherpavillon des Klinikhofes.

Beide schauen nachdenklich zum Lieferanteneingang.

„Weißt du Maria, worauf ich jetzt richtig Lust habe?", Anna-Lena grinst Maria frech an.

„Ja, ich kann es mir denken. Auf ein großes Eis mit Sahne." Maria lächelt zaghaft. „Das könnte ich jetzt vertragen!" Marias Augen schauen schwärmerisch.

„Nein, ich könnte jetzt meinen MX5 bis an die Grenzen bringen und die Karre ausfahren. Verdeck runter und Gas geben, bis der Arzt kommt." Anna-Lenas Augen schauen verträumt.

„Hast du denn dein Auto hier?", fragt Maria abenteuerlustig nach. „Jap!", ist die kurze Antwort von Anna-Lena.

„Worauf warten wir! Also ich habe heute nichts mehr an Terminen". Hast du noch Therapie?", fragt Maria nach.

„Nein, meine Laufstunde fällt heute aus. Die Therapeuten haben heute irgendeine Besprechung." „Also los meine Liebe!" Anna-Lena ist schon auf dem Sprung und sagt zu Maria: „Ich hole nur noch schnell meine Handtasche aus dem Zimmer und wir können starten! Ich halte es hier nicht mehr aus. Ich muss hier raus!", schon flitzt Anna-Lena in Richtung Eingang.

„Der Zeitpunkt ist auch super. Niemand wird etwas

merken. Wenn die quasseln, dann quasseln die!", ruft Maria belustigt hinterher. Zum ersten Mal seit langer Zeit lacht Maria und freut sich auf die spontane Spritztour.

Anna-Lena fährt sicher mit einhundertachtzig km/h auf der A57. Die beiden befinden sich in Rheinberg, am Niederrhein, Richtung Holland.
Maria lacht und hat richtig Spaß und Freude an der rasanten Autofahrt.
Die Sonne hat sich hinter den Wolken versteckt und der Wind bläst ihr ins Gesicht. Ihr ist kalt. Trotzdem empfindet sie seit langem eine positive Energie.
Die Autobahn ist um die Mittagszeit leer und Anna-Lena hat das Coupé gut im Griff.
Aus den Boxen dröhnt Trance Musik. Die beiden wippen mit dem Takt.
Maria hat einen Vorschlag an Anna-Lena: „Können wir kurz einen Abstecher nach Kevelaer machen. Ich möchte gerne in der Kirche eine Kerze anzünden?" Anna-Lena schaut Maria fragend an.
Anna-Lenas Antwort kommt sofort: „Eine Kerze anzünden? Von mir aus, geht klar! Ich bin zwar nicht gläubig. Aber ich möchte dir den Wunsch nicht abschlagen. Wenn du es gerade brauchst."

In der Wallfahrtskirche ist Maria sehr in ihrem Gebet vertieft. Sie hat mehrere Kerzen, auch eine für Anna-Lena, angezündet. Anna-Lena schaut Maria beim Beten zu. Tief versunken kniet Maria voller Demut auf der Kirchenbank.
Für Anna-Lena wird es immer schwieriger ihre Gefühle für Maria, zu verbergen. Sie merkt, wie sie sich

langsam in ihre Freundin verliebt.

´Es darf nicht passieren, Anna-Lena. Hab dich gefälligst im Griff!`, denkt sie sich.

Sie verlässt die Kirche und geht in die gegenüberliegende Eisdiele und kauft für beide ein Eis mit viel Sahne.

Maria verlässt die Kirche und sieht Anna-Lena mit den beiden Eistüten in der Hand. Maria strahlt sie an. „Mensch, super Anna-Lena. Ich danke dir. Das habe ich jetzt gebraucht!"

Anna-Lena schaut verlegen weg.

Die beiden sitzen auf einer Bank und schauen dem mäßigen Treiben auf dem Kirchplatz und vor der Marienkapelle zu.

Anna-Lena wird traurig und gedrückt. Sie schaut Maria fest und bestimmt an. Maria leckt genüßlich an ihrem Eis. „Maria, ich mag dich sehr. Du weißt sehr wenig über mich. Ich liebe nicht so, wie du es dir vorstellst. Ich liebe anders."

Maria schaut sie neugierig an. „Was ist denn? Du liebst anders, na und!" Maria genießt ihr Eis.

„Maria, ich stehe auf Frauen!", gibt Anna-Lena gequält zurück.

„Na und, was ist daran so besonders? Jeder so, wie er mag. Mir ist es völlig egal, wen oder was du liebst. Ich mag dich als Mensch. Du bist eine tolle, taffe Frau, Anna-Lena. Ich sehe nur den Menschen, nicht was er liebt oder was er macht." Maria lächelt sie an.

„Weißt du, was jetzt so besonders gerade ist?" Maria schaut belustigt. Anna-Lena fragend. „Anna-Lena, du outest dich gerade vor einer katholischen Kirche. Also, ich finde das Ganze echt surreal. Die Kirche lebt doch noch im Mittelalter! Die Ansichten sind mehr als altertümlich. Nichts ist so schwul, wie der Vatikan. Schon komisch das Ganze! Ein wirklich toller Zeitpunkt." Maria grinst.

Anna-Lena spürt Erleichterung. „Ich bin nicht so!", gibt sie vor. „Ich bin dazu gemacht worden!" Anna-Lena ist wieder traurig.

Maria lächelt sie aufmunternd an. „Was ist passiert? Ich spüre es, du hast etwas in dir! Magst du es mir erzählen?" Maria schaut sie aufmunternd und besorgt an. „Komm, ein paar Häuser weiter, ist ein Café. Trinken wir einen Kakao!" Beide stehen auf.

Beide sitzen an einem Tisch und vor ihnen dampfend der heiße Kakao.

Anna-Lena nimmt all ihren Mut zusammen, holt Luft und beginnt ihre Geschichte. Ihre Stimme zittert. Ihr Blick ist abwesend und sehr traurig. „Maria, uns beide teilt das gleiche Schicksal. Auch ich wurde im Alter von vierzehn Jahren vergewaltigt. Ich ging, an einem Sommerabend von meiner Freundin nach Hause. Damit ich nicht zu spät ankam, nahm ich die Abkürzung durch einen Park. Es war niemand auf dem Weg. Ich glaube, es war gerade Länderspiel. Plötzlich kam er von hinten und zog mich ins Gebüsch. Ich war wie gelähmt vor Schreck und Angst. Ich wehrte mich heftig. Schreien konnte ich nicht. Er schlug brutal auf mein Gesicht und hielt mir mit einer Hand den Mund zu. Immer wieder schlug er mit der Faust in mein Gesicht. Ich konnte das Blut auf meiner Nase und Lippen spüren. Er drückte mich mit aller Gewalt auf den Boden. Schnell hatte er meine Sachen vom Leib gerissen."

Über Marias Rücken läuft ein Schauer. Sie spürt wieder die Schmerzen. Sie fühlt wieder die Scham und die

Pein. Sie fühlt sich wieder als Täterin.

Maria hört ihr aufmerksam zu.

Anna-Lena erzählt weiter. „Ich war noch Jungfrau. Er drang in mich brutal ein. Als ob ein glühend, heißer Spieß mit Brachialgewalt in meine Vagina gedrückt wird. Immer wieder stieß sein Penis in meinen Leib. Ich hatte das Gefühl innerlich zu verbrennen. Ich hatte das Gefühl, er zerreißt mich. Die Schmerzen waren eine Qual. Immer wieder bohrte er sich in mir hinein. Er lachte und fühlte sich wohl dabei. Ich konnte mich nicht mehr bewegen. Ich war so unter Schock, dass ich in Erstarrung fiel. Er entleerte sich in mir und ließ mit den Worten „Sorry, war nicht so gemeint!" von mir ab. Ich lag da, wie ein Stück Holz. Ich spürte nichts mehr. Alles war in dem Moment mir genommen worden. Meine unbeschwerte Jugend, meine Jungfräulichkeit und meine Würde. Ich bin auf einen Schlag erwachsen geworden. Ich schämte mich so sehr. Ich traute mich nicht nach Hause. Jedoch musste ich. Ich schleppte mich irgendwie dorthin."

In Marias Augen steigen Tränen. Sie ist nicht fähig zu antworten. Sie starrt Anna-Lena traurig und geschockt an. Viel zu nahe ist in ihrem Bewusstsein wieder das von ihr Erlebte.

Anna-Lena erzählt mit monotoner Stimme weiter: „Wir wohnten damals in einem Einfamilienhaus mit Garten. Mein Vater war sehr cholerisch. Ich hatte regelrecht Angst zu Hause einzutreffen. Ganz leise schloss ich die Türe auf. Ich konnte den Gong der *Tagesschau* hören. Niemand sollte etwas merken. Ich war deutlich zu spät. Ich erwartete, dass mein Vater aus dem Wohnzimmer kam, und mir eine Gardinenpredigt hielt. Er legte großen Wert auf Pünktlichkeit. Doch nichts passierte.

Ich wollte mich waschen. Ich wollte alles an mir herunterwaschen. Ich wollte den Kerl und die Tat von mir abwaschen. Wenn ich im Bad geduscht hätte, hätten meine Eltern etwas bemerkt, da das Bad auf der gleichen Etage, wie Küche und Wohnzimmer, war. Wir hatten damals noch eine Dusche im Keller. Doch ich zweifelte. Das Wasserrauschen in den Rohren konnten meine Eltern hören. Spätestens dann wäre meine Mutter in den Keller gekommen und hätte mich mit Fragen bombardiert. Ich wollte nicht, dass mich jemand so sah. Auch meine Mutter nicht. Wir hatten im Garten zwei große Regentonnen. Dort hatte ich mich für das Erste gewaschen."

Maria kann nicht mehr. Ein Schaudern geht durch den ganzen Körper. Sie fühlt Anna-Lenas Schmerz. Anna-Lena und Maria stehen Tränen in den Augen.

„Bist du damals zur Polizei gegangen?", will Maria wissen.

„Ja. Einen Tag später beim gemeinsamen Frühstück sahen meine Eltern mein fast zugeschwollenes Gesicht und stellten natürlich Fragen. Mein Vater wollte auch schon anfangen mich über mein zu spät kommen zu rügen, als ich es dann erzählte. Immer wieder war meine Aussage, dass ich keine Schuld an der Sache hatte. Meine Mutter ging mit mir zur Polizei und wir erstatteten Anzeige. Die Fragen auf dem Revier waren grausam. Der Beamte hatte keinerlei Verständnis und die ärztliche Untersuchung war furchtbar. Als wir wieder zurückkamen, schrie mein Vater nur herum. Ich begann, mich immer mehr wie der letzte Dreck zu fühlen. Er beschuldigte mich, dass ich mich zu aufreizend angezogen hatte, er nannte mich sogar eine Hure. Er gab für lange Zeit keine Ruhe. Immer wieder trat er auf der Sache herum. Das tat meinen Schulgefühlen nicht gut. Die Vergewaltigung blieb nicht ohne Folgen. Ich wurde schwanger. Ich wollte das Kind abtreiben lassen. Meine Eltern bestanden darauf, dass ich es zur Welt brachte. So gab ich ihn direkt nach der Geburt zur Adoption. Ich bekam einen Jungen." Anna-Lena kann ihre Tränen nicht mehr zurückhalten.

Tapfer erzählt sie weiter: „Die Polizei konnte nicht den Täter fassen. Damals wurde es auch nicht so streng geahndet, wie heute. Der Fall wurde irgendwann zu den Akten gelegt. Ich beschloss daraufhin Polizistin zu werden und den Mädchen zu helfen, die Gleiches widerfahren hatten. Lange hielt ich es nicht bei der Abteilung Gewaltverbrechen aus und wurde dann in die Mordkommission versetzt." Anna-Lena hat keine Tränen mehr und ihr Blick ist traurig und ausdruckslos.

Sie erzählt weiter: „Ich hatte es noch mit einem Freund versucht, aber es ging nicht. Meine Gefühle für Männer sind da, aber ich kann nicht mit ihnen intim werden. Das gehört schließlich dazu. Irgendwann lernte ich dann eine Frau kennen und wir beide lebten unser eigenes Leben. Jeder für sich, doch war eine Beziehung da."

Anna-Lena hat ihre Fassung verloren und kann nicht mehr weitersprechen.

Maria bezahlt die Getränke und beide verlassen das Café.

Anna-Lena geht schweigend neben ihrer Freundin her und Maria sieht eine gebrochene Frau an ihrer Seite.

Anna-Lena kann nicht mehr selbst in die Klinik zurückfahren. Sie steht vollkommen neben sich und gibt Maria die Autoschlüssel. Maria fährt das kraftvolle

Sportcoupé zurück nach Krefeld. Sie kann sich kaum auf den Verkehr konzentrieren. Trotzdem holt auch sie alles an Kraft und Geschwindigkeit aus dem Auto heraus und rast mit fast zweihundert km/h über die freie Autobahn. Auch ihr eigener Schmerz und ihre eigene Scham und Pein machen sich in ihrem Bewusstsein breit und sie lässt es an dem Auto aus.

Sie fühlte genauso, wie Anna-Lena. Sie weiß, was ihre Freundin nun gerade in ihrer Seele spürt.

Es gibt keine Worte, die sie aufmuntern können. Maria will auch nicht sprechen. Manchmal ist es besser zu schweigen und zu zeigen, dass man füreinander da ist.

Anna-Lena sitzt sehr traurig da und starrt vor sich hin.

Das Verdeck ist wieder offen. Doch beiden können den Fahrtwind nicht genießen. Schweigend fahren sie zurück in die Klinik.

Nur die Beats aus dem Radio geben den beiden ein wenig Geselligkeit. Beide sind viel zu sehr in ihren eigenen Gedanken versunken.

Völlig durchgefroren kommen beide im Krankenhaus an.

Die Schwester der Mittagsschicht fängt die beiden ab. „Sie waren aber lange weg. Wir wollten sie schon suchen lassen. Aber jetzt sind sie ja wieder da. Gott sei Dank. Wo waren sie denn?"

Maria erzählt von einem Einkaufsbummel in der Innenstadt.

Die Autofahrt erwähnte sie mit keiner Silbe. Das Führen eines Fahrzeuges ist während des Klinikaufenthaltes nicht erlaubt.

„Gut, dann sehen wir uns ja gleich zum Abendessen

194

und danach ist Abendrunde" Die Schwester lacht beide an.

Anna-Lena hatte zwar beide im Abwesenheitsbuch auf der Station ausgetragen, die Schwester scheint es nicht gesehen zu haben.

Wieder zurück im Zimmer nimmt Maria ihre Hygieneartikel und möchte nur noch unter die warme Dusche.

„Gehst du ins trostlose Bad?, fragt Anna-Lena.

„Ja, da ist ja nichts los und werde mir jetzt so lange das heiße Wasser über den Körper laufen lassen, bis ich Schwimmhäute habe." Maria gibt sich gespielt fröhlich. Noch immer fühlt sie mit Anna-Lena den Schmerz.

Es klopft an der Zimmertüre und Erwin betritt den Raum. „Frau Groß, Anna-Lena gut, dass ich euch noch erwische. Ich habe Neuigkeiten aus dem Parkhaus in Duisburg", Erwin rauscht in das Zimmer und rennt fast Maria um. „Entschuldigung Frau Groß", gibt er keuchend von sich.

Anna-Lena schaut ihn neugierig an.

Maria schaut Erwin fragend an.

„Oh Entschuldigung Frau Groß, ich habe mich ja noch gar nicht bei ihnen vorgestellt. Ich bin der Kollege von Anna-Lena, Erwin Skryschak, Oberkommissar." Er gibt Maria die Hand.

Maria erwidert seinen Gruß mit einem Gegenhandschlag.

Erwin packt ein Notebook aus. „Hier sind die Aufnahmen der Überwachungskamera aus dem Parkhaus in Duisburg. Die Kollegen konnten schnell die Daten sichern, und haben es noch überarbeitet", sagt er erwartungsfroh, während er das Notebook aufklappt, und zeigt den beiden einen Film. Das Video zeigt Maria mit dem Mann im Fahrstuhl. „Hier schauen sie, Maria, das sind sie mit dem Mann im Fahrstuhl.Wie sie sehen, macht er ihnen nichts. Er steht einfach da." Erwin kratzt sich nachdenklich am Kopf. Erwin erklärt weiter„Er hat gar nichts zu ihnen gesagt. Ihnen Maria scheint es nicht gut zu gehen!"

Staunend sieht sich Maria das Überwachungsvideo an. „Es muss an der Tollkirsche gelegen haben", merkt Maria an und fügt weiter hinzu. „Ich dachte, er wollte mich angreifen."

Erwin fragt weiter: „Ist es denn der Mann, an dem sie den Auftrag gegeben haben?"

„Ich weiß es nicht!", Maria ist schockiert.

Sie sieht sich im Fahrstuhl und das Video zeigt keinerlei Reaktionen des Mannes. Er steht ihr einfach schweigend gegenüber. Erst kurz vor dem Ausstieg der beiden, zeigt er eine besorgte Reaktion und tritt näher an Maria heran.

Anna-Lena schaut sich das Video schweigend an. Sie kennt den Mann. Er hat vor vierunddreißig Jahren ihr Leben versaut. Anna-Lena ist sich sicher. Es ist immer noch die gleiche Frisur. Der zusammengebundene Zopf. Das Haar ist an der Stirn etwas weniger geworden, jedoch, auch wenn schon älter, es ist ihr Täter. Sie ist ganz sicher. Es fällt ihr schwer, die Fassung zu wahren. Sie will es nicht zugeben, dass sie gerade ihren Peiniger sieht, der ihr Leben und Lebenswandel deutlich geprägt hat.

Erwin zeigt den nächsten Film. „Hier Maria sehen sie, die Verfolgungsjagd war echt. Er bedrängt sie ganz schön. Fast hätten sie einen schlimmen Unfall gebaut."

Anna-Lena schaut sehr interessiert hin. „Und habt ihr

etwas über das Kennzeichen herausfinden können?, sagt Anna-Lena zu Erwin. „Leider nein! Das Kennzeichen ist nicht registriert", ist Erwins verbitterte Antwort.

Anna-Lena kann es nicht fassen. „Wie das Kennzeichen ist nicht registriert? Wie kann es denn sein?", fragt sie mehr zu sich selbst. Erwin weiß darauf auch keine Antwort. „Ich kann mir vorstellen, dass es Zufall war, oder jemand hat Zugang zur Datenbank der Straßenverkehrsämter! Dieses Kennzeichen war und ist noch nie in Duisburg registriert gewesen – soviel ist sicher!", sagt Erwin sehr ratlos.

Maria wird alles zu viel. Sie nimmt sich ihre Hygieneartikel und Handtücher und verlässt das Zimmer, um im gegenüberliegenden Bad zu duschen. Ihr ist immer noch kalt und die Videos lassen sie noch mehr frösteln. Stumm und ohne Gruß verlässt sie das Zimmer.

„Kann denn das Gesicht rekonstruiert werden? Es ist leider alles sehr unscharf!, fragt Anna-Lena weiter nach.

„Die Jungs von der Technik sind noch dabei. Du weißt, das dauert, ist Erwins Auskunft.

„Ja, das dauert", ist Anna-Lenas Rückantwort.

„Hast du schon mit Maria über die Tollkirsche gesprochen?", fragt Erwin nach.

„Nein, bisher ergab sich noch keine Gelegenheit." Anna-Lena schaut sehr bedrückt.

„Wie sieht es bei den Ermittlungen in der Mordserie aus?, Anna-Lena ist wieder interessiert.

„Erwin antwortet sehr verbittert: „Da treten wir momentan echt auf der Stelle. Es wird Zeit, dass du wieder kommst, Anna-Lena."

11

Maria steht unter der Dusche und sie spürt, die Kälte aus ihren Gliedern weichen. Ihre Fasern entspannen und wohlige Wärme macht sich in ihrem Körper breit.

Sie steht mit dem Rücken zum Vorraum der kleinen Duschkabine und wäscht sich gerade die Haare, als sich plötzlich die Türe öffnet und eine dunkle Gestalt in die Dusche stürmt.

Bevor Maria begreift, werden ihre Hände brutal genommen und sind blitzschnell an der Duscharmatur gefesselt.

Das Wasser wird abgedreht.

Maria kann nicht reagieren. Wie gelähmt steht sie mit Schaum in den Haaren und am Körper vor ihrem Auftragnehmer.

Er hat keine Maske auf.

Sie sieht ihn mit seinem schwarzen Sweatshirt und der dunklen Hose. Sein Blick zeigt eine deutliche Bereitschaft. „Maria ich bin da und erledige jetzt meinen Auftrag", flüstert er ihr zu.

Maria kann ihn sehen. Sie sieht das Gesicht, welches ihr vor einunddreißig Jahren schon einmal Gewalt angetan hatte und ihr Leben versaut hat.

Es ist ein hübsches, männliches Gesicht mit dunklen etwas lockigen Haaren, die zu einem Zopf am Hinterkopf gebunden sind. Er hat kleine Lachfalten um die Augen, die ihn sehr sympathisch erscheinen lassen. Seine blauen Augen sind klar und drücken hohe Wachsamkeit und Aufmerksamkeit aus. Er ist sorgfältig rasiert und sie kann eine kleine Narbe an seiner linken Wange erkennen. Es ist die Narbe, die sie ihm vor all den Jahren zugefügt hat. Schöne, volle Lippen und gepflegte Zähne zeigen ihr einen Mann Anfang fünfzig. Maria versucht mit ihren Beinen nach ihm treten. Der Boden ist sehr nass und sie droht zu fallen. Fast verliert sie das Gleichgewicht. In ihren Flipflops hat sie keinen Halt.

Er weicht aus. Blitzschnell kniet er vor ihr und hat ihre Füße zusammengebunden und gefesselt. Sie kann sich nicht mehr bewegen.

Regungslos ist sie ihrem Peiniger ausgeliefert.

Maria will gerade zu einem Schrei ansetzen, da ist auch schon ein Knebel in ihrem Mund.

´Der Boss` nimmt schnell ein Tuch und verbindet ihre Augen. Er will und kann ihren Blick vor ihrem Tod nicht mehr sehen.

Er singt sie wieder an: „So, du kleines Luder. Jetzt bist du dran! Ich mache dich jetzt fertig!"

Er nimmt ein Messer aus seiner Jackentasche und streift mit der Klinge an ihrem Körper entlang. Immer wieder verharrt er in der Herzgegend und deutet einen tödlichen Stich an.

Maria windet sich in ihrer Fesselung und gibt durch Stöhnen zu verstehen, dass sie Hilfe braucht.Ihr Herz schlägt schnell und sie erstickt fast an dem Knebel.

Immer wieder wehrt sie sich heftig. Doch die Fesselung lässt keine Gegenwehr zu. Sie würgt und der Knebel ist sehr fest in ihrem Mund. Verzweiflung und Hilflosigkeit begleiten sie nun auf ihrem letzten Weg.

Der Schweiß läuft in Bächen an ihrem Körper entlang.

Immer wieder fährt er mit der scharfen, kalten Messerspitze an ihrem Körper entlang.

Plötzlich leckt er an ihrem Hals und seine Zunge berührt sie an ihren Brüsten. Er leckt ihr den Schweiß vom

Körper. Das Messer hält er immer auf ihr Herz gerichtet. „Du kleine widerliche Schlampe. Ich ficke dir gleich dein Hirn aus dem Kopf.", er leckt immer weiter an ihrem Körper.

Maria will, dass es aufhört. Er soll sie nie wieder berühren. Sie ist bereit zu kämpfen! Sie ist stark! Sie will nicht das Wertvollste, was sie besitzt, ihr Leben, abgeben. In ihrem Körper macht sich eine Kampfbereitschaft breit und im nächsten Augenblick ist sie bereit sich nicht kampflos ihrem Peiniger zu überlassen.

Sie stemmt sich mit aller Gewalt hoch. Sie hält sich mit ihren Händen an der Armatur fest und schafft es ihre beiden Beine ruckartig in die Höhe schnellen zu lassen.

Mit ihren Knien trifft sie genau in sein männliches Zentrum.

Er stöhnt auf und krümmt sich vor Schmerzen. Er lässt für einen Augenblick von ihr ab.

Maria freut sich über ihren kleinen Sieg. Sie ist kein Opfer mehr. Sie ist jetzt eine Gegnerin für ihn.

Immer noch steht ´der Boss` in gekrümmter Haltung vor ihr.

Sie kann ihn nicht sehen.

Plötzlich spürt sie, wie die scharfe Messerklinge in ihr rechtes Handgelenk schneidet. Er schneidet ihr die Pulsadern auf. Die Schnitte sind gezielt und sehr tief.

Sie spürt einen stechenden und starken Schmerz. Sie wehrt sich heftig. Die Fesseln drücken das Blut aus ihrem Körper heraus.

Jetzt schneidet das Messer in ihr linkes Handgelenk.

Maria fühlt, wie das warme Blut an ihrem Armen herunterläuft. „Ich mache dich jetzt fertig!", sein Ton ist sehr aggressiv und wütend. Er schnauft und ist außer Atem.

Das Blut läuft in Strömen an ihren Armen entlang. Maria merkt, dass ihr langsam schwarz vor Augen wird. Ihr Gefühl und innere Stimme sagen ihr, dass jetzt tatsächlich ihr Leben zu Ende geht. Er macht Ernst!

Ruhig und sanft redet er :„Sprich dein letztes Gebet und bereue deine Sünden, der Himmel ist nah für dich!" ´Der Boss` nimmt das Messer und Maria spürt, wie das kalte Metall sich in ihre linke Brust bohrt.

Der Schmerz ist unerträglich und sie bekommt keine Luft mehr. Alles um sie herum dreht sich und vor ihren Augen wird alles schwarz.

*

Anna-Lena verabschiedet sich von ihrem Kollegen.

Die beiden stehen vor dem Klinikeingang und Erwin hat seine Hand auf ihre Schulter gelegt.

Anna-Lena braucht jetzt frische Luft. Sie hat den Mann, wenn auch nur auf einem Überwachungsvideo gesehen, den sie nie wieder zu Gesicht bekommen wollte.

Sie ist sehr nervös.

Erwin schaut sie besorgt an: „Anna-Lena ist wirklich alles in Ordnung mit dir? Du machst mir einen sehr nachdenklichen und übernervösen Eindruck! Soll ich einen Arzt rufen? Du bist sehr blass und ich mache mir ernsthaft Sorgen."

Anna-Lena antwortet sehr abwesend und monoton: „Erwin, ich kann nicht mehr! Es wird mir einfach alles zu viel! Wieso hast du das Überwachungsvideo gezeigt?" Ihre Knie werden langsam weich und die Beine wollen nachgeben.

Anna-Lena stemmt sich mit aller Macht gegen die

herannahende Bewusstlosigkeit. Vor ihren Augen tanzen Blitze und sie sieht alles um sich herum nur durch eine Nebelwand.

„Komm, wir setzen uns auf die Bank! Atme tief ein! Entspanne dich! Die frische Luft wird dir guttun! Gleich wird es dir wieder besser gehen!", sagt Erwin sehr besorgt und stützt seine Kollegin auf die gegenüber dem Eingang stehende Bank.

Er hält sie im Arm. Schweigend sitzen beide eine Weile da.

„Erwin, er ist der Täter."

Erwin schaut ratlos. „Anna-Lena was meinst du? Wer ist der Täter. Ist er Marias Auftraggeber?"

Anna-Lenas Blick ist abwesend.

„Anna-Lena ist wirklich alles OK mit dir?" Erwins Stimme ist sehr besorgt. „Du siehst sehr abwesend aus!" Er schaut sie sehr eindringlich an.

Anna-Lenas Blick ist starr und ausdruckslos. Kein Zwinkern ist auf ihren Augen zu sehen. Die Pupillen sind weit und er kann keine Reaktion auf ihrem Gesicht erkennen. Stocksteif und absolut regungslos sitzt sie neben ihm.

Erwin erkennt seine langjährige, geschätzte Kollegin nicht wieder. Sie ist vollkommen neben der Spur.

Erwin fragt fordernd nach: „Anna-Lena was meinst du? Was willst du mir sagen? Wer soll der Täter sein?" Er rüttelt leicht an ihrer Schulter.

Anna-Lena zeigt keine Reaktion.

„Ich sage an der Pforte Bescheid. Du fällst mir hier gleich um", er steht auf und geht zur Krankenhauspforte.

Er spricht mit der Empfangsdame.

Anna-Lena sieht alles wie durch eine graue, undurchdringliche Nebelwand der Glasscheibe der Eingangstüre. Ihr Körper ist gelähmt und sie kann nicht reagieren.

Doch plötzlich und blitzschnell ist Anna-Lena wieder da. Sie spürt etwas Unheilvolles. Sie spürt etwas Grausames. Sie fühlt Verlassenheit. Sie spürt, dass etwas Böses gerade passiert. Sie sieht einen Schatten, der sie an den Tod erinnert. Sie sieht einen Blutstrom und sie fühlt einen tiefen eindringenden Schmerz. Sie sieht Schatten über dem Dach der Klinik schweben.

„Maria!", sie schreit den Namen aus ihrem Mund heraus.

Sie steht von der Bank auf und rennt zur Pforte.

Erwin steht immer noch am Empfang und spricht mit der Mitarbeiterin.

Sie erreicht die Pforte und schreit Erwin an: „Erwin, schnell, komm! Maria ist in Gefahr. Er ist hier. Ich spüre es."

Erwin schaut Anna-Lena fragend an.

Anna-Lena schreit weiter: „Erwin, komm, komm schnell! Wir müssen rauf! Maria braucht mich." Anna-Lena zieht Erwin am Arm. Erwin zögert. Er macht keine Anstalten ihr zu folgen „Anna-Lena, ich glaube, du brauchst jetzt wirklich einen Arzt", ist seine nüchterne Antwort.

Doch Anna-Lena lässt sich nicht beirren. Sie sprintet ins Treppenhaus und fliegt die Treppen hinauf. Stufe für Stufe spürt sie das Unheil stärker in sich.

Sie öffnet die Zimmertüre. Das Zimmer ist einsam und ausgestorben und sieht noch genauso aus, wie Erwin und sie es verlassen haben.

Sie sprintet zum Bad. Aus den Augenwinkeln kann

sie erkennen, wie Dr. Weiß und Dr. Markgraf über den Krankenhausflur auf sie zukommen. Doch sie lässt sich nicht beirren.

Sie stürmt ins Bad.

Blutige Fußabdrücke zeigen ihr, dass sie sich nicht geirrt hat. Sie stürmt zur letzten Kabine am Fenster. Die Türe ist verschlossen.

Sie schreit: „Maria, Maria bist du da drin?" Sie erhält keine Reaktion.

Sie rüttelt an der Türe, doch sie gibt ihr nicht den Weg zu ihrer Freundin frei.

Dr. Weiß und Dr. Markgraf betreten das Bad. „Frau Winter beruhigen sie sich!", ist die Aussage von Dr. Weiß. „Ganz ruhig!", merkt Dr. Markgraf an.

Dr. Weiß sieht die blutigen Fußspuren und reagiert sofort. „Frau Winter, bitte gehen sie von der Türe weg!"

Anna-Lena rüttelt immer noch an der Türe. Es hat keinen Zweck. Sie bekommt die verschlossene Türe nicht auf. Immer wieder schreit sie „Maria", mehr bekommt sie nicht aus ihrem Mund heraus.

Dr. Weiß schubst sie beiseite. Er tritt zurück und nimmt Anlauf. Mit einem kräftigen Schulterruck gibt die Türe den Weg zu Maria frei.

Der Anblick, der sich ihm bietet, lässt ihm das Blut für einen kurzen Augenblick in den Adern gefrieren. Er sieht Maria in einer Blutlache liegen.

Die Fesseln, der Knebel und die Augenbinde sind gelöst und Maria liegt regungslos und gekrümmt auf dem Boden. Die Pulsadern sind aufgeschnitten und in ihrer linken Brust hat sie einen Messerstich. Es blutet sehr stark aus ihren Wunden.

Die Farbe der Fliesen an der Wand ist nicht mehr erkennbar. Die ganze Dusche ertrinkt in Marias Blut.

Er nimmt Maria und legt sie auf dem Rücken. Er kann keinen Puls mehr fühlen. Sofort beginnt er mit der Reanimation. Er massiert vorsichtig ihr Herz und immer wieder beatmet er sie über ihren Mund.

Dr. Markgraf hat schnell einen Blick in die Dusche geworfen und sofort das Bad verlassen. An seinem Ohr hält er ein Handy. Er verständigt die Rettung und ist auf dem Weg ins Personalzimmer, um den Reanimationswagen zu holen.

Anna-Lena steht regungslos in der Türe zur Dusche und schaut Dr. Weiß bei der Lebensrettung zu. Sie hat keine Worte mehr.

Langsam dreht sie sich um und verlässt das Bad.

Sie sieht Dr. Markgraf und zwei Pfleger mit den rettenden Instrumenten auf sie zustürmen.

Sie geht ins Treppenhaus und setzt sich auf die oberste Stufe. Sie hat keinen Gedanken und kein Gefühl mehr. Wie durch einen Tunnel und ganz leise hört sie das Martinshorn des Rettungswagens durch das geöffnete Flurfenster.

Sie versteht nicht, was gerade um sie herum passiert. Ihr ist kalt und sie zittert sehr stark. Ihre Augen sind verschlossen und sie möchte diese nie wieder im Leben öffnen. Immer wieder sieht sie Maria in ihren Gedanken in der Blutlache liegen.

Sie ist steif wie eine Puppe, die einfach irgendwo ins Regal gestellt wurde. Keine Regung ist zu sehen.

Sie merkt nicht, dass Erwin die Treppe hochkommt und sie an der Schulter rüttelt und mit ihr spricht. Sie ist zum Roboter geworden.

*

Maria spürt eine Leichtigkeit, Ruhe und nichts als Frieden. Sie hat keine Schmerzen und es sind keine Narben oder Blut an ihrem Körper zu sehen.

Alles ist unglaublich friedlich und sie möchte nicht mehr, dass es aufhört.

Sie fühlt sich leicht und entspannt. Es ist, als schwebe sie im Weltall und nichts um sie herum ist da. Ein Gefühl, für das es keine Beschreibung gibt.

Sie hört es Klingeln. Die Glöckchen sind so friedlich und niedlich und sie weiß, dass es ihr Zeichen ist. Es ist das Startzeichen eine vollkommen andere, neue Welt zu betreten. Es ist ihr Aufbruch.

Sie schwebt zur Decke und sie kann ihren menschlichen Körper auf dem Badboden liegen sehen. Dr. Weiß ist bei ihr und reanimiert sie. Mit beiden Händen drückt er immer wieder vorsichtig auf ihren Brustkorb.

Sie will seine helfenden Hände wegschieben, doch sie kann ihre Hände nicht bewegen.

Sie will ihm noch sagen, dass er aufhören soll. Doch auch ihr Mund gehorcht nicht mehr.

Sie schwebt weiter hinauf und sieht den Eingang eines Tunnels. Ihre Seele sagt ihr, dass es der richtige Weg ist. Am Ende des Tunnels sieht sie Licht, das schön und in vielen Farben scheint. Die Farben sprühen und ist es hell und klar.Trotz der vielen Farben ist es ein weißes, friedliches Licht. Dieses Licht strahlt eine unglaubliche Liebe, Glück, Seligkeit und Zufriedenheit aus. Das Licht zieht sie an und sie fühlt eine Liebe wie noch nie zuvor.

Zum ersten Mal fühlt sich ihre Seele willkommen

und langsam schwebt sie ins Licht.

Eine Liebe umgibt sie, die sie noch nie so auf Erden gespürt hat.

Sie hört eine herrliche, friedliche Musik, die von Instrumenten gespielt wird, die sie noch nie gehört hat.

Sie ist nun von einem Feuerwerk aus herrlichen Farben, schönen Blumen und einer unglaublichen Helligkeit umgeben.

Sie fühlt nichts als Ruhe.

Ein Mann kommt auf sie zu und sie erkennt ihn sofort. Es ist Jesus, der eine unglaubliche Zufriedenheit und Glückseligkeit ausstrahlt. Er hat ein weißes Gewand an und seine Haare sind schulterlang. Seine Augen drücken Geborgenheit, Liebe und Vertrauen aus. Eine Erscheinung, die sie sofort in ihren Bann zieht. Sie ist willkommen und seine geöffneten Arme zeigen es ihr an.

Dann sieht sie einen Mann mit langem, weißen Haar. Er kommt auf sie zu und nimmt sie an die Hand. Sie weiß, dass es ihr Schutzengel ist und sie ihr ganzes Leben begleitet hat. Es ist ein Elbe. Stumm zeigt er ihr den Weg, den sie nun gehen muss.

Er zeigt ihr auch, dass sie nicht allein diesen Weg gehen muss.

Auf sie kommen ihre geliebte Oma, ihr Vater und auch viele andere, bereits verstorbene Bekannte zu. Sie begrüßen sie und nehmen sie in ihren Kreis auf. Alle lächeln sie an.

Sie ist willkommen.

Ihr Engel zeigt ihr, dass sie keine Angst haben muss.

Maria hat keine Angst, sie möchte nie wieder diesen Ort verlassen. Sie geht mit den anderen Verstorbenen einen Weg entlang, der an einer großen Leinwand endet.

Sie sieht einen Film. Es ist ihr Leben. Sie bekommt noch einmal ihr Leben gezeigt.

Sie sieht, wie ihre Mutter sie geboren hat, sie sieht, wie sie Laufen und Sprechen lernt.

Ihr Vater ist bei ihr und hält sie, während ihr Lebensfilm vor ihr abläuft im Arm. Sie freut sich, ihn wiederzusehen.

An der anderen Hand hält sie noch ihren Schutzengel.

Sie spürt eine wohlige Wärme, Glück, Zufriedenheit und nichts als Herrlichkeit umgibt sie.

Weiter sieht sie sich als Kind spielen, in der Schule, dann sieht sie noch einmal ihre Vergewaltigung.

Sie drückt die Hand ihres Engels fester. Er gibt ihr zu verstehen, dass es nun vorbei ist und sie nichts mehr zu befürchten hat.

Sie sieht sich weiter in der Jugend, sie sieht noch einmal ihre Siegerehrung, als sie die Stadtmeisterschaft im Squash gewonnen hatte, auch sieht sie ihren Mann Klaus und die Reisen, die sie mit ihm unternommen hatte.

Sie sieht sich Lachen und es nichts ist von der Traurigkeit und Lethargie zu spüren. Sie sieht eine strahlende Frau.

Dann sieht sie eine traurige Frau. Sie sieht sich noch einmal auf dem Standesamt und sie sieht noch einmal ihre Ehe.

Dieser Filmabschnitt wird in schnellerer Geschwindigkeit gezeigt. Als Abschluss sieht sie sich unter der Laterne am Park warten.

Maria wird zu einem weiteren Weg geführt und ein strahlendes Licht voller Liebe, Wärme und Gütigkeit umgibt sie.

Ihre Seele wird gefragt, ob sie bleiben oder wieder zurückkehren möchte. Das Licht sagt ihr, dass sie noch nicht so weit ist, und sie noch ein schönes Leben vor sich hat.

Sie hat große Angst und Unbehagen begleitet sie. Sie möchte nicht zurückkehren.

*

´Der Boss` hält mit seinem Porsche vor Dietmars Trinkhalle und ruft Teddy, der dort gerade eine Flasche Bier trinkt, herbei.

´Teddy` geht angetrunken zum Porsche und lallt ihn an. „Hallo Boss, womit habe ich die Ehre?" Er hat immer noch nicht die Vergewaltigung seiner Tochter überwunden. Jeden Tag steht er an Dietmars Tresen und trinkt Alkohol.

„Los Teddy, steig ein!", befiehlt ihm ´der Boss`.

Unwirsch spricht er ihn weiter an: „Ich habe keine Zeit, du musst mir helfen!"

´Teddy` hebt besänftigend die Arme: „Ja, ja, immer mit der Ruhe! Ich muss noch mein Bier bezahlen."

Teddy geht zu Dietmar und bezahlt seine Rechnung. Dann begibt er sich langsam zum Porsche und steigt ins Auto.

„Was ist denn so Dringendes?", fragt ´Teddy` nach.

„Du musst aufpassen, mehr nicht!" ´Der Boss` ist sehr aufgeregt und seine Stimme zittert.

„Aufpassen, aha! Und was?" Durch den konsumierten Alkohol ist ´Teddy` nun sehr selbstbewusst und sicher.

„Einfach nur aufpassen!", raunzt er ihn an.

´Der Boss` fährt auf die Autobahn. Er wirkt auf Teddy sehr nervös. Teddy will nun endgültig wissen, was los ist und fragt sehr direkt nach: „Und wohin fahren wir denn so schnell? Und was ist so dringend?"

„Stell jetzt keine Fragen, sondern gib mir bitte einmal meine Sonnenbrille aus dem Handschuhfach. Die Sonne scheint mir ins Gesicht und ich kann nichts sehen!" ´Der Boss` fährt mit fast zweihundert km/h über die Autobahn.

Teddy macht das Handschuhfach auf und sieht eine Handyhülle, die ihm sofort bekannt vorkommt. Es ist das bemalte Schutzcase seiner Tochter Nina.

Sofort ist ´Teddy` klar. Sein Verstand arbeitet nun auf Hochtouren. Er gibt ´dem Boss` die Sonnenbrille und vorsichtig lässt er das Handy in seine Jackentasche gleiten. Er will ganz sicher gehen, ob es tatsächlich Ninas Handy ist. Sie hat sehr viele Fotos von ihm, ihrer Mutter und ihren Freundinnen darauf gespeichert.

´Teddy` muss seine Wut und Enttäuschung erst einmal verarbeiten. Er überlegt, was er tun soll. ´Der Boss` hat nichts bemerkt. Er ist zu sehr in seinen Gedanken versunken.

Die Autobahn ist sehr voll und er muss sehr konzentriert bei dem zügigen Tempo fahren. Sein Blick ist stur auf die Straße gerichtet. Auf der A57 muss er sich dem Verkehr vogegebenen Geschwindigkeit beugen.

Schweigend fahren beide nach Krefeld.

´Der Boss` hat im Internet von dem Angriff auf eine Patientin gelesen.Die aufreißerische Überschrift einer Boulevardzeitung sprang ihn sofort an. „Patientin im Krankenhaus brutal niedergestochen!" Er wusste es sofort. Es ist sein Werk.

In einer psychiatrischen Klinik wurde eine Frau durch Messerstiche schwer verletzt.

Ein Foto der blutbespritzten Fliesen wurde als Aufhänger auf der ersten Seite gezeigt. Es hat wohl jemand schnell mit dem Handy gemacht.

Die Frau hat schwer verletzt überlebt und schwebt in großer Lebensgefahr. Nur der schnellen und hervorragenden Reaktion eines Arztes ist es zu verdanken, dass sie noch lebt. Sofort wurde sie ins nächste Krankenhaus gebracht und operiert. Sie hat sehr viel Blut verloren. Der Stich hat nicht direkt das Herz getroffen. Es wurde eine Herzkammer sehr schwer verletzt. Weiter wurde noch über aufgeschnittene Pulsadern berichtet. Die Operation ist den Umständen entsprechend gut verlaufen.Ob sie überleben wird, kann laut Auskunft der Ärzte nicht gesagt werden. Es wird alles in der Macht stehende getan, um die Frau zu retten. Das Leben der Frau hängt am seidenen Faden. Sie liegt auf der Intensivstation und kämpft um ihr Leben. Eine zur stationären Behandlung anwesende Polizistin konnte nichts mehr machen und steht unter Schock. Sie war nicht für ein Interview bereit. Die Polizei sucht weiter nach Spuren, die auf den Täter hinweisen.

Von einem Auftragsmord wurde nichts berichtet.

Trotz der Umstände ist ´der Boss` fest entschlossen seinen Auftrag zu erledigen. Wenn seine Auftraggeberin überlebt, dann würde sie mit Sicherheit eine detaillierte Personenbeschreibung abgeben. Zu viele Leute, unter anderem auch Geschäftspartner würden ihn erkennen.

´Teddy` soll auf dem Flur vor der Station aufpassen.

Er überlegt noch, wie er auf die Station, ins Zimmer

kommt. Er geht davon aus, dass es durch Polizei bewacht sein wird. Er will versuchen, sich als Arzt oder Pfleger zu verkleiden und einfach ins Zimmer gehen und ihr den letzten Stich ins Herz geben.

Selbstbewusst und einfach geradeaus. Er darf jetzt keine kalten Füße bekommen. Er ist sich sicher, dass es diesmal klappen wird.

´Teddy` kann seine Wut nicht mehr unterdrücken. ´Der Boss` fährt von der Autobahn auf den Rastplatz *Geismühle* ab.

„Ich muss mal kurz wohin. Warte bitte solange!" Er steigt aus und geht zum Rasthaus.

´Teddy` schaut das Handy an. Er ist sich ganz sicher. Es ist das Handy seiner Tochter. Er schaltet es ein. Der Akku hat noch genug Leistung und er kann den Ordner mit den Fotos anschauen.

Das, was er nun zu Gesicht bekommt, hätte er besser nicht sehen sollen.

Er sieht seine, gekrümmt am Boden liegende, vergewaltigte, Tochter. Ihm wird schlecht. ´Der Boss` hat seine Vera aus sämtlichen Perspektiven fotografiert.

Seine Wut steigert sich ins Maßlose. Er kann seine Gefühle nicht mehr unterdrücken und schreit es aus sich heraus. „Du Schwein!" Mehr Worte hat er nicht. Die auf dem Parkplatz stehenden Leute schauen ihn verdutzt an.

Er packt sein Springmesser in die rechte Jackentasche, um es schnell griffbereit zu haben.

´Der Boss` fährt in Richtung Krankenhaus.

Er parkt an einem alten, leerstehenden Gebäude und sagt zu ´Teddy`: „Ich hoffe, es macht dir nichts aus. Wir müssen noch ein Stück laufen. Anders geht es leider nicht."

´Teddy` schaut sich um. Perfekt für sein Vorhaben. Nicht eine Menschenseele ist sehen.

Die Fenster des Hauses sind eingeschlagen und die Wände mit Graffitis besprüht. Die Stelle ist nicht von der Straße einsehbar.

Ruhig steigt er aus dem Auto und geht um das Heck herum.

´Der Boss steht und schließt gerade die Türe des Autos.

Das Messer hat ´Teddy` blitzschnell griffbereit. Die Klinge fährt aus und er sticht dem ´Boss` mit ganzer Wut und Kraft in den Rücken. Er hört, wie die Luft aus seinen Lungen weicht. ´

Der Boss` dreht sich um und sieht ihn ängstlich an. Er ist jetzt genauso Opfer wie die Mädchen, die er jahrelang vergewaltigt hatte.

´Teddy` hat den Überraschungsmoment ausgenutzt.

´Der Boss` hat keine Chance sich zur Wehr zu setzen. Er kann keinen Gedanken fassen. Viel zu schnell passiert es.

´Teddy` sticht noch einmal gezielt in den Hals und dann noch einmal ins Herz.

Das Blut läuft in Strömen aus dem Körper des Erstochenen.

´Der Boss` will noch etwas sagen, doch er kann nicht mehr reagieren.

Wieder sticht ´Teddy` mit voller Kraft in seinen Brustkorb.

Der Tod ist schnell bei ihm und organisiert seine Seele ins Jenseits. ´Der Boss` bricht in seiner Blutlache zusammen.

Mit ´Teddys` Worten in den Ohren: „Das hast du dir verdient, du alte Sau!", geht er in einen schwarz-roten Schein.

12

Schnell wird Maria in einen Sog gezogen. Eine Geschwindigkeit, die sie noch zuvor gespürt hat.

Sie fliegt rückwärts und es gibt nichts, an dem sie sich festhalten kann, um an diesem friedlichen Ort zu bleiben.

In ihrem Geiste hört sie die Worte, die ihr Vater bei der Umkehr noch gesagt hatte: „Je näher du dem Tod bist, desto mehr spürst du das Leben!"

Sanft und behutsam landet ihre Seele wieder in ihrem Körper.

Ihre Unterlage fühlt sich weich an.

Sie hört es piepsen und rascheln.

Sie öffnet langsam und nur einen kleinen Spalt ihre Augen.

Sie fühlt einen Daumen auf ihrer Stirn und sieht ganz verschwommen durch einen Nebel einen Mann in einer schwarzen Soutane. Er spricht die Worte: „Durch diese heilige Salbung helfe dir der Herr in seinem reichen Erbarmen, er Steh dir bei mit der Kraft des Heiligen Geistes. Der Herr, der dich von der Sünde befreit, rette dich, in seiner Gnade richte dich auf." Es ist die Letzte Ölung.

Nichts ist mehr vom Frieden und der Zufriedenheit zu spüren.

Sie weiß, dass sie wieder zurück im Leben ist.

Durch ihren Augenschlitz sieht sie das verweinte Gesicht ihrer Mutter, die ihre Hand hält.

Maria möchte etwas sagen. Ein Schlauch in ihrem Hals verweigert ihr jeglichen Laut. Sie wird künstlich beatmet, ist an einem EKG und weiteren Apparaten angeschlossen.

Der Pfarrer hält mit der Salbung inne. „Frau Strawinsky, sehen sie! Maria hat die Augen geöffnet", spricht er ihre Mutter an.

„Gott hat sie geheilt und wieder auf die Erde zurückgebracht", spricht der Pfarrer weiter.

Maria lächelt zaghaft. Ein Gefühl sagt ihr, dass alles gut werden wird und sie nichts mehr zu befürchten hat.

Ein paar Tage später...

Anna-Lena hat sich vom Schock des Mordversuches an Maria erholt.

Das Pflegepersonal der Station informiert sie regelmäßig über Marias Zustand.

Es geht ihr schon wieder deutlich besser und sie kann ins Krankenhaus fahren und Maria besuchen. Anna-Lena freut sich, ihre Freundin am Nachmittag wiederzusehen.

Es klopft an der Zimmertüre und Erwin betritt den Raum: „Hallo Anna-Lena." Er stürmt auf sie zu und nimmt sie in den Arm. „Gut schaust du aus, du hast dich sehr gut von dem Schock erholt.

„Hallo Erwin", begrüßt Maria ihren Kollegen.

Sofort hakt sie nach: „Was machen die Ermittlungen in Marias Sache? Seid ihr schon weiter gekommen?"

Erwin hat wieder das Notebook dabei. „Anna-Lena ich muss dir etwas zeigen. Die Ermittlungen wurden eingestellt."

„Wie bitte?" Anna-Lena kann es nicht glauben.

Erwin hebt besänftigend die Arme: „Hier Anna-Lena

sieh. Ich habe dir etwas mitgebracht."

Erwin fährt das Notebook hoch.

Anna-Lena platzt vor Neugier. Sie starrt auf den Bildschirm.

Erwin zeigt ihr Tatortfotos.

Anna-Lena glaubt kaum, was er ihr gerade zeigt.

Sie sieht ihren Peiniger und Marias Auftragnehmer in einer sehr unangenehmen Situation. Der ganze Oberkörper ist voller Blut. Der Rücken zeigt auf den Boden und der Kopf liegt stark nach hinten gebeugt. Die Arme und Beine sind zur Stabilisierung, an der von der Decke hängen Kette angebunden. Um seinen Hals hängt ein Schild: Schwein!

Um seine Genitalien ist ebenfalls ein Seil zur Decke befestigt. Er wurde symbolisch an seinen Eiern aufgehangen.

Anna-Lena ist geschockt und gleichzeitig erleichtert.

Er kann Maria nun nichts mehr tun.

Sie weiß nicht, ob sie lachen oder weinen soll. Lachen, weil er seine gerechte Strafe bekommen hat, und weinen, weil sie als Beamtin der Mordkommission natürlich keine Morde mag.

„Wo ist er denn getötet worden?", fragt sie nach.

Erwin schaut sie direkt an und nüchtern erzählt er ihr, dass er in einem leerstehenden Abbruchhaus in der Nähe des Krankenhauses, indem Maria liegt, von einem Obdachlosen gefunden wurde.

Der Täter hat ihn nicht im Haus umgebracht, sondern auf einem Platz davor. Es wurden Reifenabdrücke von einem Porsche und natürlich Blutflecke und Schleifspuren der Leiche festgestellt. Sonst wurden keine weiteren Beweise gesichert.

Zu einem Kampf ist es nicht gekommen. Es deuten

keine Spuren darauf hin. Zeugen gab es auch keine. Auf einem Artikel in der Zeitung und einem Fernsehbericht im Lokalfernsehen gingen keine Hinweise ein.

Während Anna-Lena weitere Fotos des Tatortes ansieht, fragt sie Erwin: „Wie ist eigentlich der Name des Opfers?"

„Wir haben seine Papiere in einer Brieftasche in der Hose gefunden. Sein Name ist Sigmund Bähr", gibt Erwin zur Auskunft.

Jetzt kennt sie den Namen des Mannes, der sie vor vierunddreißig Jahren traumatisiert hat.

Immer wieder schaut sie sich die Fotos an.

Erwin sitzt neben ihr und erzählt ihr die Neuigkeiten der Prostituiertenmorde. „Weißt du Anna-Lena, was sehr merkwürdig an der Sache ist?, gibt er sich nachdenklich.

„Nein!", sie schaut immer noch auf die Fotos. Je mehr sie die Bilder betrachtet, desto mehr kehren Ruhe und Frieden in ihren Körper ein. Sie schließt gerade mit der Sache ab. Sie fühlt eine große Genugtuung und Gerechtigkeit. Er wird nie wieder einem Menschen etwas zu Leide tun.

Erwin beantwortet seine Frage: „Die Haare unter den Fingernägeln der toten Prostituierten in Krefeld. Deine letzte Mordaufnahme, vor deinem Zusammenbruch. Den Hinweis, den du übersehen hast." Anna-Lena schaut Erwin sehr interessiert an.

Er fährt fort: „Ein Test ergab, dass die gefundenen Haare unter den Nägeln mit den Haaren von Bähr übereinstimmen! Zwar nicht zu einhundert Prozent, jedoch ein großer Teil passt.

Anna-Lenas Augen werden groß und sie guckt erstaunt. „Du meinst, er kann auch der Prostituiertenmörder sein?"

„Möglich", ist Erwins Antwort. Er fährt fort: „Die Gerichtsmedizin ist noch dabei genauere Ergebnisse zu bestimmen", berichtet Erwin weiter. „Es war nur ein kleiner, oberflächlicher Test, der gemacht wurde. Jetzt führt die Rechtsmedizin einen richtigen Gentest durch, und bis Ergebnisse vorliegen, dauert es! Es wurde heute Morgen zufällig gefunden."

Erwin schaut sie an. Anna-Lena lächelt in sich hinein.

*

Teddy steht am Briefkasten und wirft einen dicken Umschlag in den Schlitz. Er ist sicher, dass es richtig und gerecht ist.

Eine Genugtuung und Befreiung für ihn.

Eine Nachbarin kommt die Wohnungstüre heraus und schaut ihn neugierig an. „Was machen Sie denn an Frau Großs Briefkasten?", ist ihre neugierige Frage.

„Ich übe Gerechtigkeit!", ist ´Teddys` Antwort.

Schon ist er aus dem Hausflur verschwunden. Es war ihm persönlich wichtig dieses Anliegen schnell und unkompliziert zu erledigen.

Teddy war direkt nach dem Mord ins Luxuschalet auf dem Campingplatz gefahren. Kein Mitcamper hatte ihn gesehen.

Er hatte den Schlüsselbund vom ´Boss` genommen. Er wollte mehr über Veras Vergewaltigung erfahren.

Neugierig schaute er sich in seiner Hütte um.

Es schien, als hätte ´der Boss` fluchtartig alles verlassen. Der Safe war geöffnet und selbst der PC war noch an. Papiere lagen auf seinem Schreibtisch im Arbeitszimmer verstreut.

Er nahm den Kraftfahrzeugbrief und das Bargeld, über einhunderfünfzigtausend Euro, aus dem Safe.

Er sah den Zeitungsausschnitt, dass es eine Überlebende bei einem Mordversuch in einem Krankenhaus gegeben hat.

Im Arbeitszimmer konnte er auf dem Rechner, fein säuberlich datiert, die Vergewaltigungen vom 'Boss' sehen.

Er hatte zu jeder Tat Bemerkungen geschrieben. Wut und Übelkeit stiegen in ihm auf. Ihm wurde immer bewusster, dass er richtig gehandelt hatte.

Der Mord ist seine persönliche Rache an einen schlechten Menschen.

'Der Boss' hatte vierzig Mädchen vergewaltigt. Mit achtzehn Jahren hatte er sich das erste, junge Mädel mit Gewalt genommen.

Genau beschrieb er Tat für Tat.

'Teddy' sah, welches Mädchen Anzeige erstattet hatte.

'Der Boss' hat alles genaustens protokolliert.

'Teddy' rang mit der Fassung.

Dann schaute er den Ordner auf dem PC über Maria an.

Die Frau, mit der er sich vor einigen Wochen an Dietmars Bude getroffen hatte.

Sie wollte sich vom 'Boss' umbringen lassen.

Er las, dass er sie mit Tollkirsche wahnsinnig gemacht, mit seinem Porsche im Parkhaus verfolgt und sie in ihrem Schlafzimmer gefesselt und gequält hatte. Mit Datum und Uhrzeit wurde alles genaustens festgehalten.

Er konnte sogar Fotos von ihrer Wohnung sehen.

Er notierte sich Marias Adresse.

Er wusste nun, was zu tun war.

Er nahm den PC, ging zum Steg des Chalets, täute das Ruderboot ab, ruderte hinaus und versenkte den PC im See.

Er wollte, dass niemand die Berichte der jungen, vergewaltigten Mädchen sieht.

Er fuhr mit dem Porsche nach Holland.

Er eröffnete ein Konto bei einer Bank und zahlte das Geld aus dem Safe ein. Für Vera.

Den Porsche verkaufte er für einen hohen Betrag an einen holländischen Zuhälter, den er von früher kennt.

Er kleidete sich neu ein und fuhr mit der Bahn zurück nach Hause.

*

Vier Wochen später

Anna-Lena holt Maria vom Krankenhaus ab. Maria kann noch nicht richtig laufen und ihre Wunde schmerzt immer noch.

In ein paar Tagen wird sie sich in eine Rehaklinik begeben um dort ihre Verletzungen auskurieren und Psychologisch betreut werden. Sie muss sehr viel verarbeiten. Und sie benötigt weiter dringend Hilfe – auch wegen ihrer Depression.

Anna-Lena geht es wieder deutlich besser. Die Therapien in der Klinik haben ihr gut geholfen und sie wird nach Neujahr wieder ihren Dienst beginnen.

Harald Kleine hat ihr die Mitarbeit bei der SOKO „Cassandra" schon zugesagt und sein Versprechen gehalten. „Ich brauche Macher und keine Nörgler", war seine Antwort und Bestätigung an Anna-Lena.

Auch sie wird in der nächsten Zeit Antidepressiva nehmen. Sie wurde während ihres Klinikaufenthaltes auf ein Mittel eingestellt. Sie macht in der Klinik ambulant einige Therapien bis zum Jahresende weiter.

Anna-Lena trägt Marias Tasche nach oben ins Dachgeschoss.

Als beide die Wohnung betreten, hält Maria für einen Augenblick inne.

Ihr fällt es schwer, nachdem ´der Boss` sie gequält hatte, ihre Privatsphäre zu betreten.

Alles ist sauber und ordentlich aufgeräumt. Wie immer.

Ihre Mutter war in der Wohnung und hat ihre Post auf den Küchentisch gelegt, die Heizung angedreht und ihre Bettwäsche und Kleidung gewaschen. Alles liegt gefaltet und gebügelt auf der Kommode im Schlafzimmer.

Maria möchte allein sein. Anna-Lena spürt es und verabschiedet sich von ihrer Freundin. „Wenn irgendetwas ist, dann rufe mich an! Egal wann, hörst du! Ich bin dann schnell bei dir."

Maria lächelt. Nach ihrer verbotenen Spritztour weiß sie, wie Anna-Lena fährt.

„Ja mache ich, versprochen." Maria ist müde.

„Eins möchte ich dir noch sagen, meine liebe Anna-Lena. Ich war mein eigener schlimmster Feind, jetzt bin ich wieder neugierig auf das Leben!" Maria lächelt sie an.

Im Treppenhaus umarmt Anna-Lena ihre Freundin ganz vorsichtig und verabschiedet sich. „Wie gesagt, ruf an und bau nicht wieder so ein Mist! Hast du mich gehört! Ich bin für dich da!"

Anna-Lena geht die Treppen hinunter und winkt Maria zum Abschied.

Maria sitzt am Küchentisch.

Vor ihr liegt die Post der letzten Wochen. Der dicke Umschlag interessiert sie und sie öffnet ihn zuerst. Aus dem Umschlag fällt ihr ein Geldbündel entgegen.

Maria schaut ungläubig auf das vor ihr liegende Geld. Sie zählt es. Vor ihr liegen vierzigtausend Euro. Eine handschriftliche Notiz ist zwischen den Banknoten gelegt worden.

Auf dem Zettel steht: ´Anbei erhalten Sie Ihr Geld zurück. Betrachten Sie bitte die Zehntausend Euro als Schmerzensgeld. Alles Gute für Sie. Diesen Auftrag kann er nicht mehr erledigen!`

Schlusswort

Leider werden in der heutigen Gesellschaft immer noch viele Menschen, die an einer Depression erkranken, von der Gesellschaft stigmatisiert. Sie stoßen meist auf Unverständnis und ziehen sich nur noch mehr aus der Gesellschaft zurück und finden nicht mehr aus dem Hamsterrad der Krankheit heraus. Mit oft tödlichen Folgen.

Sätze wie „Kopf hoch, das wird schon wieder.....!", bringen diese Leute nicht in ihrem Leiden und in der Krankheit weiter. Oft reicht ein guter Zuhörer und jemanden der nicht über die kleine Fliege an der Wand lacht, sondern das jeweilige Problem ernst nimmt.

Die meisten schaffen es nicht, sich allein zu helfen und wieder aus dem Sumpf dieser Krankheit zu ziehen Sie sind auf die professionelle Mithilfe anderer und/oder auf Medikamente angewiesen.

Ich war selbst betroffen und jeder Tag war für mich eine Qual. Weiter zu machen und weiter vorwärts zu gehen. Sich nichts anmerken zu lassen. In dem Strom des Lebens weiter mitzuschwimmen und nicht gegen das Leben zu kämpfen.

Leider lähmt diese Krankheit nicht nur die Seelen der Betroffenen, sondern auch deren Körper. Depressive Menschen sind nicht faul! Es ist diese Gelähmtheit die viele nicht mehr in den Tritt des Alltages kommen lassen. Sie wollen, aber sie können nicht.

Für Betroffene gilt der erste Gang zum Arzt. Schnell kann sich aus einer kleinen Lebenskrise eine Depression entwickeln; ohne das man es selber merkt. Je schneller geholfen wird, desto eher besteht die Chance für den Betroffenen, die Krankheit wieder einzudämmen.

Für die Erkrankten ist es auch wichtig, nie die Geduld zu verlieren. Der Weg einer Heilung kann lange und sehr steinig sein.

Sollte sich einmal jemand mit Suizidgedanken in ihrem Umfeld äußern. So handeln Sie schnell und auf jeden Fall sollte diese Bemerkung und Androhung ernst genommen werden. Scheuen Sie sich nicht, ggf. den Notarzt zu rufen oder mit dem Betroffenen eine Klinik aufzusuchen.

Falls Ihre Suizidgedanken Sie nicht mehr los lassen. Bitte begeben Sie sich in eine Fachklinik oder die nächste Notfallaufnahme. Dort wird man sich Ihrer annehmen und die nächsten Schritte einleiten.

Für Betroffene und Angehörige gilt: Bitte nehmen Sie diese Krankheit ernst, und wenn ihr Partner mal nicht so reagiert, wie sie es gerne hätten, nicht sofort die Geduld verlieren. Somit ist beiden Parteien geholfen.

Hilfe finden Betroffene zum Beispiel hier:
Telefonseelsorge: 0800-1110111 oder 0800-1110222
http://www.telefonseelsorge.de/

Danksagung

Zuerst danke ich meiner Mutter, Frau Maria Bob-kowski, die nach anfänglichen zweifeln immer an mich geglaubt hat und mir den Mut und die Kraft gegeben hat, weiter zu schreiben. Sie ist eine starke Person und sie hat sich, auch wenn es ihr oft schwergefallen ist, nie im Leben aufgegeben. Sie ist die Namensgeberin meiner Hauptperson – Maria. Mama, du bist ein Mensch, zu dem ich immer hinaufschauen werde.

Ich danke meinem Bruder, Herrn Wilfried Bobkow-ski, seiner Lebensgefährtin Frau Sabine Creutz und meiner Nichte Frau Sabrina Bobkowski an dem gezeigten Interesse meiner Vision. Immer fragten sie nach, wie es mit der Schreiberei läuft. Es sind manchmal nur Kleinigkeiten! Aber die haben es echt in sich.

Ebenso danke ich einem guten Freund Herrn Michael Ferlings. Er hat sich als guter Zuhörer, Kritiker und Aufmunterer bewiesen. Er ist der Illustrator meines Buchumschlages und er hat die Fotos auf meiner Website gemacht. Michael, ich danke dir auch für deine Geduld mit mir. „Da geht noch was!" Dieser Satz wird dir für immer und ewig im Kopf bleiben.

Vielen Dank an Andrea aus dem Fitnessstudio Duisburg-Hamborn. Es ist mir immer eine Freude mit dir beim Lauftraining zu erzählen. Du bist eine tolle Zuhörerin.

Mein besonderer Dank geht an Herrn Dr. phil. Christoph Sollmann für seine Geduld mit mir. Es war nicht einfach mit mir, der borstigen und widerspenstigen Patientin, zusammenzuarbeiten. Er hat es geschafft, unter anderem aus mir die Motivation zum Schreiben heraus zu locken.

Zuletzt möchte ich mich bei allen Menschen, die mich mit einem Lächeln, kleinen Gesten und Worten aufgemuntert haben, in dieser schweren Zeit weiterzugehen und weiterzumachen, bedanken.

Ich wünsche alles Gute, Gesundheit, Glück und Zufriedenheit.

„Willst du deinen inneren Frieden, musst du Krieg mit dir führen – auch wenn die Schlacht hart und grausam ist!"

Anja M. Bönsch

Beginne dich neu, statt nur zu träumen!

Anja M. Bönsch

MIX

Papier | Fördert
gute Waldnutzung

FSC® C083411

Zeitfracht Medien GmbH
Ferdinand-Jühlke-Straße 7
99095 Erfurt, Deutschland
produktsicherheit@kolibri360.de